dtv

In diesem schaurig-schönen Lesebuch kann man unheimlichen Geistern, giftigen Schönheiten und unsichtbaren Bedrohungen begegnen und von berühmten Schriftstellern das Gruseln lernen. Diese Anthologie versammelt die besten Geschichten der klassischen Schauerliteratur aus zwei Jahrhunderten. Charles Dickens, Edgar Allan Poe, Nikolaj Gogol, E. T. A. Hoffmann, Bram Stoker und viele andere entführen in eine unheimliche Welt voller Albträume, Dämonen und Hexen – ein Lesevergnügen für alle, die wohlige Schauer schätzen und das Gänsehaut-Gefühl lieben.

DAS GROSSE
GÄNSEHAUT
LESEBUCH

Deutscher Taschenbuch Verlag

Auswahl der Texte
von Esther Böminghaus

Weitere Bände dieser Reihe:
Bram Stoker: Dracula (14071)
Oscar Wilde: Das Bildnis des Dorian Gray (14072)
H. G. Wells: Die Insel des Dr. Moreau (14073)
Gustav Meyrink: Der Golem (14074)
Leo Perutz: Nachts unter der steinernen Brücke (14075)

Ausführliche Informationen über
unsere Autoren und Bücher
finden Sie auf unserer Website
www.dtv.de

Originalausgabe 2012
Deutscher Taschenbuch Verlag GmbH & Co. KG,
München
© 2012 Deutscher Taschenbuch Verlag, München
Umschlagkonzept: Balk & Brumshagen
Umschlaggestaltung: Lisa Helm
Gesetzt aus der Minion 10,1/12,25·
Satz: Greiner & Reichel, Köln
Druck und Bindung: Druckerei C. H. Beck, Nördlingen
Gedruckt auf säurefreiem, chlorfrei gebleichtem Papier
Printed in Germany · ISBN 978-3-423-14070-6

Inhalt

Bram Stoker: Draculas Gast   7

Nathaniel Hawthorne: Rappacinis Tochter   24

Georg Heym: Das Schiff   61

Nikolaj Gogol: Der Wij   74

Edgar Allan Poe: Die schwarze Katze   126

Theodor Storm: Bulemanns Haus   139

Charles Dickens: Das Signal   163

Rudyard Kipling: Die gespenstische Rikscha   182

E. T. A. Hoffmann: Eine Spukgeschichte   215

Sheridan Le Fanu: Die Gespensterhand   222

Autoren und Werke   243

Bram Stoker

Draculas Gast

Hell schien die Sonne auf München, als wir zu unserem Ausflug aufbrachen, und die Luft zitterte im Ungestüm des frühen Sommers. Als wir gerade abfahren wollten, kam Herr Delbrück (der maitre d'hotel der »Vier Jahreszeiten«, wo ich logierte) an die Kutsche und sagte, nachdem er mir eine angenehme Fahrt gewünscht hatte, zu dem Kutscher, seine Hand auf dem Türknauf ruhen lassend: »Vergessen Sie nicht, vor Einbruch der Nacht zurück zu sein. Der Himmel scheint ruhig, aber ich spüre ein Beben im Nordwind, welches auf einen plötzlichen Sturm hinweisen könnte. Nun, ich darf wohl annehmen, daß Sie sich nicht verspäten.« Bei diesen Worten lächelte er und fügte hinzu: »Denn Sie wissen ja, welche Nacht heute anbricht.«

Johann antwortete beflissen »Ja, mein Herr«, berührte seinen Hut und fuhr schnell davon. Als wir die Stadtgrenze hinter uns gebracht hatten, ließ ich ihn halten und fragte:

»Sagen Sie, Johann, was hat es mit dieser Nacht auf sich?«

Er bekreuzigte sich, als er lakonisch antwortete: »Walpurgisnacht.« Dann zog er seine Uhr hervor, ein schweres, altmodisches deutsches Silbermonstrum von der Größe einer Rübe, las mit zusammengezogenen Augenbrauen die Zeit ab und zuckte ungeduldig mit den Achseln. Ich spürte, daß dies seine Art war, gegen die unnütze Verzögerung zu protestieren, und ließ mich wieder in die Polster zurückfallen.

Er fuhr schnell an, als wolle er die versäumte Zeit einholen. In kurzen Abständen schienen die Pferde ihre Köpfe emporzureißen, um argwöhnisch die Luft einzuziehen. In solchen Momenten schaute ich voller Unruhe um mich. Die Straße war ziemlich kahl, weil wir gerade ein hohes, von Stürmen heimgesuchtes Plateau überquerten. Plötzlich sah ich einen offensichtlich wenig benutzten Weg, der in ein kleines, gewundenes Tal zu führen schien. Dies Tal war so lieblich, daß ich Johann, auch auf die Gefahr hin, ihn zu verärgern, zu halten bat. Und als der Wagen zum Stehen kam, sagte ich ihm, daß ich jenen Weg zu fahren gedenke. Da erfand er allerlei Entschuldigungen und bekreuzigte sich immer wieder beim Sprechen. Dadurch wiederum erweckte er meine Neugierde, so daß ich ihm einige Fragen stellte. Er antwortete ausweichend, nicht ohne noch einmal protestierend seine Uhr zu ziehen. Schließlich sagte ich zu ihm: »Nun, Johann, ich möchte diesen Weg nehmen. Ich will Sie nicht zwingen, mich zu begleiten, aber sagen Sie mir, warum Sie sich weigern. Das möchte ich wissen.«

Anstelle einer Antwort ließ er sich förmlich vom Kutschbock fallen, so schnell stand er neben mir. Dann streckte er bittend seine Hände gegen mich aus und beschwor mich, nicht zu gehen. In seine Worte waren gerade so viel englische Brocken eingestreut, daß ich den Sinn seiner Warnung verstand. Er schien immer nahe daran, mir den wahren Grund für seine Angst zu erklären, verhielt aber jeweils im letzten Augenblick, bekreuzigte sich und sagte nur: »Walpurgisnacht.«

Ich versuchte, mit ihm darüber zu sprechen, scheiterte aber daran, weil ich seine Sprache nicht beherrschte. Und zweifellos war er im Vorteil, denn immer wenn er in seiner gebrochenen und wirren Art englisch zu sprechen anhob, erregte er sich so, daß er sofort wieder in seine Muttersprache verfiel, wobei er ständig auf seine große Uhr schaute.

Schließlich wurden die Pferde unruhig und sogen laut die Luft durch ihre Nüstern. In diesem Moment verfärbte sich seine Gesichtsfarbe, er wurde aschfahl, blickte ängstlich um sich, sprang dann plötzlich nach vorn, nahm die Zügel in die Hand und führte die Tiere ein Stück weiter. Ich folgte ihm und fragte, was das alles zu bedeuten habe. Wiederum bekreuzigte er sich, zeigte mit dem Finger zu dem Platz, den wir gerade verlassen hatten und stellte sein Gespann in die Richtung des anderen Weges, dadurch ein Kreuz beschreibend. Schließlich sagte er, erst auf Deutsch, dann auf Englisch: »Begrabt ihn, der sich selber tötete.«

Ich erinnerte mich des alten Brauches, Selbstmörder an Kreuzungen zu begraben und sagte: »Ah, ich verstehe, ein Selbstmörder – wie interessant.« Dennoch konnte ich mir bei meinem Leben nicht erklären, warum die Pferde scheuten.

Während wir so sprachen, hörten wir plötzlich einen merkwürdigen Laut, ein Mittelding zwischen Gebell und Gekläffe. Er kam zwar von weither, aber die Pferde wurden wieder unruhig, und Johann mußte alles daransetzen, sie zu beruhigen. Er war leichenblaß, als er sagte: »Das klingt ganz nach einem Wolf, aber zu dieser Zeit sind nie welche hier gesehen worden.«

»Wie lange ist es denn her, daß hier Wölfe aufgetaucht sind?« fragte ich ihn.

»Lange, sehr lange nicht mehr im Frühling und im Sommer, mit dem Schnee freilich sind sie schon oft gekommen.«

Noch als er den Pferden zusprach und sie zu beruhigen versuchte, huschten dunkle Wolken über den Himmel. Die Sonne verschwand, und ein kalter Windstoß schien hinter uns vorbeizustreichen. Es war allerdings nur ein Hauch, mehr eine Vorwarnung, denn die Sonne durchbrach darauf erneut die Wolkendecke.

Johann hielt sich die Hand über die Augen, betrachtete

den Horizont und meinte: »Der Schneesturm kommt lange vor seiner Zeit.«

Dann schaute er erneut auf seine Uhr, hielt die Zügel der stampfenden und die Köpfe schüttelnden Pferde kürzer und kletterte auf seinen Kutschbock, als wäre es nun Zeit, weiterzufahren. Ich wollte seinem Beispiel nicht sofort folgen und blieb hartnäckig an meinem Platze stehen. »Erzählen Sie mir doch, wohin diese Straße führt«, fragte ich ihn, in das Tal weisend.

Er murmelte ein Gebet und bekreuzigte sich nochmals, bevor er antwortete:

»Es ist unheilig.«

»Was ist unheilig?«

»Das Dorf.«

»Also existiert hier ein Dorf?«

»Nein, bei Gott nicht. Seit über hundert Jahren lebt dort keine Seele mehr.« Meine Neugierde war geweckt. »Aber gerade haben Sie gesagt, es befindet sich in diesem Tal ein Dorf.«

»Früher einmal.«

»Aber was ist damit geschehen?«

Jetzt folgte eine lange Geschichte, halb in Englisch, halb in Deutsch, so daß ich ihren Sinn nicht recht verstehen konnte, wohl aber begriff, daß in diesem Dorf einige Bewohner eines Tages plötzlich starben und begraben wurden, man später aber Stimmen hörte, die aus der Erde drangen. Als man die Särge öffnete, fand man unversehrte Körper, deren Lippen rot von Blut waren. Um ihre Leben zu retten (ja, und auch ihre Seelen – an dieser Stelle bekreuzigte er sich), flüchteten die Hinterbliebenen in andere Gegenden, wo die Lebenden leben und die Toten tot sind und nicht – irgendwie anders. Er fürchtete sich offensichtlich, gerade diese letzten Worte auszusprechen und geriet in immer größere Erregung. Es schien fast, als übe die Vorstellung einen magischen Zwang auf ihn aus, denn er endete mit einem wahren Angstanfall – leichenblaß, schwitzend, zitternd und nervös um sich blickend, als würde sich eine fürchterliche Geistererscheinung am helllichten Tage auf offenem Felde zeigen. Schließlich schrie er, auf dem Gipfel seiner Verzweiflung: »Walpurgisnacht!« und bedeutete mir, umgehend in die Kutsche zu steigen. Doch mein englisches Blut sträubte sich, und stehenbleibend sagte ich:

»Sie haben Angst, Johann, Sie haben ja Angst, fahren Sie nach Hause, ich werde allein zurückkommen. Die Wanderung wird mir gut bekommen.« Die Tür der Kutsche stand offen. Vom Sitz nahm ich meinen eichenen Wanderstab, den ich bei meinen Ferienreisen immer bei mir habe, schloß die Tür, wies in Richtung München und sagte: »Fahren Sie, Johann – die Walpurgisnacht kann einen Engländer nicht erschrecken.«

Die Pferde waren jetzt unruhiger denn je. Johann versuchte sie zu bändigen und beschwor mich gleichzeitig, nicht eine solche Dummheit zu begehen. Ich bedauerte den armen Kerl, weil er es ganz ernst meinte; dennoch konnte ich mir ein Lachen nicht verkneifen. Sein Englisch war ihm inzwischen vollends vergangen. In seiner Angst hatte er völlig vergessen, daß er sich mir nur in meiner Sprache verständlich machen konnte, und brabbelte nur noch in seiner Heimatsprache. Nachdem ich ihn nochmals aufforderte zu gehen, schickte ich mich an, dem Weg ins Tal zu folgen.

Mit einer verzweifelten Geste trieb Johann seine Pferde in Richtung München an. Auf meinen Stock gestützt, blickte ich ihnen nach. Eine Weile fuhr er langsam die Straße dahin, bis ich plötzlich einen großen dünnen Mann über die Spitze des Hügels kommen sah. Als er etwa in der Höhe des Gespannes war, begannen die Pferde sich wie wild zu gebärden und vor Angst zu wiehern. Johann konnte sie kaum halten. Sie polterten den Weg hinab, wie verrückt rasend. Ich blickte ihnen nach, solange ich konnte und suchte dann den Mann, aber auch er war verschwunden.

Frohen Herzens machte ich mich auf den Weg in das Tal, den Johann zu fahren nicht zu bewegen war. Ich fand nicht die Spur einer bösen Erscheinung, geschweige denn einen Menschen oder ein Haus.

Was die Landschaft betraf, so war sie eine Einöde schlechthin. Aber ich nahm diesen Zustand so lange nicht wahr, bis ich nach einer Biegung an einen ausgedehnten Waldrand kam. Erst jetzt bemerkte ich, wie mich die völlige Öde der Landschaft, die ich durchwandert hatte, unbewußt beeindruckt hatte.

Ich setzte mich nieder und begann, mich umzusehen. Ich spürte plötzlich, daß es erheblich kälter geworden war als zu Beginn meiner Wanderung und daß ein seufzender Ton mich umgab, der hin und wieder von einer Art gedämpften Gelächters begleitet wurde. Als ich aufblickte, sah ich dunkle, schwere Wolken von Norden nach Süden in großer Höhe über den Himmel jagen – Zeichen eines beginnenden Sturmes in einer hohen Schicht der Atmosphäre. Ich fühlte mich etwas unterkühlt, was ich auf das lange Sitzen nach der Wanderung schob, und machte mich wieder auf den Weg.

Der sich nun anschließende Landstrich hatte ein weitaus freundlicheres Gepräge, wobei sich das Auge weniger an auffälligen Dingen ergötzen konnte, sondern an dem Reiz der Gegend selber. Ich achtete nicht auf die Zeit und stellte mir erst bei hereinbrechender Dämmerung die Frage, wie ich wohl den Weg nach Hause finden würde. Die Klarheit des Tages war längst gewichen, die Luft hatte sich abgekühlt, und das schnelle Treiben der Wolken wurde immer spürbarer. Ein weit entfernter, raschelnder Ton war zu hören, in den sich in bestimmten Abständen jener Schrei mischte, der nach Johanns Meinung von einem Wolf stammen mußte. Ich zögerte einen Moment. Aber ich hatte mir vorgenommen, das zerstörte Dorf aufzusuchen, und so setzte ich meinen Weg fort. Ziemlich bald befand ich mich auf einem offenen Feld, das von Hügeln umsäumt war. Ihre Hänge waren mit Bäumen bewachsen, die sich vereinzelt zur Talsohle hinunterzogen und in dichteren Gruppen auch die kleineren Abhänge und Nebentäler überzogen. Ich folgte mit den Augen dem Verlauf des Weges und bemerkte, wie er sich dicht an ein dunkles Waldstück anschmiegte, um danach nicht mehr aufzutauchen.

Wie ich noch dastand und schaute, überraschte mich ein kalter Schauer in der Luft, dem sofort Schneefall folgte. Ich mußte an die vielen Meilen durch dieses öde Land denken, die ich bereits zurückgelegt hatte und lief dann schnell in Richtung des schützenden Waldes. Immer schwärzer und schwärzer verfärbte sich der Himmel, schneller und schwerer fiel der Schnee, bis die Erde um mich herum sich in einen weißen glitzernden Teppich verwandelt hatte, dessen vorderer Saum sich in milchigem Nebel verlor. Der Weg hier war ziemlich verwildert, seine Begrenzung kaum erkennbar. Schon nach wenigen Schritten hatte ich den Eindruck, abgekommen zu sein, denn ich spürte nicht mehr die harte Erde unter meinen Füßen und sank immer tiefer ein in Gras und Moos. Der Sturm wurde stärker und blies mit immer steigender Kraft, so daß ich froh war, nicht gegen ihn anlaufen zu müssen. Die Luft wurde eiskalt und ließ mich, trotz meiner Übung, erbärmlich leiden, und der Schnee fiel nun so dick und tanzte in so schnellen Wirbeln um mich herum, daß ich kaum meine Augen offenhalten konnte. Hin und wieder wurde der schwarze Himmel von einem flackernden Licht erhellt, so daß ich vor mir die dunkle Wand des Waldes erkennen konnte, der vornehmlich aus Eiben und Zypressen bestand, alle schwer beladen mit Schnee.

Bald gelangte ich in den Schutz der Bäume und konnte in dieser verhältnismäßigen Ruhe das Rauschen des Windes über mir vernehmen. Die Schwärze des Sturmes hatte sich mit der Dunkelheit der Nacht verschmolzen. Langsam aber schien der Sturm vorüberzuziehen, denn er kam jetzt nur noch in heftigen Stößen. In diesen Augenblicken hörte ich wie ein Echo zu dem unheimlichen Klagen des Wolfes noch andere ähnliche Laute.

Durch die schwarze Wand vorbeiziehender Wolken stahl sich gelegentlich zittriges Mondlicht, das die Gegend erleuchtete und mich erkennen ließ, daß ich mich am Rande eines dicht bewachsenen Zypressenwaldes befand. Sobald der Schneefall nachließ, lief ich hinaus und begann mich eingehender umzuschauen. Ich hatte das unbestimmte Gefühl, daß es doch noch ein Haus geben könnte, und wenn es nur eine Ruine wäre, in der ich für eine Weile hätte Unterschlupf finden können. Und als ich am Saum des Unterholzes entlangging, stieß ich auf eine niedrige Mauer, die dieses umgab. Jener folgend, fand ich auch bald einen Durchbruch. An dieser Stelle bildeten die Zypressen eine Allee, die zu einem viereckigen Gebäude führte. Doch in dem Moment, da ich diese Entdeckung machte, stieben die Wolken vor den Mond, so daß der Pfad in die Dunkelheit tauchte. Der Wind mußte kälter geworden sein, denn ich begann beim Laufen zu zittern; aber es bestand die Aussicht auf ein Dach über dem Kopf, und so stapfte ich blindlings voran.

Eine plötzliche Stille ließ mich verhalten. Der Sturm hatte sich gelegt, und auch mein Herz schien, vielleicht in Übereinstimmung mit der Natur, nicht mehr zu schlagen. Freilich nur für Sekunden, denn plötzlich brach das Mondlicht durch die Wolken und breitete einen Friedhof vor mir aus. Das quadratische Gebäude vor mir stellte sich als marmornes Grabmal heraus, so weiß wie der Schnee, der es bedeckte. Mit dem Mondschein kam eine wütende Windbö auf, die mit einem langen, tiefen Geheul, wie von einem Rudel Hunde oder Wölfe, vorbeizog. Ich war erschrocken, wie festgenagelt, und Kälte durchfuhr mich, daß ich zu erstarren drohte. Noch während der Mond das Grabmal beleuchtete, begann der Sturm von neuem loszubrechen, als sei er auf seine alte Bahn gestoßen. Von einer heimlichen Neugier getrieben, näherte ich mich dem Grab, um herauszufinden, was es damit auf sich hatte und warum es so verlassen an einem solchen Ort stand. Ich stapfte darum herum und las über der dorischen Pforte in deutscher Sprache:

GRÄFIN DOLINGEN ZU GRAZ
IN DER STEIERMARK
GESUCHT UND TOT AUFGEFUNDEN
1801

In der Spitze des Grabmals steckte ein großer eiserner Pfahl oder Stachel, der offensichtlich durch den Marmor getrieben war, da das Ganze nur aus wenigen Blöcken bestand. Auf der Rückseite entdeckte ich, in großen kyrillischen Buchstaben eingraviert, den Satz:

DER TOD KOMMT SCHNELL!

Etwas so Phantastisches und Unheimliches lag über dem Ganzen, daß ich einen gewaltigen Schauder verspürte und einer Ohnmacht nahe war. Zum ersten Mal wünschte ich, Johanns Ratschlag befolgt zu haben. Plötzlich durchzuckte mich ein Gedanke, hervorgerufen durch mysteriöse Umstände und begleitet von einem fürchterlichen Schock: Die Walpurgisnacht brach an.

Walpurgisnacht – nach dem Glauben von Millionen Menschen die Stunde, da der Teufel auf Erden weilt und aus den geöffneten Gräbern die Toten steigen und umherlaufen; die Stunde, da alle bösen Elemente der Erde, der Luft und des Wassers sich zu einem Gelage treffen. Gerade diesen Ort hatte der Kutscher so entschieden gemieden. Dieses war das vor Jahrhunderten ausgestorbene Dorf! Hier war der Ort, wo der Selbstmörder lag! Und an diesem Ort stand ich völlig allein – entmutigt, zitternd vor Kälte in einem Schneewirbel und einem beißenden Wind ausgesetzt. Ich versicherte mich meiner Philosophie, meines Glaubens, den man mir beigebracht hatte, und all meines Mutes, um nicht unter der drückenden Angst zusammenzubrechen.

Plötzlich begann ein wahrhaftiger Wirbelwind loszubrechen. Die Erde bebte, als würden ganze Herden von Pferden darübertrampeln, und der Himmel breitete seine eisigen Schwingen aus und schüttete große Hagelkörner herunter, die mit einer solchen Heftigkeit aufprallten, daß man an die Riemen balearischer Schleudern denken konnte; Hagelkörner, die Blätter und Zweige hinunterdrückten, so daß die Zypressen nicht länger Schutz gewährten, da ihre Stämme wie Getreidehalme aussahen. Zunächst hatte ich mich unter den ersten besten Baum gestellt, aber ich war nur zu gern bereit, diesen Platz wieder zu verlassen, um an den einzigen Fleck, der einen sicheren Unterstand bot, zu gelangen: an die tiefe dorische Pforte des Grabmals. An das massive Bronzetor gepreßt, war ich einigermaßen von den niedersausenden Hagelkörnern geschützt, die mich jetzt nur noch nach dem Aufprall auf dem Boden berührten. Als ich mich so gegen das Tor lehnte, begann sich dieses nach innen zu öffnen. Bei dem erbarmungslosen Unwetter war mir auch der Schutz einer Gruft willkommen, und ich war gerade im Begriff einzutreten, als das Licht eines Gabelblitzes den ganzen Himmel erhellte. Zur gleichen Zeit sah ich beim Umdrehen, so wahr ich hier stehe, in dem Grabgewölbe eine wunderschöne Frau mit rosigen Wangen und geröteten Lippen, die auf einer Totenbahre zu schlafen schien. Als das Geflacker am Himmel erlosch, wurde ich wie von einer Riesenhand gepackt und ins Freie geschleudert. Alles ging so schnell, daß ich kaum einen seelischen oder moralischen Schock verspürte, als ich schon von den Hagelkörnern niedergeworfen wurde. Plötzlich hatte ich das dumpfe Gefühl, nicht allein zu sein, und blickte in Richtung des Grabmals. Gerade in diesem Moment fuhr erneut ein Blitz herab, der den Eisenstab an der Spitze des Grabes zu treffen und durch ihn hindurch in die Erde abgeleitet zu werden schien, den Marmor dabei, wie in einer Feuersbrunst, versengend und zerstörend. Die tote Frau richtete sich plötzlich für einen Moment auf, während sie schon von den Flammen beleckt wurde, und ihre verzweifelten Schmerzensschreie wurden von dem Donnerschlag erstickt. Das letzte, was ich wahrnahm, waren wieder die fürchterlichen Geräusche. Dann wurde ich erneut gepackt und herumgeschleudert, während der Hagel auf mich niederprasselte. Die Luft schien von dem Geheul der Wölfe zu vibrieren. Schließlich erinnere ich mich noch an eine diffuse, weiße, sich bewegende Masse, als hätten alle Gräber um mich herum ihre Phantome entsandt, die sich mir durch den weißen Nebel des treibenden Hagels näherten.

Nach und nach erlangte ich mein Bewußtsein wieder und spürte eine lähmende Müdigkeit. Zuerst konnte ich mich an nichts mehr erinnern, aber langsam erwachten meine Sinne. Meine Füße waren gekrümmt vor Schmerz, so daß ich sie nicht bewegen konnte. Es war, als seien sie völlig erstarrt. Eine eisige Kälte saß mir im Nacken, die sich den ganzen Rücken hinunterzog. Meine Ohren schließlich waren wie abgestorben. Aber in der Brust spürte ich einen Funken Wärme, der im Vergleich zu meiner übrigen Verfassung köstlich war. Es war ein Alptraum – ein physischer Alptraum, wenn man so sagen darf, denn es kam hinzu, daß ich durch ein schwerlastendes Gewicht auf meinem Körper kaum zu atmen vermochte.

In dieser Apathie hatte ich wohl ziemlich lange gelegen,

und als sie schließlich nachließ, muß ich entweder geschlafen haben oder ohnmächtig geworden sein. Dann überfiel mich ein Ekelgefühl, das sich wie die ersten Anzeichen der Seekrankheit bemerkbar machte, und ein wildes Verlangen, von etwas befreit zu sein – nur wußte ich nicht, von was. Eine ungeheure Stille umgab mich, als schliefe die Welt, oder als wäre sie tot – unterbrochen nur von einem leisen Keuchen, wie von einem Tier in der Nähe. Plötzlich fühlte ich ein Kratzen an meinen Kleidern, welches mir die fürchterliche Wahrheit bewußt werden ließ. Mein Herz drohte zu zerspringen, und das Blut schoß mir ins Gehirn. Ein großes Tier lag auf mir und leckte an meinem Umhang. Ich hatte Angst, mich zu bewegen, und mein Instinkt riet mir, ganz ruhig zu bleiben. Das Tier jedoch schien eine Veränderung in meinem Körper gespürt zu haben, denn es hob witternd den Kopf. Durch einen Spalt meiner Augenlider sah ich über mir die zwei sprühenden Augen eines Wolfes. Seine spitzen, weißen Zähne blitzten in dem klaffenden roten Mund, und sein heißer Atem ging beißend und scharf über mein Gesicht.

Ich mußte wieder in Bewußtlosigkeit gefallen sein. Ein tiefes Knurren, gefolgt von einem Heulen, brachte mich zu mir. Dann hörte ich, wenngleich ziemlich weit entfernt, ein »Hallo! Hallo!«, so, als riefen mehrere Menschen gleichzeitig. Vorsichtig hob ich meinen Kopf und spähte in die Richtung der Rufer, aber das Grabmal stand meinem Blick im Wege. Der Wolf über mir heulte noch immer in seiner schauerlichen Art, und ein roter Schein begann sich um den Zypressenhain herum zu bewegen, als wolle er dem Ton folgen. Als die Stimmen näher kamen, wurden die Laute des Tieres immer wütender und hastiger. Ängstlich vermied ich jede Bewegung. Über das weiße Leichentuch, das um mich in die Dunkelheit hinein ausgelegt zu sein schien, huschte der rote Schein immer näher. Und ganz plötzlich tauchte hinter dem Wäldchen eine Gruppe Reiter mit Fackeln auf. Der Wolf erhob sich und machte sich in Richtung des Grabes davon. Ich sah einen der Reiter (es handelte sich, nach den Mützen und langen Militärmänteln zu schließen, um Soldaten) seinen Karabiner heben und auf mich anlegen. Ein anderer stieß ihm den Arm hoch, so daß ich die Kugel über meinen Kopf hinwegpfeifen hörte. Offensichtlich hatte man meinen Körper mit dem des Wolfes verwechselt. Ein Dritter erspähte das Tier, wie es davonlief, und schoß. Dann galoppierte ein Teil der Reiter auf mich zu, der andere verfolgte den zwischen schneebeladenen Zypressen verschwindenden Wolf.

Als sie mich fast erreicht hatten, versuchte ich mich zu bewegen, was ganz aussichtslos war, aber ich konnte nun alles sehen und hören, was um mich herum geschah. Zwei oder drei Soldaten sprangen ab und knieten neben mir nieder. Einer hob meinen Kopf an und legte eine Hand an mein Herz.

»Gott sei Dank, Kameraden, sein Herz schlägt noch«, rief er den anderen zu.

Daraufhin wurde mir Brandy eingeflößt, der mir soviel Kraft gab, die Augen richtig zu öffnen und umherzublicken. Lichter und Schatten bewegten sich zwischen den Bäumen, und ich hörte Menschen einander zurufen. Erschreckte Laute wurden vernehmbar, als sie zusammenkamen; und die Lichter begannen zu zittern, als die andere Gruppe wie vom Teufel besessen aus dem Wirrwarr der Gräber auftauchte. Als sie ganz nah bei uns waren, wurden sie von den um mich herum Hockenden drängend gefragt:

»Na, habt ihr ihn gefunden?«

Die Antwort sprudelte nur so heraus:

»Nein, nein! Kommt bloß schnell weg von hier, schnell! Das ist kein Lagerplatz, zumal nicht in dieser Nacht!«

»Was ist denn los?« wurde gefragt. Die Antwort kam ungenau und stockend, und zwar so, als wollten alle das gleiche sagen, aber von einer gemeinsamen Furcht daran gehindert wurden.

»Es, ja, ja – da!« stotterte einer, dem es für einen Moment völlig die Sprache verschlagen hatte.

»Erst ein Wolf – und dann plötzlich keiner mehr«, warf ein anderer zittrig ein.

»Hat ja keinen Sinn, das Biest ohne eine geheiligte Kanone zu verfolgen«, bemerkte ein Dritter in einer etwas handfesteren Sprache. »Beschütze uns, daß wir nur diese Nacht überstehen! Die tausend Mark Belohnung haben wir weiß Gott verdient«, war der Ausbruch des Vierten. »Ich habe Blut an dem Marmor kleben sehen«, sagte jemand nach einer Pause. »Aber von ihm – ist er verwundet? Schaut auf seine Gurgel! Der Wolf hat auf ihm drauf gelegen und sein Blut warm gehalten.«

Der Offizier befühlte meine Kehle und sagte: »Da ist alles in Ordnung, seine Haut ist nicht verletzt. Was soll das überhaupt alles bedeuten? Hätte der Wolf nicht so laut geheult, hätten wir den Mann nie gefunden.«

»Wo ist denn der Wolf hin?« fragte der Mann, der meinen Kopf stützte und offensichtlich der Unerschrockenste der Gruppe war, denn seine Hände waren ganz ruhig. Auf seinem Ärmel sah ich den Winkel eines Unteroffiziers.

»Der ist zu seiner Höhle gelaufen«, antwortete einer, dessen langes Gesicht leichenblaß war und der von einer Höllenangst gepackt schien, als er sich furchtsam umdrehte. »Es sind ja Gräber genug da, in denen er sich verstecken kann – kommt doch endlich, Kameraden, laßt uns diesen teuflischen Platz verlassen!«

Der Offizier brachte mich in eine sitzende Haltung und murmelte einen Befehl. Einige der Soldaten brachten mich auf ein Pferd, während der Offizier sich hinter mich setzte, um mich festzuhalten. Er gab das Zeichen zum Aufbruch, worauf wir schnell und in militärischer Ausrichtung dem Zypressenwäldchen den Rücken kehrten.

Notgedrungen mußte ich schweigen, da meine Zunge immer noch ihren Dienst versagte. Während des Rittes war ich wohl wieder eingeschlafen, denn plötzlich stand ich, von zwei Soldaten gestützt, auf der Erde. Es war jetzt fast hell, am nördlichen Himmel lag ein roter Streifen Sonnenlicht wie ein Blutfleck über der Schneewüste. Der Offizier befahl den Soldaten, nichts von dem zu erzählen, was sie gesehen hatten, nur von dem fremden Engländer, der von einem großen Hund bewacht worden sei. »Von einem Hund? Das war doch kein Hund!« rief der Soldat, der die größte Furcht gezeigt hatte. »Ich kann doch wohl noch einen Wolf erkennen!« Der junge Offizier antwortete ruhig: »Ich sagte: ein Hund!«

»Ein Hund«, wiederholte der andere ironisch. Sein Mut schien mit der aufgehenden Sonne zu wachsen. Auf mich weisend, sagte er: »Schauen Sie doch auf seine Gurgel! Sind das die Spuren eines Hundes?«

Instinktiv führte ich meine Hand zum Hals und schrie bei der Berührung laut auf. Die Männer bildeten rasch einen engen Kreis, um mich zu betrachten, einige stiegen sogar von den Pferden. Noch einmal sagte der junge Offizier mit ruhiger Stimme:

»Es war ein Hund, wie ich schon sagte. Wenn wir etwas anderes sagen, lacht man uns doch nur aus!«

Schließlich wurde ich hinter einen Soldat in den Sattel gehoben, und wir ritten weiter auf die Vororte von München zu. Bald trafen wir auf eine leere Kutsche, in die ich gesetzt wurde und die mich zum Hotel »Vier Jahreszeiten« brachte – begleitet von dem jungen Offizier und gefolgt von einem Soldaten, der dessen Pferd mitführte. Die anderen ritten zurück in ihre Kasernen.

Als wir anlangten, kam Herr Delbrück augenblicklich die Treppe heruntergestürzt, weil er offensichtlich schon nach uns Ausschau gehalten hatte. Er nahm mich bei beiden Händen, um mich besorgt hineinzuführen. Der Offizier salutierte und wollte gerade von dannen gehen, als ich seine Absicht erkannte und darauf bestand, daß er mich in meine Zimmer begleite. Bei einem Glas Wein dankte ich ihm und seinen tapferen Soldaten für die Lebensrettung. Er erwiderte bescheiden, daß er selbst mehr als glücklich sei und daß Herr Delbrück Schritte unternommen habe, um den Suchtrupp zufriedenzustellen.

Lächelnd nahm der maitre d'hotel diese doppelsinnige Bemerkung auf, während der Offizier an seine Pflicht erinnerte und sich verabschiedete.

»Aber Herr Delbrück«, fragte ich, »aus welchem Grunde haben mich denn die Soldaten gesucht?«

Er zuckte mit den Schultern, als wolle er seine große Heldentat herabsetzen, und sagte:

»Ich war in der glücklichen Lage, den Kommandanten meines ehemaligen Regiments um Soldaten bitten zu können.«

»Aber woher wußten Sie, daß ich mich verirrt hatte?« fragte ich.

»Der Kutscher kam nur noch mit Resten seines Wagens hier an, der in Stücke brach, als die Pferde durchgingen.«

»Aber nur auf seinen Rat hin hätten Sie doch nie einen Suchtrupp ausgeschickt?«

»Oh, nein!« antwortete er, »aber bevor der Kutscher zurückkam, bekam ich dieses Telegramm von jenem Edelmann, dessen Gast Sie sind.« Dabei zog er ein Telegramm aus seinem Rock, dessen Text lautete:

Bistritz
Achten Sie sorgfältig auf meinen Gast – seine Sicherheit ist mir kostbar. Sollte ihm etwas zustoßen oder sollte er verschwunden sein, sparen Sie weder Mühe noch Geld, ihn zu finden und für seine Gesundheit zu sorgen. Er ist Engländer und aus diesem Grunde abenteuerlich. Zur Zeit drohen Gefahren durch Schnee, Wölfe und Nacht.

*Versäumen Sie keine Sekunde, wenn Sie annehmen, daß
ihm Leid zugefügt wird. Ich werde Ihren Eifer belohnen.*
Dracula

Das Zimmer schien sich plötzlich um mich zu drehen. Und hätte der aufmerksame Herr Delbrück mich nicht gestützt, wäre ich sicher gefallen. In dieser Geschichte war alles so seltsam verlaufen, so übernatürlich und so schwer begreifbar, daß ich plötzlich den Verdacht hatte, Spielball jenseitiger Kräfte zu sein – eine Vorstellung, die mich fast um den Verstand brachte. Ich stand ohne Zweifel unter einem geheimnisvollen Schutz. Gerade zur rechten Zeit war eine Botschaft aus einem fremden Land gekommen, die mich vor dem Tod im Schnee und dem Rachen des Wolfes gerettet hatte.

NATHANIEL HAWTHORNE

Rappacinis Tochter

Ein junger Mann, namens Giovanni Guasconti, kam vor langer Zeit aus Süditalien zum Studium nach Padua. Die goldenen Dukaten klangen nur spärlich in seiner Tasche, und Giovanni bezog ein hohes, düsteres Zimmer in einem alten Haus, das gut ein ehemaliger Adelspalast hätte sein können. Und in der Tat: das Wappenschild einer längst erloschenen Familie war über dem Portal zu sehen. Der junge Fremde wußte wohl Bescheid in seines Vaterlandes größter Dichtung, und er wußte, daß Dante einen Vorfahren dieses Geschlechtes, einen Bewohner dieses Hauses vielleicht, teilhaben ließ an den unendlichen Qualen seines Inferno. Diese Beziehungen und Erinnerungen, im Verein mit der Neigung zum Weltschmerz, so natürlich bei einem jungen Menschen, der zum ersten Mal heimatlicher Vertrautheit entrissen ward, entlockten Giovanni einen tiefen Seufzer, als er sich umschaute in dem trostlosen, schlecht möblierten Raum.

»Heilige Jungfrau«, rief die alte Lisabetta, die sich, gefangen von der auffallenden Schönheit des Jünglings, freundlich mühte, das Zimmer wohnlich herzurichten, »solch ein Seufzer aus so junger Brust! Findet Ihr das alte Haus düster? Dann steckt um Himmels willen rasch den Kopf zum Fenster hinaus, und Ihr werdet ebenso hellen Sonnenschein sehen, wie Ihr ihn in Neapel zurückgelassen habt.«

Unwillkürlich tat Guasconti, wie die alte Frau ihm riet;

allein er war nicht ganz ihrer Ansicht, daß die Sonne in der Lombardei so hell schien wie im südlichen Italien. Doch sie fiel auf einen Garten unter dem Fenster und teilte ihre mütterliche Sorgfalt vielen Blumen mit, die mit außerordentlicher Liebe gepflegt erschienen.

»Gehört dieser Garten zum Hause?« fragte Giovanni.

»Gott behüte, Herr! Ja, wenn bessere Kräuter da wüchsen als jetzt«, antwortete Lisabetta. »Nein, diesen Garten bebaut Signor Giacomo Rappacini mit eigener Hand, der berühmte Arzt, von dem man doch ganz gewiß schon bis Neapel gehört hat. Man sagt, daß er Arzneien mache aus diesen Pflanzen, die machtvoll seien wie Zauberei. Ihr könnt den Herrn Doktor bald bei der Arbeit sehen, und wenn Ihr Glück habt, auch seine Tochter, wenn sie die seltsamen Gewächse pflückt, die in diesem Garten wachsen.«

Die alte Frau hatte nun am Aussehen des Zimmers ihr Möglichstes getan, empfahl den jungen Mann dem Schutze der Heiligen und ging hinaus.

Noch immer wußte Giovanni nichts Besseres zu tun, als in den Garten unter dem Fenster hinabzuschauen. Dem Anblick nach hielt er ihn für einen botanischen Garten, wie man ihn in Padua früher kannte, als sonst irgendwo in Italien oder auf der ganzen Welt. Möglich auch, daß er einst der Lustgarten einer reichen Familie war, denn in der Mitte stand die Ruine eines Marmorbrunnens, in höchst kunstvoller Arbeit, aber so kläglich zertrümmert, daß keine Möglichkeit mehr bestand, den ursprünglichen Entwurf aus dem Wirrwarr der Überreste zu enträtseln. Das Wasser aber sprang und funkelte im Sonnenschein so freudig wie nur je. Ein leises Murmeln drang bis zum Fenster des Jünglings und gab ihm das Gefühl, als sei im Brunnen ein unsterblicher Geist, der sein Lied in Ewigkeiten singt und nicht achthat, was um ihn geschieht, mag ein Jahrhundert ihn in Marmor meißeln, ein anderes dies vergängliche Gewand in Splittern auf den Boden streuen. Der ganze Teich, in den das Wasser abfloß, war von verschiedenartigen Pflanzen überwuchert, die sehr viel Feuchtigkeit zu brauchen schienen, um ihre ungeheuren Blätter und üppigen Blüten zu ernähren. Ein Strauch besonders, den man mitten im Teich in eine Marmorurne gepflanzt hatte, trug eine Überfülle purpurner Blüten, jede einzelne reich und strahlend wie ein Edelstein; und von dem ganzen Busch ging ein solches Leuchten aus, daß es ausreichend schien, dem Garten Licht zu geben, auch ohne Sonnenschein. Allenthalben war der Boden mit Pflanzen und Kräutern bevölkert, die, wenn auch weniger schön, doch sorgfältigste Pflege verrieten, als hätte jede ihre besondere Tugend, um derentwillen ein gelehrter Geist sie hegte. Einige waren in reich geschnitzte alte Urnen gepflanzt, andere in schlichte Blumentöpfe. Wie Schlangen krochen sie am Boden hin, oder sie klommen hoch empor, alles benützend, was sich darbot zum Klettern. Eine Pflanze wand sich um ein Standbild des Vertumnus, der ganz verhüllt und eingeschlossen war in einem Kleid von hängendem Blattwerk, so künstlerisch geschlungen, daß es einem Bildhauer zum Modell hätte dienen können.

Während Giovanni noch am Fenster stand, hörte er hinter einer Blätterwand etwas rascheln und sah, daß jemand sich im Garten zu schaffen machte. Bald trat die Gestalt vor seinen Blick. Es war kein gewöhnlicher Arbeiter, sondern ein schlanker, hagerer, blaß und kränklich aussehender Mann in schwarzem Gelehrtengewand. Er stand jenseits der Mittelgrenze des Lebens, das Haar und der dünne Bart waren grau; sein Gesicht sprach in hohem Maße von Klugheit und Kultur, aber es hatte wohl nie, auch in jüngeren Jahren nicht, große Herzenswärme ausgedrückt.

Mit ganz unübertrefflicher Genauigkeit prüfte dieser gelehrte Gärtner jeden Strauch, an dem er vorüberkam. Er schien in das Innerste der Pflanzen zu schauen, Beobachtungen zu machen über das Wesen ihres Wachstums und festzustellen, warum ein Blatt diese Gestalt hatte, ein anderes jene, und warum die einzelnen Blumen so verschieden waren in Form und Duft. Und doch, trotz seiner eindringlichen Beobachtung, kamen sie einander nicht innerlich nahe, er und seine Pflanzenwesen. Im Gegenteil, er vermied, sie wirklich zu berühren oder ihren Duft voll einzuatmen, mit einer Vorsicht, die Giovanni höchst unangenehm berührte. Er benahm sich so, als ginge er unter bösen Gewalten einher, wilden Furien, todbringenden Schlangen, bösen Geistern, von denen ihm furchtbares Unheil drohe im kleinsten unbeherrschten Augenblick. Sonderbar angstvoll war es für den jungen Mann, diese Unsicherheit an einem Menschen zu beobachten, der einen Garten pflegt, bei dieser einfachsten und unschuldigsten aller menschlichen Beschäftigungen, die schon die Freude und Mühe unserer Ureltern vor dem Sündenfall gewesen.

Der mißtrauische Gärtner hatte seine Hände mit dicken Handschuhen geschützt, als er die toten Blätter fortnahm und das allzu üppige Wachstum der Sträucher beschnitt. Und das war noch nicht sein einziger Schutz. Als er auf seinem Weg durch den Garten zu der prächtigen Pflanze kam, deren rubinrote Blüten neben dem Marmorbrunnen wucherten, legte er eine Art Maske über Mund und Nase, als sei in all dieser Schönheit tödlichste Tücke versteckt. Doch es schien ihm immer noch zu gefährlich; er trat zurück, nahm die Maske ab und rief laut, aber mit der unsicheren Stimme eines innerlich kranken Menschen:

»Beatrice! Beatrice!«

»Da bin ich, Vater! Was wünscht Ihr?« rief eine volle, jugendfrische Stimme aus einem Fenster des gegenüberliegenden Hauses; so reich war die Stimme wie ein Sonnenuntergang in den Tropen, und Giovanni mußte unwillkürlich an tiefe purpurne oder rosenrote Farbentöne denken und an schwere, köstliche Gerüche. – »Seid Ihr im Garten?«

»Ja, Beatrice«, antwortete der Gärtner, »und ich brauche deine Hilfe.«

Bald trat aus einem geschnitzten Portal die Gestalt eines jungen Mädchens, mit so erlesenem Geschmack gekleidet, wie die prächtigste der Blüten, und schön wie der Tag. Überquellend von Leben, Gesundheit und Kraft sah sie aus; all dies verhalten und verdichtet, in seiner Überfülle, sozusagen eingedämmt vom Gürtel der Jungfräulichkeit. Doch Giovannis Phantasie mußte krank geworden sein vom Schauen in den Garten, denn das schöne fremde Mädchen erschien ihm selber wie eine Blume, die menschliche Schwester jener Gewächse, so schön wie sie, schöner noch als die köstlichste von ihnen – doch auch sie nur mit geschützten Fingern anzufassen, auch ihr nicht ohne Maske nahe zu kommen. Als Beatrice den Gartenpfad herabkam, konnte man beobachten, daß sie mehrere Pflanzen anfaßte, die ihr Vater sorgfältigst gemieden hatte, und auch ihren Duft einatmete.

»Sieh hier, Beatrice«, sagte der Vater, »wie vielerlei an unseren größten Schatz notwendig zu geschehen hat. Allein, hinfällig wie ich bin, könnte ich es mit dem Leben büßen, so dicht heranzugehen, wie erforderlich. Ich fürchte, von nun an muß ich dir allein die Sorge für diese Pflanze übertragen.«

»Und gern will ich sie übernehmen«, rief wieder die volle Stimme des jungen Mädchens. Sie neigte sich zu der prächtigen Pflanze und tat die Arme auf, als ob sie sie umfassen wolle.

Giovanni, hoch oben am Fenster, rieb sich die Augen und wußte nicht recht, ob das ein Mädchen war, das ihre Lieblingsblume pflegt, oder eine Schwester, die der andern liebevollste Dienste tut. Bald aber schwand das Bild. Vielleicht hatte Doktor Rappacini seine Arbeiten im Garten beendet; vielleicht auch hatte sein wachsames Auge das Gesicht des Fremden erspäht – er nahm den Arm seiner Tochter und zog sich zurück. Schon sank die Nacht; schwüle Dünste schienen von den Pflanzen aufzusteigen und oben an dem geöffneten Fenster vorbeizuschleichen. Giovanni schloß die Läden, ging zu seinem Lager und träumte von einer prächtigen Blume und einem schönen Mädchen. Blume und Jungfrau waren zwei, und doch dasselbe, mit seltsamer Gefahr verknüpft in beiderlei Gestalt.

Doch es liegt im Morgenlicht eine Kraft, die klarzustellen sucht, wo unsere Phantasie und Urteilskraft sich täuschten beim Sonnenuntergang, in den Schatten der Nacht oder im ungesunden Schein des Mondlichts. Giovanni schreckte aus dem Schlummer empor, und seine erste Bewegung war, das Fenster aufzureißen und in den Garten hinabzustarren, den seine Träume so mit Geheimnissen bevölkert hatten. Er war erstaunt und leicht beschämt zu finden, wie wirklich und selbstverständlich er erschien in den ersten Strahlen der Sonne, die den Tau auf Blatt und Blüte vergoldete; wenn sie auch all den seltenen Blumen noch schimmernde Schönheit verlieh, so rückte sie doch alles in die Grenzen üblicher Erfahrung zurück. Der junge Mann freute sich, daß er mitten in der kahlen Stadt das Vorrecht genoß, diese Stelle lieblichen und üppigen Wachstums zu überschauen. Freilich waren jetzt weder der kränkliche, vergrübelte Doktor Giacomo Rappacini noch seine strahlende Tochter zu sehen, so daß Giovanni nicht entscheiden konnte, wieviel von der Eigenart, die er ihnen beiden zuschrieb, ihren wirklichen Eigenschaften entsprach, und wieviel davon seiner wundertätigen Phantasie entsprang. Allein er war geneigt, die ganze Sache höchst rational anzusehen.

Im Laufe des Tages stellte er sich bei Signor Pietro Baglioni vor, Professor der Medizin an der Universität, einem Arzt von hervorragendem Rufe, an den er ein Empfehlungsschreiben mitgebracht hatte. Der Professor war ein älterer Herr, offenbar von heiterer Veranlagung und lustig in seinem

Wesen. Er behielt den jungen Mann zum Mittagessen da und war höchst angenehm in seiner freien und lebhaften Unterhaltung, besonders, nachdem er sich an einer Flasche Toskanerwein erwärmt hatte. In der Annahme, daß Gelehrte, die in der gleichen Stadt wohnen, notwendigerweise auf vertrautem Fuße miteinander stehen müßten, nahm Giovanni Gelegenheit, den Namen des Doktor Rappacini zu erwähnen. Aber der Professor antwortete nicht so herzlich, wie er angenommen hatte.

»Es stünde einem Lehrer der göttlichen Kunst der Medizin schlecht an«, antwortete Professor Pietro Baglioni auf eine Frage Giovannis, »einem so ungeheuer geschickten Arzt wie Rappacini die schuldige und wohlerwogene Anerkennung vorzuenthalten. Andererseits aber könnte ich es kaum vor meinem Gewissen verantworten, einen Jüngling wie Euch, Signor Giovanni, den Sohn eines alten Freundes, in irrigen Annahmen zu belassen über einen Mann, der vielleicht noch einmal Euer Leben und Euren Tod in seinen Händen halten könnte. Die Wahrheit ist, daß unser verehrter Doktor Rappacini in der Wissenschaft so beschlagen ist wie nur irgendein Vertreter der Fakultät – vielleicht mit einer einzigen Ausnahme – in Padua oder ganz Italien. Aber gegen seine Berufsauffassung bestehen gewisse ernste Bedenken.«

»Und welche?« fragte der junge Mann.

»Hat mein Freund Giovanni irgendeine körperliche oder seelische Krankheit, weil er so eingehend nach Ärzten fragt?« sagte der Professor lächelnd. »Aber was Rappacini anbetrifft, so sagt man von ihm – und ich, der ich den Mann gut kenne, stehe dafür ein, daß es wahr ist –, daß er sich unendlich viel mehr um die Wissenschaft als um die Menschheit kümmert. Seine Patienten, die doch lebendige Wesen sind, interessieren ihn nur als Gegenstände für irgendein neues wissenschaftliches Experiment. Er würde Menschenleben opfern, auch sein eigenes, oder was ihm sonst am teuersten ist, nur um dem ungeheuren Berg seiner aufgehäuften Weisheit auch nur ein Senfkörnlein hinzuzufügen.

»Er scheint mir wahrlich auch ein furchtbarer Mann«, bemerkte Guasconti, der sich im Geiste das von nichts als kaltem Verstand sprechende Antlitz Rappacinis wieder vorstellte. »Und doch, verehrter Professor, ist er nicht ein hervorragender Mensch? Gibt es viele, die einer so vergeistigten Liebe zur Wissenschaft fähig sind?«

»Gott behüte«, antwortete der Professor etwas starrköpfig – »es sei denn, daß man gesündere Ansichten von der Heilkunst hat, als Rappacini sie vertritt. Es ist nämlich seine Theorie, daß alle Heilkräfte in den Substanzen eingeschlossen sind, die wir pflanzliche Gifte nennen. Diese züchtet er eigenhändig, und man erzählt, daß er sogar neue Arten von Giften erzeugt habe, verderblicher als alle, mit denen die Natur ohne die Hilfe dieses Gelehrten die Menschheit jemals heimgesucht hätte. Daß der Herr Doktor mit solch gefährlichen Stoffen weniger Unheil anrichtet, als man erwarten sollte, läßt sich nicht leugnen. Ab und zu, das muß man zugeben, hat er oder scheint er eine wunderbare Heilung bewirkt zu haben. Aber wenn ich meine persönliche Meinung sagen soll, Signor Giovanni, man sollte ihm solche Fälle des Erfolges nicht hoch anrechnen, da er sie wahrscheinlich dem Zufall dankt, für die Fehlschläge jedoch sollte man ihn ernsthaft verantwortlich machen, denn die kann man mit Recht als sein eigenes Werk ansehen.«

Der Jüngling hätte Baglionis Ansichten mit mancherlei Einschränkung aufgenommen, hätte er gewußt, daß zwischen ihm und Rappacini ein langer beruflicher Zwist bestand, in dem der letztere nach allgemeiner Ansicht Sieger blieb.

»Ich weiß nicht, gelehrter Herr Professor«, entgegnete Giovanni, nachdem er eine Zeitlang über das nachgedacht hatte, was von Rappacinis ausschließlichem Eifer für die

Wissenschaft gesagt worden war – »ich weiß nicht, bis zu welchem Grade dieser Arzt seine Kunst liebt; aber sicher gibt es etwas, was ihm noch teurer ist. Er hat eine Tochter.«

»Aha!« rief der Professor und lachte. »So, nun ist Freund Giovannis Geheimnis entdeckt. Ihr habt von dieser Tochter gehört, in die alle jungen Männer von Padua vernarrt sind, obwohl noch nicht ein halbes Dutzend jemals so glücklich war, ihr Gesicht zu sehen. Ich weiß wenig von Fräulein Beatrice, außer daß Rappacini sie tief in seine Wissenschaft eingeweiht hat, und daß sie, trotz der Jugend und Schönheit, die man ihr nachrühmt, schon imstande wäre, einen Lehrstuhl auszufüllen. Vielleicht hat ihr Vater sie für meinen vorgesehen! Es gehen noch andere sonderbare Gerüchte, die aber kein Gehör oder Weitererzählen verdienen. So, Signor Giovanni, nun trinkt aber Euer Glas Lacrimae aus!«

Etwas erhitzt vom Wein kehrte Guasconti in seine Wohnung zurück, und seltsame Phantasien über Rappacini und die schöne Beatrice schwammen durch sein Hirn. Als er unterwegs zufällig an einem Blumenladen vorbeikam, kaufte er einen frischen Strauß.

Er stieg in sein Zimmer hinauf und setzte sich ans Fenster, aber in'den Schatten der dicken Mauer, so daß er ohne große Gefahr, entdeckt zu werden, in den Garten hinabschauen konnte. Unter seinen Augen lag nichts als Einsamkeit. Die seltsamen Pflanzen badeten im Sonnenschein und nickten einander von Zeit zu Zeit freundlich zu wie um sich Liebe und Zusammengehörigkeit zu beweisen. In der Mitte, bei dem eingestürzten Brunnen, wuchs der prächtige Strauch, ganz übersät von purpurnen Edelsteinen. Sie glühten in der Luft und glänzten aus der Tiefe des Teiches zurück, der so überzuquellen schien von farbigem Schimmer, in den er getaucht war. Zuerst war der Garten einsam. Bald jedoch – wie Giovanni halb gehofft und halb gefürchtet hatte – erschien eine Gestalt unter dem alten geschnitzten Portal und kam durch die Reihen der Blumen herabgeschritten, ihre verschiedenen Düfte atmend, wie eines jener klassischen Fabelwesen, die von süßen Wohlgerüchen lebten. Beim erneuten Anblick Beatrices erschrak der junge Mann fast, als er bemerkte, wie weit ihre Schönheit seine Erinnerung daran noch übertraf; so glänzend war sie, so lebhaft in ihrer Eigenart, daß sie mitten im Sonnenlicht noch glühte und, wie Giovanni leise bei sich sagte, tatsächlich die schattigeren Teile des Gartenpfades erleuchtete. Jetzt war ihr Gesicht weniger verhüllt als bei der früheren Gelegenheit, und er erstaunte über seinen schlichten und lieblichen Ausdruck, etwas was er sich nicht in ihrem Charakter vorgestellt hatte, und er fragte sich wieder, was für ein Lebewesen sie eigentlich sei. Auch fehlte wieder die Beobachtung oder Einbildung nicht, daß eine Ähnlichkeit bestand zwischen dem schönen Mädchen und dem üppigen Strauch, der seine edlen Blüten über den Brunnen hängen ließ – eine Ähnlichkeit, die Beatrice in phantastischer Laune noch mit Absicht zu erhöhen schien durch die Anordnung ihres Gewandes und die Wahl seiner Farben.

Als sie sich dem Strauch näherte, öffnete sie die Arme, wie in leidenschaftlicher Liebe, und zog seine Zweige in enger Umarmung an sich, so eng, daß ihr Gesicht in seinen Blätterherzen sich versteckte und ihre glänzenden Locken sich ganz mit seinen Blüten mischten.

»Gib mir deinen Odem, Schwester«, rief Beatrice, »denn ich bin schwach von der gemeinen Luft. Und gib mir diese Blüte, die ich mit zartesten Fingern von deinem Stamme löse und dicht an meinem Herzen berge.«

Mit diesen Worten pflückte Rappacinis schöne Tochter eine der reichsten Blüten des Strauches und wollte sie an ihrer Brust befestigen. Doch jetzt geschah etwas Sonderbares, wenn nicht der Wein Giovannis Sinne verwirrt hatte. Ein kleines orangefarbenes Tier, eine Eidechse oder ein Chamäleon, kroch zufällig gerade vor ihren Füßen über den Weg. Es schien Giovanni – aber aus der Entfernung, von der er herabschaute, hätte er kaum etwas so Winziges beobachten können –, es schien ihm jedoch so, als seien ein oder zwei feuchte Tropfen aus dem verwundeten Stamm auf den Kopf der Eidechse gefallen. Einen Augenblick lang wand sich das Reptil krampfartig, dann lag es bewegungslos im Sonnenschein. Beatrice bemerkte die auffallende Erscheinung und bekreuzigte sich, auch zögerte sie nicht, die verhängnisvolle Blume vor die Brust zu stecken. Dort erglühte sie und schimmerte fast so blendend wie ein Edelstein. Sie verlieh ihrer Kleidung und der ganzen Erscheinung den einzigen passenden Reiz, den sonst nichts in der Welt hätte verleihen können. Aber Giovanni beugte sich aus dem Schatten des Fensters vor, schrak zurück, sprach irre Worte und zitterte.

»Wache ich? Bin ich bei Sinnen?« sagte er zu sich selber. »Was ist dieses Wesen? – Soll ich sie schön nennen – oder unaussprechlich furchtbar?«

Lässig durch den Garten streifend, kam Beatrice nun dichter unter Giovannis Fenster, so daß er den Kopf ganz aus seinem Versteck vorstrecken mußte, um der großen, schmerzenden Neugier zu genügen, die sie erregte. In diesem Augenblick kam ein schönes Insekt über die Gartenmauer herüber. Vielleicht hatte es die Stadt durchflogen und keine Blüten und kein Grün an diesen alten Stätten der Menschheit gefunden, bis der schwere Duft von Doktor Rappacinis Sträuchern es von weither herangelockt hatte. Ohne sich auf die Blumen zu senken, schien dies geflügelte Glänzen von Beatrice angezogen, zauderte in der Luft und umflatterte ihr Haupt. Nun mußten aber Giovanni Guascontis Augen wirklich trügen. Wie dem auch sei, er glaubte zu sehen, wie das Insekt, von Beatrice mit kindlichem Entzücken bestaunt, matt wurde und zu ihren Füßen niederfiel – seine schimmernden Flügel erzitterten – dann war es tot – aus keinem wahrnehmbaren

Grund, wenn es nicht ihr eigener Odem war. Wieder schlug Beatrice ein Kreuz und seufzte tief, als sie sich über das tote Tier neigte.

Eine plötzliche Bewegung Giovannis lenkte ihre Augen nach dem Fenster. Dort erblickte sie den schönen Kopf des Jünglings – mehr ein griechischer als ein italienischer Kopf, mit hübschen, regelmäßigen Zügen und einem goldenen Schimmer über den Locken. Er starrte auf sie herab, wie ein Wesen, das frei in der Luft schwebte. Kaum wissend, was er tat, warf Giovanni den Strauß hinab, den er bisher in der Hand gehalten.

»Fräulein«, sagte er, »dies sind reine und gesunde Blüten. Tragt sie um Giovanni Guascontis willen!«

»Ich danke Euch, Herr«, erwiderte Beatrice mit ihrer vollen Stimme, die wie ein Strom von Musik aus ihr hervorquoll, und mit heiterem Ausdruck, halb kindlich und halb frauenhaft. »Ich nehme Eure Gabe an und möchte sie gerne mit dieser köstlichen Purpurblüte lohnen, aber wenn ich sie auch hinaufwerfe, sie wird Euch nicht erreichen. So muß sich Signor Guasconti mit meinem Dank allein begnügen.«

Sie hob den Strauß vom Boden auf, und dann, als schäme sie sich innerlich, aus ihrer mädchenhaften Scheu herausgetreten zu sein, um dem Gruß eines Fremden zu antworten, eilte sie rasch durch den Garten heimwärts. Aber so kurz die Augenblicke auch waren, es kam Giovanni so vor, als finge sein schöner Blumenstrauß in ihrer Hand bereits zu welken an, als sie gerade unter dem geschnitzten Portal verschwand. Es war eine müßige Einbildung, denn es war nicht möglich, aus so großer Entfernung eine welke Blume von einer frischen zu unterscheiden.

Viele Tage lang nach diesem Zwischenfall mied der junge Mann das Fenster, das in Doktor Rappacinis Garten blickte, als ob etwas Häßliches und Ungeheuerliches sein Augenlicht mit giftigem Hauch bedrohe, sobald er sich nur zu einem Blick verleiten ließ. Er war sich bewußt, durch die Verbindung, die er mit Beatrice angesponnen hatte, sich bis zu gewissem Grade unter den Einfluß einer unbegreiflichen Macht begeben zu haben. Das klügste wäre gewesen, hätte sein Herz wirklich in Gefahr gestanden, seine Wohnung und ganz Padua sofort zu verlassen; fast so klug, sich so gut wie möglich an den vertrauten Anblick Beatrices im hellen Tageslicht zu gewöhnen und sie so streng und planmäßig in die Grenzen allgemeiner Erfahrung zu rücken. Am allerwenigsten aber hätte Giovanni diesem ungewöhnlichen Wesen so nahe bleiben sollen, ohne es zu sehen, weil die Nähe und sogar die Möglichkeit der Unterredung, den wilden Einfällen, die seine Phantasie unaufhörlich jagten, eine Art Faßbarkeit und Wirklichkeit verliehen. Guasconti war keine tiefe Natur – jedenfalls ließ sich die Tiefe noch nicht ermessen –, aber er hatte eine lebendige Phantasie und heißes südliches Temperament, das ihn von Minute zu Minute in einen höheren Fiebergrad steigerte. Ob Beatrice nun wirklich diese schrecklichen Eigenschaften besaß oder nicht – jenen todbringenden Atem, die Verwandtschaft mit den schönen, verhängnisvollen Blumen –, was sich alles aus Giovannis Beobachtungen ergab, jedenfalls hatte sie ihm ein heftiges und tückisches Gift eingeflößt. Es war nicht Liebe, wenn auch ihre reiche Schönheit ihn toll machte; auch Entsetzen war es nicht, selbst wenn er sich vorstellte, daß ihr Geist ebenso verderblich durchsetzt war, wie ihr Körper es schien. Liebe und Entsetzen hatten gleichen Teil daran; es brannte wie die eine und machte zittern wie das andere. Giovanni wußte nicht, was er zu fürchten hatte. Noch weniger wußte er, was er hoffen durfte. Doch Furcht und Hoffnung stritten in seiner Brust, besiegten einander und standen wieder auf zu neuem Streit. Gesegnet seien alle einfachen Gefühle, düstere und helle! Das geisterhafte Gemisch aus beiden läßt die lodernde Flamme des Inferno entstehen.

Manchmal versuchte er das Fieber seines Geistes durch ein rasches Gehen in den Straßen von Padua zu dämpfen. Seine Tritte gingen im Takt mit dem hämmernden Klopfen im Gehirn, so daß der Spaziergang zu wildem Jagen wurde. Eines Tages fühlte er sich plötzlich aufgehalten. Sein Arm wurde von einem stattlichen Mann erfaßt, der umgekehrt war, als er den Jüngling erkannte und ihn nun keuchend eingeholt hatte.

»Signor Giovanni! Halt, junger Freund!« rief er. »Habt Ihr mich vergessen? Das könnte wohl angehen, wenn ich mich ebenso verändert hätte wie Ihr.«

Es war Baglioni, den Giovanni seit der ersten Begegnung gemieden hatte, aus Furcht, die Klugheit des Professors möchte zu tief in seine Geheimnisse dringen. Er versuchte sich zu fassen; verwirrt trat er aus der Welt seines Innern in die Außenwelt hinaus und sprach wie im Traum.

»Ja, ich bin Giovanni Guasconti. Und Ihr seid Professor Pietro Baglioni. Nun laßt mich weiter!«

»Noch nicht – noch nicht, Giovanni Guasconti«, sagte der Professor lächelnd; aber zugleich schaute er mit ernstem, forschendem Blick den Jüngling an. »Wie, bin ich mit Eurem Vater gemeinsam aufgewachsen, und sein Sohn soll wie ein Fremder in diesen alten Gassen von Padua an mir vorübergehen? Bleibt stehen, Signor Giovanni, wir müssen ein paar Worte wechseln, bevor wir uns trennen.«

»Dann aber schnell, sehr verehrter Professor, schnell!« sagte Giovanni. »Seht Ihr nicht, daß ich in Eile bin?«

Während er noch sprach, kam ein schwarz gekleideter Herr die Straße entlang. Er ging gebückt und bewegte sich mühsam wie ein kranker Mensch. Sein Gesicht war von gelber, kränklicher Blässe überzogen; doch der Ausdruck durchdringender, lebhafter Klugheit beherrschte es so stark, daß ein Beschauer leicht das rein Physische übersehen und nur die wunderbare Energie bestaunen konnte. Im Vorübergehen wechselte er einen kühlen, zurückhaltenden Gruß mit Baglioni, heftete aber mit solcher Eindringlichkeit den Blick auf Giovanni, daß er alles aus ihm hervorzuholen schien, was der Beachtung wert war. Trotzdem lag eine merkwürdige Ruhe in dem Blick, als nehme er nur wissenschaftliches und kein menschliches Interesse an dem jungen Mann.

»Das ist Doktor Rappacini!« flüsterte der Professor, als der Fremde vorüber war. »Hat er Euer Gesicht schon einmal gesehen?«

»Nicht, daß ich wüßte«, antwortete Giovanni, der bei dem Namen zusammenschrak.

»Er hat Euch sicher gesehen! Er muß Euch gesehen haben!« sagte Baglioni hastig. »Zu irgendeinem Zweck beobachtet Euch dieser Gelehrte! Ich kenne diesen Blick an ihm: Es ist der gleiche, der kalt in seinen Augen leuchtet, wenn er sich über einen Vogel, eine Maus oder einen Schmetterling neigt, die er um irgendeines Versuches willen mit dem Duft einer Blume getötet hat – ein Blick, so tief wie die Natur, doch ohne ihre wärmende Liebe. Signor Giovanni, ich setze mein Leben zum Pfand, Ihr seid der Gegenstand eines Versuches für Rappacini!«

»Wollt Ihr mich zum Narren halten?« rief Giovanni wild. »Das, Herr Professor, wäre ein unangebrachtes Experiment.«

»Geduld, Geduld«, erwiderte der unerschütterliche Professor. »Ich versichere Euch, mein armer Giovanni, Rappacini hat ein wissenschaftliches Interesse an Euch. Ihr seid in furchtbare Hände geraten! Und die Signora Beatrice? Welche Rolle spielt sie in dem Geheimnis?«

Aber hier lief Guasconti, der Baglionis Hartnäckigkeit unerträglich fand, davon und war fort, bevor der Professor seinen Ärmel wieder fassen konnte. Er blickte aufmerksam hinter dem jungen Mann her und schüttelte das Haupt.

›Das darf nicht geschehen‹, sagte Baglioni zu sich selber. ›Der Junge ist der Sohn meines alten Freundes, und er soll keinen Schaden nehmen, vor dem ihn die Geheimnisse der ärztlichen Wissenschaft bewahren können. Außerdem ist es eine unausstehliche Anmaßung von Rappacini, mir den Burschen einfach wegzuschnappen und für seine verdammten Experimente zu gebrauchen. Und diese Tochter! Ich werde aufpassen. Wer weiß, hochgelehrter Rappacini, vielleicht fasse ich Euch, wo Ihr es Euch nicht träumen laßt.‹

Inzwischen hatte Giovanni einen weiten Umweg gemacht und sah sich schließlich vor der Tür seiner Wohnung. Auf der Schwelle traf er auf die alte Lisabetta, die übers ganze Gesicht schmunzelte und offenbar seine Aufmerksamkeit auf sich ziehen wollte; umsonst jedoch, denn der Aufruhr seiner Empfindungen war plötzlich einer kalten, dumpfen Leere gewichen. Er wandte die Augen voll auf das welke Gesicht, das sich zu einem Lächeln verzog, aber er schien es nicht zu sehen. Da faßte ihn die Alte am Mantel.

»Herr! – Herr!« flüsterte sie und grinste noch immer von einem Ohr bis zum andern – es sah fast aus wie ein alter, in Jahrhunderten gedunkelter Holzschnitt. »Hört nur, Herr! Es gibt einen geheimen Eingang in den Garten!«

»Was sagt Ihr da?« rief Giovanni und fuhr rasch herum, als ob ein lebloses Wesen zu fieberhaftem Leben aufwache. »Ein geheimer Eingang zu Doktor Rappacinis Garten?«

»Pst! Nicht so laut!« flüsterte Lisabetta und legte ihm die Hand auf den Mund. »Ja, in den Garten des verehrten Doktors, wo Ihr all die schönen Gewächse sehen könnt. Mancher junge Mann in Padua würde es mit Gold bezahlen, zu diesen Blumen eingelassen zu werden.«

Giovanni legte ihr ein Goldstück in die Hand.

»Zeigt mir den Weg«, sagte er.

Ein Argwohn durchkreuzte sein Hirn, wahrscheinlich durch seine Unterhaltung mit Baglioni hervorgerufen, daß diese Einmischung der alten Lisabetta irgendwie im Zusammenhang stehen könnte mit der unbekannten Intrige, in die ihn Doktor Rappacini nach der Meinung des Professors scheinbar verwickeln wollte. Aber solcher Verdacht, wenn er ihn auch störte, konnte ihn doch nicht zurückhalten. Sofort, nachdem er nur eine Möglichkeit sah, sich Beatrice zu nähern, erschien ihm dies als bedingte Lebensnotwendigkeit. Es galt ganz gleich, ob sie ein Engel war oder ein Dämon, er stand unwiderruflich in ihrem Bann und mußte dem Gesetz gehorchen, das ihn vorwärtstrieb, in immer engeren Zirkeln zu einem Ziel, das er sich nicht auszumalen versuchte. Und doch – wie seltsam – kam ihm ein plötzlicher Zweifel, ob dieses brennende Interesse seinerseits auch keine Täuschung sei, ob es wirklich so bedingungslos und tief sei, daß es ihn dazu berechtigte, sich jetzt in eine unberechenbare Situation zu stürzen, ob es nicht nur die Schwärmerei eines jugendlichen Hirnes sei und wenig oder gar nichts mit dem Herzen zu tun habe!

Er blieb stehen, zögerte, wandte sich halb um, dann ging er weiter. Seine alte Führerin leitete ihn durch mehrere dunkle Gänge und schloß zuletzt eine Tür auf. Als sie offen war, hörte und sah man raschelnde Blätter, durch die gebrochenes Sonnenlicht schimmerte. Giovanni trat hinaus, bahnte sich einen Weg durch das Gestrüpp eines Busches, der mit seinen Ranken den versteckten Eingang versperrte, und stand unter seinem eigenen Fenster, frei in Doktor Rappacinis Garten.

Wie oft ist es so: wenn Unmöglichkeiten aufgehört haben, wenn nebelhafte Träume sich zu greifbarer Wirklichkeit verdichtet haben, dann sind wir ganz ruhig, fast kalt und beherrscht in Umständen, deren bloße Vorstellung uns sonst vor Freude oder Schmerz rasend gemacht hätte. Das Schicksal liebt es, so mit uns zu spielen. Die Leidenschaft wählt sich die Zeit nach eigenem Willen, auf der Bühne zu erscheinen; sie zögert träge im Hintergrund, selbst wenn die günstigsten Ereignisse zusammentreffen und ihr Auftreten zu fordern scheinen. So erging es Giovanni jetzt. Tag für Tag hatte sein

Blut fieberhaft gepocht bei der unwahrscheinlichen Vorstellung, mit Beatrice zusammenzutreffen, Aug' in Auge ihr gegenüber, in diesem Garten hier, im südlichen Sonnenschein ihrer Schönheit zu versinken, aus ihrem offenen Blick das Geheimnis zu schöpfen, das ihm das Rätsel seines eigenen Lebens schien. Doch jetzt fühlte er einen merkwürdigen, unangebrachten Gleichmut in seiner Brust. Er ließ seinen Blick durch den Garten gehen, um festzustellen, ob Beatrice oder ihr Vater da seien. Als er sich allein sah, begann er eine kritische Beobachtung der Pflanzen.

Durchweg befriedigte ihn ihr Anblick nicht. Ihre Pracht schien gewaltsam, krampfhaft und sogar widernatürlich. Es war kaum ein einziger Strauch darunter, vor dem der Wanderer, der einsam den Wald durchstreift, sich nicht erschrocken gewundert hätte, ihn im Freien wachsen zu sehen, als hätte ihn ein unwirkliches Gesicht plötzlich aus dem Dickicht angestarrt. Einige konnten ein feines Empfinden auch dadurch abstoßen, daß sie so künstlich aussahen; sie deuteten an, daß eine Kreuzung stattgefunden hatte, Unzucht gewissermaßen, zwischen verschiedenen Pflanzenarten, so daß das Ergebnis kein Werk Gottes mehr war, sondern ein Monstrum, aus der verderbten Phantasie der Menschen hervorgegangen; und seine Schönheit war nur höllisches Blendwerk. Sie waren jedenfalls das Ergebnis von Experimenten, denen es in einzelnen Fällen gelungen war, aus ursprünglich lieblichen Blumen ein Gemisch zu erzeugen, das zweifelhaft und verdächtig aussah, wie alles, was in dem Garten wuchs. Kurzum, Giovanni kannte nur zwei oder drei Pflanzen unter allen, und von diesen wußte er bestimmt, daß sie giftig waren. Noch beschäftigt mit diesen Betrachtungen, hörte er das Rascheln eines Seidenkleides. Er wandte sich und sah, wie Beatrice aus dem geschmückten Portal hervortrat.

Giovanni hatte sich nicht überlegt, wie er sich benehmen sollte, ob er sich entschuldigen wollte wegen seines Eindringens in den Garten, oder so tun, als sei er zum mindesten unter Mitwissen, wenn nicht sogar auf Wunsch Doktor Rappacinis oder seiner Tochter hier. Aber Beatrices Benehmen beruhigte ihn, wenn es ihm auch nicht den Zweifel darüber nahm, auf wessen Betreiben er Einlaß erlangt hatte. Leichtfüßig kam sie den Pfad entlang und traf ihn neben dem eingestürzten Brunnen. Überraschung lag auf ihrem Gesicht, doch es strahlte in einfacher, natürlicher Freude.

»Ihr seid ein Blumenkenner, mein Herr«, sagte Beatrice lächelnd und spielte damit auf den Strauß an, den er ihr aus dem Fenster zugeworfen hatte. »Da ist es kein Wunder, daß meines Vaters seltene Sammlung Euch in Versuchung geführt hat, sie näher zu besichtigen. Wäre er hier, so könnte er Euch viel seltsame und interessante Dinge erzählen über die Natur und Gewohnheit dieser Sträucher, denn er hat sein Leben mit solchen Studien verbracht, und dieser Garten ist seine Welt.«

»Und Ihr, mein Fräulein«, bemerkte Giovanni, »wenn das Gerücht wahr ist, so seid auch Ihr sehr geschult in den Wunderkräften dieser reichen Blüten und starken Düfte. Wolltet Ihr geruhen, mir Lehrerin zu sein, ich würde ein noch eifrigerer Schüler werden als unter Signor Rappacini selbst.«

»Sagt man das?« fragte Beatrice und lachte lustig und klingend. »Sagen die Leute wirklich, ich sei in meines Vaters Kenntnisse der Pflanzen eingeweiht? Wie spaßhaft das ist! Nein; obwohl ich unter diesen Pflanzen aufgewachsen bin, so kenne ich doch von ihnen nur Gestalt und Duft; und manchmal scheint mir, möchte ich selbst dieses geringe Wissen gern wieder missen. Es sind viele Pflanzen hier, und fast die prächtigsten beleidigen und stoßen mich ab, wenn mein Auge sie trifft. Aber bitte, Signor, glaubt nicht diese Geschichten von meiner Wissenschaft. Glaubt nichts von mir, was Ihr nicht mit eigenen Augen seht.«

»Und muß ich denn alles glauben, was ich mit eigenen

Augen gesehen habe?« fragte Giovanni mit Betonung, während ihn die Erinnerung an frühere Szenen wieder schreckte. »Nein, Signora, Ihr verlangt zu wenig von mir. Heißt mich nichts glauben, was nicht von Euren eigenen Lippen kommt.«

Fast schien es, als verstünde Beatrice, was er meinte. Tiefe Röte stieg in ihre Wangen; aber sie blickte Giovanni voll in die Augen und erwiderte seinen beunruhigten, argwöhnischen Blick hoheitsvoll wie eine Königin.

»Das bitte ich Euch wirklich, mein Herr!« antwortete sie. »Vergeßt, was immer Ihr Euch von mir vorgestellt haben mögt. Wenn es auch für die äußeren Sinne wahr zu sein scheint, so kann es doch im tiefsten Grunde irrig sein. Aber die Worte aus Beatrice Rappacinis Munde sind wahr, von innen heraus. Die dürft Ihr glauben!«

Ein heiliger Eifer durchglühte sie ganz und strahlte wie das Licht der Wahrheit selber auf Giovanni über. Doch während sie sprach, lag ein Duften in der Luft, die sie umgab, reich und köstlich, wenn auch nur wie ein Hauch; und doch wagte der junge Mann, aus unbestimmbarem Widerstreben heraus, kaum, es voll einzuatmen. Es hätte der Duft der Blumen sein können. Konnte es auch Beatrices Atem sein, der so ihre Worte seltsam reich durchduftete, als seien sie durchtränkt von ihrem Herzen? Eine schattenhafte Schwäche überflog Giovanni, um rasch wieder zu schwinden, er schien durch die Augen des schönen Mädchens in ihre klare Seele zu schauen, und er fühlte nicht mehr Furcht noch Zweifel.

Der Anflug von Leidenschaft, der Beatrices Wesen belebt hatte, schwand wieder; sie wurde heiter und schien ein reines Vergnügen an dem Verkehr mit dem Jüngling zu finden; so wie wohl ein Mädchen auf einsamer Insel es empfunden haben möchte, mit einem Reisenden aus der kultivierten Welt sich zu bereden. Augenscheinlich beschränkte sich ihre ganze Lebenserfahrung auf die Grenzen dieses Gartens. Bald plauderte sie über Dinge, so einfach wie das Tageslicht oder die sommerlichen Wolken, bald stellte sie Fragen über die Stadt, über Giovannis ferne Heimat, seine Freunde, seine Mutter, seine Schwestern. Fragen, die von solcher Unkenntnis zeugten, von solchem Mangel an Vertrautheit mit allem, was Brauch und Sitte war, daß Giovanni ihr wie einem Kinde antwortete. Ihr Geist sprudelte vor ihm hervor wie ein frischer Quell, der gerade zum ersten Mal das Sonnenlicht schaut und darüber staunt, wie sich Erde und Himmel in ihm widerspiegeln. Auch tiefe Gedanken kamen zum Vorschein und köstlich blitzende Einfälle, als ob Diamanten und Rubinen aus den Wellen des Bächleins hervorblinkten. Immer wieder ging dem jungen Mann ein Wundern durch den Sinn, daß er Seite an Seite neben dem Wesen ging, mit dem sich seine Einbildung so stark beschäftigt, deren Bild er sich mit so viel Schrecken ausgemalt, an dem er selber tatsächlich solche Auswirkungen furchtbarer Eigenschaften beobachtet hatte – daß er sich jetzt wie ein Bruder mit Beatrice unterhielt, und daß er sie so natürlich und so mädchenhaft sah. Aber solche Gedanken waren nur vorübergehend; die Wirkung ihres Wesens war zu selbstverständlich, um nicht sofort vertraut zu machen.

In solch freien Gesprächen hatten sie den Garten durchstreift, und nun waren sie nach vielen Windungen seiner Wege wieder bei dem Brunnen angelangt, neben dem der prächtige Strauch mit der Fülle glühender Blüten stand. Ein Duft ging von ihm aus, den Giovanni als den gleichen erkannte, den er Beatrices Atem zuschrieb, nur war er unvergleichlich viel stärker. Giovanni sah, wie sie die Hand auf die Brust preßte, als ihr Blick darauf fiel, als klopfe ihr Herz plötzlich und voll Schmerz.

»Zum ersten Mal in meinem Leben«, wandte sie sich flüsternd an den Strauch, »hatte ich dich vergessen!«

»Ich erinnere mich, Signora«, sagte Giovanni, »daß Ihr

mir einmal versprach, mir mit einem dieser lebenden Edelsteine zu lohnen für die gesegnete Kühnheit, die mich den Strauß zu Euren Füßen niederwerfen ließ. Erlaubt mir, ihn jetzt zu pflücken zum Gedächtnis dieser Begegnung.«

Er tat einen Schritt auf den Strauch zu und streckte die Hand aus. Aber mit einem Schrei, der ihm wie ein Dolch durchs Herz fuhr, stürzte Beatrice vor, fing seine Hand auf und zog sie mit der ganzen Kraft ihrer zarten Gestalt zurück. Ihre Berührung durchschauerte Giovanni in allen Fiebern.

»Faßt ihn nicht an!« rief sie, und Todesangst war in ihrer Stimme. »Um Euer Leben nicht! Er bringt den Tod!«

Dann barg sie ihr Gesicht in den Händen, floh von ihm und verschwand unter der geschnitzten Tür. Als Giovanni ihr mit den Augen folgte, erblickte er die abgezehrte Gestalt und das bleiche Gesicht Doktor Rappacinis, der, vielleicht lange schon, die Szene vom Schatten des Portals aus beobachtet hatte.

Kaum war Guasconti allein in seinem Zimmer, als Beatrices Bild in seine erregten Gedanken zurückkehrte, von allen Zauberkünsten umsponnen, die es umkleidet hatten, seit er sie zum ersten Mal erblickte; doch jetzt war es auch noch von der sanften Wärme mädchenhaften Frauentums durchstrahlt. Sie war ein Mensch. Alle zarten und weiblichen Eigenschaften waren ihr eigen, wie sehr war sie verehrungswürdig! Sie, ganz gewiß, war aller Größe und Heldenkraft der Liebe fähig. Die Anzeichen, die er bisher als Beweise einer furchtbaren Eigenart ihrer körperlichen und seelischen Verfassung betrachtet hatte, waren entweder vergessen oder von der Sophisterei der Leidenschaft zu einer goldenen Krone der Zauberhaftigkeit gewandelt, die Beatrice nur bewundernswerter machte, weil sie so noch einzigartiger ward. Was häßlich erschienen war, jetzt war es schön; oder, wenn es solcher Wandlung nicht fähig war, stahl es sich fort und verbarg sich unter jenen gestaltlosen Traumvorstellungen, die die trübe

Sphäre über dem hellen Licht unseres klaren Bewußtseins erfüllen. So verbrachte Giovanni die Nacht, und er schlief nicht ein, bevor die Dämmerung die schlummernden Blumen in Doktor Rappacinis Garten zu wecken begann, in den ihn seine Träume sicherlich führten. Die Sonne stand auf, als ihre Zeit gekommen war, warf ihre Strahlen über die Lider des jungen Mannes und weckte ihn zu einem Schmerzempfinden. Als er völlig erwacht war, verspürte er einen brennenden und stechenden Schmerz in der Hand – in der rechten Hand –, derselben Hand, die Beatrice mit der ihren gefaßt hatte, als er im Begriff stand, eine der Rubinblüten zu pflücken. Auf dem Handrücken war ein purpurroter Abdruck, wie von vier kleinen Fingern, und am Gelenk das Bild eines zarten Daumens.

Wie hartnäckig hält die Liebe – oder auch das listige Trugbild der Liebe, das in der Einbildung blüht und keine Wurzel tief im Herzen schlägt –, wie hartnäckig hält sie an ihrem Glauben fest, bis der Augenblick kommt, wo sie in leeren Rauch vergehen muß! Giovanni legte sich ein Tuch um die Hand und fragte sich verwundert, was ihn so bösartig gestochen habe. Doch bald vergaß er den Schmerz und träumte von Beatrice.

Nach dem ersten Zusammentreffen war ein zweites im Laufe dessen, was wir Schicksal nennen, unvermeidlich. Ein drittes auch; und ein viertes. Eine Begegnung mit Beatrice im Garten war nicht länger ein Ereignis in Giovannis täglichem Leben, sondern in ihr war sein ganzes Leben eingeschlossen. Denn die Vorfreude und das Gedenken dieser verzückten Stunde füllten alle übrige Zeit aus. Auch Rappacinis Tochter erging es nicht anders. Sie wartete auf das Erscheinen des Jünglings und flog ihm entgegen, so vertraut und rückhaltlos, als seien sie seit früher Kindheit Spielgefährten – als seien sie es heute noch. Wenn er, durch irgendeinen ungewöhnlichen Zufall, nicht im vereinbarten Augenblick erschien, stand sie unter seinem Fenster und sandte ihre süße, klingende Stimme hinauf, die ihn in seinem Zimmer umflutete und ihm im Herzen klang und widerhallte – »Giovanni! Giovanni! Warum zauderst du? Komm herunter!« –, und er eilte hinab in das Paradies der bösen Blumen.

Doch bei all dieser innigen Vertrautheit lag in Beatrices Benehmen eine Zurückhaltung, die sie so streng und unwandelbar aufrechterhielt, daß ihm kaum jemals der Gedanke kam, sie zu durchbrechen. Alle Anzeichen sprachen dafür, daß sie einander liebten. Sie hatten Liebe geblickt, aus Augen, die das heilige Geheimnis aus der Tiefe einer Seele in die Tiefe der andern leiten, als sei es zu weihevoll für Worte. Sie hatten aber auch Liebe geredet, in jenen leidenschaftlichen Ergüssen, wo der Geist sich Bahn bricht und den Atem zu Worten formt, so wie eine lang verdeckte Flamme plötzlich hervorzüngelt. Und doch hatten die Lippen es nicht besiegelt; da war kein Händedruck, nicht die leiseste Zärtlichkeit, wie die Liebe sie fordert und heiligt. Nie hatte er eine der schimmernden Locken ihres Haares berührt; kein Luftzug hatte ihn ihr wehendes Gewand berühren lassen – so deutlich bestand die körperliche Trennung zwischen ihnen. Bei den wenigen Gelegenheiten, wo Giovanni versucht schien, die Grenze zu überschreiten, wurde Beatrice so traurig-ernst und sah so allein aus, selber schaudernd vor der Trennung, daß es keines Wortes bedurfte, ihn zurückzuhalten. Zu solchen Zeiten erschrak er vor dem furchtbaren Verdacht, der wie ein Ungeheuer aus der Höhle seines Herzens kroch und ihm entgegenstarrte. Schwach und matt wurde seine Liebe wie der Morgennebel. Nur seine Zweifel waren noch voll Leben. Aber wenn Beatrices Züge sich wieder erhellten nach der vorübergehenden Umwölkung, verwandelte sich sofort wieder das geheimnisvolle, vieldeutige Wesen, das er mit soviel Furcht und Entsetzen beobachtet hatte; sie war wieder das schöne, schlichte Mädchen, und er fühlte, sie so sicher zu kennen, daß kein anderes Wesen Raum gewinnen konnte.

Viel Zeit war inzwischen seit Giovannis letztem Zusammentreffen mit Baglioni verflossen. Eines Morgens jedoch wurde er unangenehm durch einen Besuch des Professors überrascht, an den er wochenlang kaum gedacht hatte und den er gerne noch länger vergessen hätte. Einer alles beherrschenden Erregtheit ganz hingegeben, konnte er keine Gesellschaft ertragen, es sei denn, daß sie völlig mit seinem augenblicklichen Gefühlszustand übereinstimmte. Er wußte, wie selten es vorkam. Eine solche Übereinstimmung war von Professor Baglioni nicht zu erwarten.

Der Besucher plauderte eine Zeitlang oberflächlich von den Neuigkeiten in Stadt und Universität und nahm dann ein neues Thema auf.

»Ich habe kürzlich einen alten klassischen Schriftsteller gelesen«, sagte er, »und eine Geschichte gefunden, die mich merkwürdig fesselte. Vielleicht kennt Ihr sie. Sie handelt von einem indischen Fürsten, der Alexander dem Großen eine schöne Frau als Geschenk sandte. Sie war lieblich wie die Morgenröte und leuchtend wie die untergehende Sonne. Was sie aber besonders auszeichnete, war ein gewisser reicher Duft ihres Atems – reicher als ein Rosengarten Persiens. Wie natürlich bei einem jugendlichen Eroberer, verliebte sich Alexander auf den ersten Blick in die herrliche fremde Frau. Aber ein weiser Arzt, der zufällig anwesend war, entdeckte ein furchtbares Geheimnis, das sie betraf.«

»Und welches war dies?« fragte Giovanni und schlug die Augen nieder, um des Professors Blick zu vermeiden, da er eine gewisse Verlegenheit zu verbergen suchte.

»Daß diese liebliche Frau«, fuhr Baglioni mit Nachdruck fort, »seit ihrer Geburt mit Giften ernährt worden, bis sie so sehr davon durchtränkt war, daß sie selbst zum tödlichsten aller Gifte geworden war. Gift war ihr Lebenselement. Mit jenem köstlichen Duft ihres Atems verpestete sie die Luft. Ihre Liebe wäre Gift gewesen! – Ihre Umarmung der Tod! – Ist das nicht eine wunderbare Erzählung?«

»Eine kindische Geschichte«, antwortete Giovanni und fuhr unruhig von seinem Stuhl empor. »Mich wundert nur, wie Ihr, verehrter Professor, bei Euren ernsten Studien Zeit findet, solchen Unsinn zu lesen.«

»Nebenbei bemerkt«, sagte der Professor und sah sich beunruhigt um, »was ist das für ein sonderbarer Geruch in Eurem Zimmer? Kommt er von Euren Handschuhen? Er ist nur schwach, aber köstlich und trotzdem durchaus nicht angenehm. Wenn ich ihn lange atmen müßte – ich glaube, er würde mich krank machen. Es ist wie der Duft einer Blume, aber ich sehe keine Blume im Zimmer.«

»Es sind auch keine da«, erwiderte Giovanni, der bei den Worten des Professors erbleicht war, »ich glaube auch nicht, daß irgendein Duft da ist; Ihr bildet ihn Euch wohl nur ein. Gerüche, die sich ja aus sinnlichen und geistigen Elementen zusammensetzen, täuschen uns leicht in solcher Weise. Die Erinnerung an einen Duft, die bloße Vorstellung davon, kann leicht für bestehende Wirklichkeit gehalten werden.«

»Ach – aber meine nüchterne Phantasie spielt mir nicht oft solche Streiche«, sagte Baglioni, »und sollte ich mir einen Duft einbilden, so wäre es wohl irgendein häßlicher Arzneigeruch, der leicht an meinen Fingern haften könnte. Unser verehrter Freund Rappacini, wie ich gehört habe, mischt seinen Medikamenten Düfte bei, die die Wohlgerüche Arabiens noch übertreffen. So würde auch zweifellos die schöne und gelehrte Signora Beatrice ihren Patienten Tränklein einflößen, so süß wie der Atem einer Jungfrau. Aber wehe denen, die sie schlürfen!«

Auf Giovannis Antlitz malten sich viele widerstreitende Gefühle. Der Ton, in dem der Professor auf die reine, liebliche Tochter Rappacinis anspielte, war seiner Seele qualvoll.

Und doch gab schon die Andeutung einer Ansicht von ihr, die der seinen widersprach, sofort tausend unklaren Verdachtsmomenten feste Gestalt, und sie grinsten ihn nun an wie lauter Teufel. Doch er mühte sich sehr, sie zu unterdrücken und Baglioni mit dem festen Glauben eines wahrhaft Liebenden zu antworten.

»Herr Professor«, sagte er, »Ihr wart meines Vaters Freund – vielleicht ist es auch Eure Absicht, freundschaftlich an seinem Sohn zu handeln. Gerne möchte ich für Euch nur Achtung und Ehrfurcht empfinden. Doch ich bitte Euch, zu beachten, daß es einen Gegenstand gibt, über den wir nicht reden dürfen. Ihr kennt Signora Beatrice nicht. Ihr könnt daher das Unrecht nicht ermessen – die Lästerung könnte ich fast sagen –, die ihr durch das leiseste beleidigende Wort widerfährt.«

»Giovanni! Mein armer Giovanni!« antwortete der Professor mit ruhigem Mitleid. »Ich kenne das unglückliche Mädchen viel besser als Ihr. Ihr sollt die Wahrheit hören über den Giftmischer Rappacini und seine giftige Tochter. Ja, so giftig wie sie schön ist! Hört zu! Denn ich will nicht schweigen, selbst wenn Ihr meinen grauen Haaren Gewalt antun möchtet. Jene alte Fabel der indischen Frau ist zur Wahrheit geworden durch die tiefe und tödliche Weisheit Rappacinis, und zwar in der Gestalt der lieblichen Beatrice.«

Giovanni stöhnte und schlug die Hände vors Gesicht.

»Ihr Vater«, fuhr Baglioni fort, »wurde nicht durch die natürliche Zuneigung daran gehindert, sein Kind auf diese furchtbare Weise seiner wahnsinnigen Leidenschaft für die Wissenschaft zum Opfer zu bringen. Denn – um ihm Gerechtigkeit widerfahren zu lassen – er ist ein so begeisterter Gelehrter, wie nur je einer das eigene Herz in einem Versuchskolben destillierte. Was wird also Euer Schicksal sein? Ganz ohne Zweifel seid Ihr zum Gegenstand irgendeines neuen Experiments ausersehen. Vielleicht ist Tod das

Ergebnis, vielleicht ein noch schlimmeres Geschick! Wenn Rappacini das vor Augen hat, was er sein wissenschaftliches Interesse nennt, schreckt er vor nichts zurück.«

»Es ist ein Traum«, murmelte Giovanni bei sich, »gewiß es ist nur ein Traum.«

»Aber«, nahm der Professor wieder auf, »seid guten Mutes, Sohn meines Freundes! Die Rettung kommt noch nicht zu spät. Möglich sogar, daß es uns gelingt, dieses arme Kind in die Grenzen der allgemeinen Natur zurückzubringen, der ihr Vater sie in seinem Wahn entfremdet hat. Seht dieses kleine silberne Fläschchen! Es ist eine Arbeit aus des berühmten Benvenuto Cellinis Händen und ist wohl wert, der schönsten Dame in Italien als Liebesgabe gereicht zu werden. Sein Inhalt aber ist ganz unschätzbar. Ein kleiner Tropfen dieses Gegengiftes hätte selbst das furchtbarste Gift der Borgia unschädlich gemacht. Zweifelt nicht, daß es gegen die Rappacinis ebenso wirksam sein wird. Schenkt das Fläschchen und die kostbare Flüssigkeit darin Eurer Beatrice und wartet voll Hoffnung auf das Ergebnis.«

Baglioni legte eine kleine, köstlich gearbeitete Phiole auf den Tisch, verabschiedete sich und überließ den jungen Mann der Wirkung seiner Worte.

Wir werden Rappacini doch noch kriegen! dachte er und kicherte heimlich, als er die Treppe hinabstieg. Aber die Wahrheit muß zugegeben werden, er ist ein wundervoller Mann! Aber – ein gefährlicher Pfuscher in seiner Praxis, und daher darf er nicht geduldet werden von Leuten, die noch Achtung haben vor den guten alten Regeln des Heilberufes!

Während seiner ganzen Bekanntschaft mit Beatrice, war Giovanni manchmal, wie schon berichtet wurde, von Zweifeln an ihrem Charakter verfolgt worden. Allein, es war ihr gelungen, von ihm so vollkommen als einfaches, natürliches, liebevolles und harmloses Geschöpf empfunden zu werden, daß das Bild, das Professor Baglioni jetzt von ihr entwarf, so fremd und unglaubhaft aussah, als ob es gar nicht mit seiner eigenen ursprünglichen Auffassung übereinstimme. Freilich, es gab häßliche Erinnerungen, die sich an die ersten flüchtigen Begegnungen mit dem schönen Mädchen knüpften. Er konnte den Blumenstrauß, der welk wurde in ihrer Hand, nicht ganz vergessen, auch nicht das Insekt, das in sonniger Luft so plötzlich starb, ohne sichtbaren Grund als den Duft ihres Atems. Diese Vorfälle jedoch hatten sich aufgelöst im reinen Licht ihrer Persönlichkeit, wirkten nicht länger wie Tatsachen, sondern wurden als falsch gedeutete Wahnvorstellungen angesehen, wollte sie auch das Zeugnis der Sinne noch so sehr als Wirklichkeit erscheinen lassen. Es gibt etwas, das wahrer ist und wirklicher als das, was wir mit den Augen sehen oder mit den Fingern betasten können. Auf solche besseren Beweise hatte Giovanni sein Vertrauen in Beatrice gegründet, mehr allerdings, weil ihn ihre schönen Eigenschaften notwendig dazu führten, als aus tiefem, edlem Glauben, der aus ihm selber kam. Aber nun war sein Gefühl nicht mehr fähig, sich auf der Höhe zu halten, zu der die erste Begeisterung der Liebe es gesteigert hatte; es fiel herab, und kroch unter irdischen Zweifeln umher und befleckte so die lichte Reinheit ihres Bildes. Nicht, daß er sich von ihr losgesagt hätte; er hegte nur Mißtrauen. Er beschloß, einen untrüglichen Beweis zu erbringen, der ihn für alle Zeit klar sehen lassen sollte, ob wirklich in ihrer Körperlichkeit jene furchtbaren Eigentümlichkeiten lagen, die man sich nicht ohne entsprechende Ungeheuerlichkeiten der Seele denken konnte. Aus der Ferne herabschauend, konnten seine Augen ihn getäuscht haben über die Eidechse, das Insekt und die Blumen. Aber wenn er aus einer Entfernung von wenigen Schritten beobachten konnte, wie eine frische und gesunde Blüte in ihrer Hand plötzlich erstarb, dann war kein längerer Zweifel möglich. In dieser Absicht eilte er zum Gärtner und erstand einen Strauß, auf dem noch die Perlen des Frühtaus blitzten.

Es war um die gewohnte Stunde des täglichen Zusammentreffens mit Beatrice. Bevor er in den Garten hinabstieg, unterließ es Giovanni nicht, sich im Spiegel zu besehen – eine Eitelkeit, die man von einem schönen Jüngling erwarten darf; aber daß sie sich in diesem bedrängten und aufgeregten Augenblick zeigte, sprach von einer gewissen Oberflächlichkeit des Gefühls und mangelnder Charaktertiefe. Er beschaute sich und sagte sich selber, daß seine Züge nie vorher so voll Anmut gewesen, seine Augen nie so lebhaft und seine Wangen so von warmer Röte überschäumenden Lebens.

Wenigstens, dachte er, hat sich ihr Gift meinem Körper noch nicht mitgeteilt. Ich bin keine Blume, die welk wird in ihrer Hand.

Bei diesem Gedanken fiel sein Auge auf den Strauß, den er noch nicht aus der Hand gelegt hatte. Ein Schauder unbeschreiblichen Entsetzens durchlief ihn, als er bemerkte, wie die frischen Blumen schon matt zu werden begannen; sie sahen aus wie etwas, das gestern frisch und lieblich gewesen war. Giovanni wurde marmorbleich, stand regungslos vor dem Spiegel und starrte sich selber darin an wie ein furchtbares Bild. Er dachte an Baglionis Bemerkung über den Duft, der das Zimmer zu erfüllen schien. Das mußte das Gift seines Atems gewesen sein! Dann schauderte ihn – es schauderte ihn vor sich selber! Aus seiner Erstarrung erwacht, begann er neugierig eine Spinne zu beobachten, die fleißig dabei war, ihr Netz zu spinnen im alten Gesims des Zimmers. Hin und wieder lief sie im kunstvollen System verwobener Fäden – eine so kräftige und lebhafte Spinne, wie sie nur je von einer alten Decke herabhing. Giovanni neigte sich zu dem Insekt hin und hauchte es tief und lange an. Plötzlich hielt die Spinne in ihrer Arbeit ein. Das Netz durchlief ein Zittern, das vom Körper der kleinen Künstlerin ausging. Wieder atmete Giovanni, noch tiefer und noch länger, und ein böses Gefühl aus einem Herzen lag in seinem Atem. Er wußte aber nicht, ob er schlecht war, oder nur verzweifelt. Die Spinne zuckte krampfhaft mit den Beinen, dann hing sie tot über dem Fenster.

»Verfluchter!« redete Giovanni sich selber an, »bist du so giftig geworden, daß selbst dieses giftige Insekt von deinem Atem stirbt?«

In diesem Augenblick klang eine volle, süße Stimme aus dem Garten herauf:

»Giovanni! Giovanni! Die Stunde ist schon überschritten. Warum zauderst du! Komm herab!«

»Ja«, murmelte Giovanni wieder – »und sie ist das einzige Wesen, das mein Atem nicht töten kann! Ich wollte, er könnte es!«

Er stürzte hinunter und stand im nächsten Augenblick den strahlenden, liebevollen Augen Beatrices gegenüber. Noch eben waren Wut und Verzweiflung so wild in ihm gewesen, daß er nichts mehr gewünscht hätte, als sie mit einem Blick zu vernichten. Aber als sie wirklich vor ihm stand, machten sich Einflüsse geltend, die sich nicht sofort abschütteln ließen, so fest und sicher standen sie: Erinnerungen an die zarte und gütige Macht ihrer Weiblichkeit, die ihn so oft in fromme Ruhe eingehüllt hatte. Erinnerungen an so manche heiligen und begeisterten Ergüsse ihres Herzens, wenn der reine Quell aus den Tiefen entsiegelt war und sich in kristallener Klarheit vor ihm zeigte, Erinnerungen, die – hätte Giovanni sie zu schätzen gewußt – ihm Versicherung gegeben hätten, daß all dies häßliche Geheimnis nur eine irdische Täuschung war, und daß, trotz aller schlimmen Nebel, die sich um sie zu ballen schienen, die wirkliche Beatrice ein Engel vom Himmel war. Wenn er auch so hoher Gläubigkeit nicht fähig war, so hatte doch ihre Gegenwart noch nicht völlig ihren Zauber verloren. Giovannis Wut dämpfte sich zu scheinbarer Empfindungslosigkeit. Beatrice fühlte mit wachen Sinnen sofort, daß ein schwarzer Abgrund zwischen ihnen gähnte, den keines überschreiten konnte. Traurig und schweigend gingen sie zusammen weiter und kamen zu dem Marmorbrunnen und dem Teich darunter, in dessen Mitte der Strauch mit den Rubinblüten wuchs. Giovanni erschrak über die helle Freude, den Hunger fast, mit dem er den Duft der Blumen einsog.

»Beatrice«, fragte er, »woher kommt dieser Strauch?«
»Mein Vater hat ihn geschaffen«, antwortete sie schlicht.
»Geschaffen! Geschaffen!« wiederholte Giovanni. »Was meinst du damit, Beatrice?«

»Er ist sehr vertraut mit den Geheimnissen der Natur«, erwiderte Beatrice, »und zur gleichen Stunde, als ich den ersten Atemzug tat, keimte diese Pflanze aus dem Boden, das Kind seiner Wissenschaft, seines Geistes, während ich nur seine leibliche Tochter war. Komm ihm nicht zu nahe!« fuhr sie fort, als sie voll Schrecken beobachtete, daß Giovanni sich dem Strauch näherte. »Er hat Eigenschaften, von denen du wenig ahnst. Aber ich, liebster Giovanni, ich wuchs auf und erblühte mit dieser Pflanze und ward von ihrem Atem genährt. Sie war meine Schwester, und ich liebte sie, wie man einen Menschen liebt; denn – ach! Hast du es nicht geahnt? Ein furchtbares Geschick lag über mir.«

Hier blickte Giovanni sie so finster an, daß Beatrice stockte und zu zittern begann. Aber ihr Glaube an seine Liebe beruhigte sie wieder und ließ sie erröten, daß sie einen Augenblick lang gezweifelt hatte.

»Ein furchtbares Geschick«, fuhr sie fort, »die Auswirkung der verhängnisvollen Liebe meines Vaters zur Wissenschaft, das mich von jeder menschlichen Gesellschaft ausschloß. Bis der Himmel dich sandte, Liebster, wie einsam war deine arme Beatrice!«

»War das ein hartes Geschick?« fragte Giovanni und sah sie fest an.

»Erst seit kurzer Zeit weiß ich, wie schwer es war«, antwortete sie voll Zärtlichkeit. »O ja, aber mein Herz war gefühllos und darum still.«

Wie ein Blitz aus dunkler Wolke durchbrach Giovannis Wut das düstere Schweigen.

»Verfluchte!« schrie er in bösem Zorn – »Und weil du deine Einsamkeit bedrückend fandest, hast du auch mich von allem warmen Leben geschieden und mich in deinen Bannkreis unaussprechlicher Schrecken gelockt!«

»Giovanni!« rief Beatrice und wandte ihre großen, strahlenden Augen auf sein Gesicht. Seine gewalttätigen Worte waren noch nicht in sie eingedrungen. Sie war nur wie vom Blitz getroffen.

»Ja, du giftiges Geschöpf!« wiederholte Giovanni, außer sich vor Wut – »Das hast du getan! Du hast mich vernichtet! Du hast mir Gift in die Adern gegossen! Du hast ein so hassenswertes, häßliches, verabscheuungswürdiges und giftiges Geschöpf aus mir gemacht, wie du es selber bist – ein Weltwunder scheußlicher Ungeheuerlichkeit! Und nun, wenn unser Atem, wie ich wünsche, uns selber so verderblich ist wie allen andern, dann sollen unsere Lippen in einem Kuß unsagbaren Hasses sich vereinen – und so laß uns sterben!«

»Was ist über dich gekommen?« murmelte Beatrice, und leises Stöhnen kam aus ihrer Brust. »Heilige Jungfrau, hab Mitleid mit mir; mir armem Kind ist das Herz gebrochen!«

»Du! Du willst beten?« rief Giovanni, noch immer mit dem gleichen teuflischen Hohn. »Selbst deine Gebete erfüllen die Luft mit Tod, wenn sie von deinen Lippen kommen. Ja, ja! Laß uns beten! Laß uns zur Kirche gehen und unsere Finger in das geweihte Wasser bei der Tür eintauchen! Die nach uns kommen, werden sterben wie an einer Pestilenz. Laß uns das Kreuzeszeichen schlagen in der Luft! Flüche wird es ausstreuen in der Verkleidung heiliger Symbole!«

»Giovanni«, sagte Beatrice ruhig, denn ihr Leid war zu tief für wilde Äußerung, »warum gesellst du dich zu mir in diesen furchtbaren Worten? Ich, das ist wahr, ich bin so furchtbar wie du mich schiltst. Aber du – was brauchst du anderes zu tun, als noch einmal zu erschauern vor meinem scheußlichen Elend und dann aus dem Garten zu gehen, dich unter deinesgleichen zu mischen und zu vergessen, daß je so etwas Ungeheuerliches wie die arme Beatrice auf Erden war?«

»Stellst du dich, als wüßtest du es nicht?« fragte Giovanni und blickte sie drohend an. »Sieh her! Diese Macht habe ich von Rappacinis reiner Tochter erworben!«

Ein Schwarm sommerlicher Insekten schwirrte durch die Luft und suchte die Nahrung, die die Blütendüfte des verhängnisvollen Gartens versprachen. Sie umkreisten Giovannis Haupt und wurden augenscheinlich aus dem gleichen Grunde von ihm angezogen, der sie, für Augenblicke, in die Nähe mehrerer Sträucher gelockt hatte. Er schickte seinen Atem unter sie und lächelte Beatrice bitter an, als wenigstens zwanzig von ihnen tot zu Boden fielen.

»Ich sehe es! Ich sehe es!« schrie Beatrice auf. »Ist das meines Vaters verhängnisvolle Wissenschaft? Nein, nein, Giovanni, ich war es nicht! Niemals! Ich träumte nur davon, dich zu lieben, eine kurze Zeitlang bei dir zu sein und dich dann ziehen zu lassen; nur dein Bild sollte in meinem Herzen bleiben. Denn, glaube mir, Giovanni, wenn auch mein Körper mit Giften genährt ist, mein Geist ist Gottes Geschöpf und verlangt nach Liebe als sein täglich Brot. Aber mein Vater! Er hat uns in dieser furchtbaren Übereinstimmung vereint. Ja, schmähe mich! Tritt mich mit Füßen! Töte mich! Was ist der Tod nach solchen Worten, wie du sie sprachst? Aber ich war es nicht! Nicht um alles Heil der Welt hätte ich es getan!«

Giovannis Leidenschaft hatte sich in dem Ausbruch erschöpft. Jetzt überkam ihn, traurig und nicht ohne Zärtlichkeit, das Bewußtsein der innigen und sonderbaren Verwandtschaft zwischen Beatrice und ihm. Sie standen gewissermaßen völlig verlassen im dichtesten Gewühl des

Menschenlebens. Sollte die menschenleere Wüste um sie diese beiden Einsamen nicht enger aneinander schließen? Waren sie einander grausam, wer sollte dann gut zu ihnen sein? Außerdem – so dachte Giovanni – könnte es nicht eine Hoffnung geben, daß er in die Grenzen der Natur zurückkehrte, mit Beatrice, der befreiten Beatrice, in seiner Hand?

»Liebe Beatrice«, sagte er und trat auf sie zu, während sie zurückwich, wie sie immer getan, doch diesmal aus anderem Grunde; – »liebste Beatrice, unser Geschick ist noch nicht hoffnungslos. Sieh! Hier ist ein Heiltrank, mächtig, wie ein weiser Arzt mir versichert hat, und fast übernatürlich in seiner Wirkung. Er ist aus Dingen zusammengesetzt, die das Gegenteil sind von dem, wodurch dein furchtbarer Vater dieses Unheil über dich und mich heraufbeschworen hat. Er ist aus heiligen Kräutern gemischt. Wollen wir ihn nicht zusammen trinken und uns so vom Bösen reinigen?«

»Gib es mir!« sagte Beatrice und streckte die Hand aus nach dem kleinen silbernen Fläschchen, das Giovanni hervorzog. Mit eigener Betonung fügte sie hinzu: »Ich will trinken – aber warte du die Wirkung ab.«

Sie setzte Baglionis Gegengift ohne Zögern an die Lippen. Im selben Augenblick trat Rappacini aus dem Tor und kam langsam auf den Marmorbrunnen zu. Als er sich näherte, schien der bleiche Mann der Wissenschaft mit triumphierendem Ausdruck auf die schönen Menschenkinder zu blicken, wie ein Künstler etwa, der sein Leben an die Vollendung eines Bildes oder einer Marmorgruppe setzt und mit dem Erfolg zufrieden ist. Er blieb stehen – machtbewußt richtete seine gebeugte Gestalt sich auf; er streckte seine Hand über sie, wie ein Vater, der den Segen des Himmels für seine Kinder erfleht. Aber es war dieselbe Hand, die Gift in ihre Lebensadern geträufelt hatte! Giovanni bebte. Beatrice zitterte erregt und preßte die Hand aufs Herz.

»Meine Tochter«, sagte Rappacini, »du stehst nicht länger

allein in der Welt! Pflücke eine dieser köstlichen Knospen von dem schwesterlichen Strauch, und laß deinem Bräutigam sie am Herzen tragen. Sie wird ihm nicht mehr schaden! Meine Wissenschaft und eure Liebe haben so in ihm gewirkt, daß er jetzt abseits steht von andern Männern, wie du von andern Frauen. So geht denn weiter durch die Welt, einander herzlich lieb und allen andern schreckenvoll!«

»Mein Vater«, sagte Beatrice mit schwacher Stimme, und noch immer hielt sie die Hand aufs Herz gepreßt, »warum hast du dieses furchtbare Schicksal über dein Kind verhängt?«

»Unglückliche!« rief Rappacini. »Was denkst du, törichtes Mädchen? Hältst du es für Unglück, mit wunderbaren Gaben ausgestattet zu sein, denen keine feindliche Gewalt und Stärke gewachsen ist? Für Unglück, den Mächtigsten mit einem Atemzug vernichten zu können? Für Unglück, so furchtbar zu sein, wie du schön bist? Wolltest du lieber das Geschick eines schwachen Weibes tragen, das allem Bösen preisgegeben ist und selber keine schlimme Macht besitzt?«

»Ich wäre gern geliebt und nicht gefürchtet worden«, murmelte Beatrice und sank zu Boden. »Doch jetzt bedeutet es nichts mehr; ich gehe dahin, Vater, wo das Böse, das du mir eng verbinden wolltest, wie ein Traum entschwindet – wie der Duft dieser giftigen Blumen, die meinen Atem nicht mehr beflecken werden unter den Blumen des Paradieses. Leb wohl, Giovanni, deine haßerfüllten Worte sind so schwer in meinem Herzen – doch auch sie werden abfallen, wenn ich aufschwebe. War nicht vom ersten Augenblick an mehr Gift in dir als in mir selber?«

Für Beatrice – so gänzlich war ihr sterblicher Teil von Rappacinis Kunst durchsetzt – bedeutete das mächtige Gegengift den Tod, da das Gift ihr Leben bedeutet hatte. Und so starb hier zu Füßen ihres Vaters und Giovannis das arme Opfer menschlichen Scharfsinns und betrogener Natur und des Fluches, der stets solche Auswirkungen mißleiteter Wissenschaft bedroht. Und im selben Augenblick sah Professor Pietro Baglioni aus dem Fenster herab und rief laut mit triumphierender Stimme dem ganz gebrochenen Mann der Wissenschaft zu:

»Rappacini! Rappacini! Das also ist das Ergebnis Eures Versuches?«

Georg Heym

Das Schiff

Es war ein kleiner Kahn, ein Korallenschiffer, der über Kap York in der Harafuhra-See kreuzte. Manchmal bekamen sie im blauen Norden die Berge von Neuguinea ins Gesicht, manchmal im Süden die öden australischen Küsten wie einen schmutzigen Silbergürtel, der über den zitternden Horizont gelegt war.

Es waren sieben Mann an Bord. Der Kapitän, ein Engländer, zwei andere Engländer, ein Ire, zwei Portugiesen und der chinesische Koch. Und weil sie so wenig waren, hatten sie gute Freundschaft gehalten.

Nun sollte das Schiff hinunter nach Brisbane gehen. Dort sollte gelöscht werden, und dann gingen die Leute auseinander, die einen dahin, die andern dorthin.

Auf ihrem Kurs kamen sie durch einen kleinen Archipel, rechts und links ein paar Inseln, Reste von der großen Brükke, die einmal vor einer Ewigkeit die beiden Kontinente von Australien und Neuguinea verbunden hatte. Jetzt rauschte darüber der Ozean, und das Lot kam ewig nicht auf den Grund.

Sie ließen den Kahn in eine kleine schattige Bucht der Insel einlaufen und gingen vor Anker. Drei Mann gingen an Land, um nach den Bewohnern der Insel zu suchen.

Sie wateten durch den Uferwald, dann krochen sie mühsam über einen Berg, kamen durch eine Schlucht wieder über einen bewaldeten Berg. Und nach ein paar Stunden kamen sie wieder an die See.

Nirgends war etwas Lebendes auf der ganzen Insel. Sie hörten keinen Vogel rufen, kein Tier kam ihnen in den Weg. Überall war eine schreckliche Stille. Selbst das Meer vor ihnen war stumm und grau. »Aber jemand muß doch hier sein, zum Teufel«, sagte der Ire.

Sie riefen, schrien, schossen ihre Revolver ab. Es rührte sich nichts, niemand kam. Sie wanderten den Strand entlang, durch Wasser, über Felsen und Ufergebüsch, niemand begegnete ihnen. Die hohen Bäume sahen auf sie herab, wie große gespenstische Wesen, ohne Rauschen, wie riesige Tote in einer furchtbaren Starre. Eine Art Beklemmung, dunkel und geheimnisvoll, fiel über sie her. Sie wollten sich gegenseitig ihre Angst ausreden. Aber wenn sie einander in die weißen Gesichter sahen, so blieben sie stumm.

Sie kamen endlich auf eine Landzunge, die wie ein letzter Vorsprung, eine letzte Zuflucht in die See hinauslief. An der äußersten Spitze, wo sich ihr Weg wieder umbog, sahen sie etwas, was sie für einen Augenblick starr werden ließ.

Da lagen übereinander drei Leichen, zwei Männer, ein Weib, noch in ihren primitiven Waschkleidern. Aber auf ihrer Brust, ihren Armen, ihrem Gesicht, überall waren rote und blaue Flecken wie unzählige Insektenstiche. Und ein paar große Beulen waren an manchen Stellen wie große Hügel aus ihrer geborstenen Haut getrieben.

So schnell sie konnten, verließen sie die Leichen. Es war nicht der Tod, der sie verjagte. Aber eine rätselhafte Drohung schien auf den Gesichtern dieser Leichname zu stehen, etwas Böses schien unsichtbar in der stillen Luft zu lauern, etwas, wofür sie keinen Namen hatten und das doch da war, ein unerbittlicher eisiger Schrecken.

Plötzlich begannen sie zu laufen, sie rissen sich an den Dornen. Immer weiter. Sie traten einander fast auf die Hacken.

Der letzte, ein Engländer, blieb einmal an einem Busch hängen; als er sich losreißen wollte, sah er sich unwillkürlich um. Und da glaubte er hinter einem großen Baumstamm etwas zu sehen, eine kleine schwarze Gestalt wie eine Frau in einem Trauerkleid.

Er rief seine Gefährten und zeigte nach dem Baum. Aber es war nichts mehr da. Sie lachten ihn aus, aber ihr Lachen hatte einen heisernen Klang.

Endlich kamen sie wieder an das Schiff. Das Boot ging zu Wasser und brachte sie an Bord.

Wie auf eine geheime Verabredung erzählten sie nichts von dem, was sie gesehen hatten. Irgend etwas schloß ihnen den Mund.

Als der Franzose am Abend über der Reeling lehnte, sah er überall unten aus dem Schiffsraum, aus allen Luken und Ritzen scharenweise die Armeen der Schiffsratten auszehn. Ihre dicken, braunen Leiber schwammen im Wasser der Bucht, überall glitzerte das Wasser von ihnen. Ohne Zweifel, die Ratten wanderten aus.

Er ging zu dem Iren und erzählte ihm, was er gesehen hatte. Aber der saß auf einem Tau, starrte vor sich hin und wollte nichts hören. Und auch der Engländer sah ihn wütend an, als er zu ihm vor die Kajüte kam. Da ließ er ihn stehen.

Es wurde Nacht, und die Mannschaften gingen hinunter in die Hängematten. Alle fünf Mann lagen zusammen. Nur der Kapitän schlief allein in einer Koje hinten unter dem Deck. Und die Hängematte des Chinesen hing in der Schiffsküche.

Als der Franzose vom Deck herunterkam, sah er, daß der Ire und der Engländer miteinander ins Prügeln geraten waren. Sie wälzten sich zwischen den Schiffskisten herum, ihr Gesicht war blau vor Wut. Und die andern standen herum und sahen zu. Er fragte den einen von den Portugiesen nach dem Grund dieses Zweikampfes und erhielt die Antwort, daß die beiden um einen Wollfaden zum Strumpfstopfen, den der Engländer dem Iren fortgenommen hätte, ins Hauen gekommen wären.

Endlich ließen sich die beiden los, jeder kroch in einen Winkel der Kajüte und blieb da sitzen, stumm zu den Späßen der anderen.

Endlich lagen sie alle in den Hängematten, nur der Ire rollte seine Matte zusammen und ging mit ihr auf Deck.

Oben durch den Kajüteneingang war dann wie ein schwarzer Schatten zwischen Bugspriet und einem Tau seine Hängematte zu sehen, die zu den leisen Schwingungen des Schiffes hin und her schaukelte.

Und die bleierne Atmosphäre einer tropischen Nacht, voll von schweren Nebeln und stickigen Dünsten, senkte sich auf das Schiff und hüllte es ein, düster und trostlos.

Alle schliefen schon in einer schrecklichen Stille, und das Geräusch ihres Atems klang dumpf von fern, wie unter dem schweren Deckel eines riesigen schwarzen Sarges hervor.

Der Franzose wehrte sich gegen den Schlaf, aber allmählich fühlte er sich erschlaffen in einem vergeblichen Kampf, und vor seinem zugefallenen Auge zogen die ersten Traumbilder, die schwankenden Vorboten des Schlafes. Ein kleines Pferd, jetzt waren es ein paar Männer mit riesengroßen altmodischen Hüten, jetzt ein dicker Holländer mit einem langen weißen Knebelbart, jetzt ein paar kleine Kinder, und dahinter kam etwas, das aussah wie ein großer Leichenwagen, durch hohle Gassen in einem trüben Halbdunkel.

Er schlief ein. Und im letzten Augenblick hatte er das Gefühl, als ob jemand hinten in der Ecke stände, der ihn unverwandt anstarrte. Er wollte noch einmal seine Augen aufreißen, aber eine bleierne Hand schloß sie zu.

Und die lange Dünung schaukelte unter dem schwarzen Schiff, die Mauer des Urwaldes warf ihren Schatten weit hinaus in die kaum erhellte Nacht, und das Schiff versank tief in die mitternächtliche Dunkelheit.

Der Mond steckte seinen gelben Schädel zwischen zwei hohen Palmen hervor. Eine kurze Zeit wurde es hell, dann verschwand er in die dicken, treibenden Nebel. Nur manchmal erschien er noch zwischen den treibenden Wolkenfetzen, trüb und klein, wie das schreckliche Auge der Blinden.

Plötzlich zerriß ein langer Schrei die Nacht, scharf wie mit einem Beil.

Er kam hinten aus der Kajüte des Kapitäns, so laut, als wäre er unmittelbar neben den Schlafenden gerufen. Sie fuhren in ihren Hängematten auf, und durch das Halbdunkel sahen sie einander in die weißen Gesichter.

Ein paar Sekunden blieb es still; auf einmal hallte es wieder, ganz laut, dreimal. Und das Geschrei weckte ein schreckliches Echo in der Ferne der Nacht, irgendwo in den Felsen, nun noch einmal, ganz fern, wie ein ersterbendes Lachen.

Die Leute tasteten nach Licht, nirgends war welches zu finden. Da krochen sie wieder in ihre Hängematten und saßen ganz aufrecht darin wie gelähmt, ohne zu reden.

Und nach ein paar Minuten hörten sie einen schlürfenden Schritt über Deck kommen. Jetzt war es über ihren Häuptern, jetzt kam ein Schatten vor der Kajütentür vorbei. Jetzt ging es nach vorn. Und während sie mit weit aufgerissenen Augen einander anstarrten, kam von vorn aus der Hängematte des Iren noch einmal der laute, langgezogene Schrei des Todes. Dann ein Röcheln, kurz, kurz, das zitternde Echo und Grabesstille.

Und mit einem Male drängte sich der Mond wie das fette Gesicht eines Malaien in ihre Tür, über die Treppe, groß und weiß, und spiegelte sich in ihrer schrecklichen Blässe.

Ihre Lippen waren weit auseinandergerissen, und ihre Kiefer vibrierten vor Schrecken.

Der eine der Engländer hatte einmal den Versuch gemacht, etwas zu sagen, aber die Zunge bog sich in seinem Munde nach rückwärts, sie zog sich zusammen; plötzlich fiel sie lang heraus wie ein roter Lappen über seine Unterlippe. Sie war gelähmt, und er konnte sie nicht mehr zurückziehen.

Ihre Stirnen waren kreideweiß. Und darauf sammelte sich in großen Tropfen der kalte Schweiß des maßlosen Grauens.

Und so ging die Nacht dahin in einem phantastischen Halbdunkel, das der große versinkende Mond unten auf dem Boden der Kajüte ausstreute. Aber auf den Händen der Matrosen erschienen manchmal seltsame Figuren, uralten Hieroglyphen vergleichbar, Dreiecke, Pentagrammata, Zeichnungen von Gerippen oder Totenköpfen, aus deren Ohren große Fledermausflügel herauswuchsen.

Langsam versank der Mond. Und in dem Augenblick, wo sein riesiges Haupt oben hinter der Treppe verschwand, hörten sie aus der Schiffsküche vorn ein trockenes Ächzen und dann ganz deutlich ein leises Gemecker, wie es alte Leute an sich haben, wenn sie lachen.

Und das erste Morgengrauen flog mit schrecklichem Fittich über den Himmel.

Sie sahen sich einander in die aschgrauen Gesichter, kletterten aus ihren Hängematten, und mit zitternden Gliedern krochen sie alle hinauf auf das Verdeck.

Der Gelähmte mit seiner heraushängenden Zunge kam zuletzt herauf. Er wollte etwas sagen, aber er bekam nur ein gräßliches Stammeln heraus. Er zeigte auf seine Zunge und machte die Bewegung des Zurückschiebens. Und der eine der Portugiesen faßte seine Zunge an mit vor Angst blauen Fingern und zwängte ihm die Zunge in den Schlund zurück.

Sie blieben dicht aneinandergedrängt vor der Schiffsluke stehen und spähten ängstlich über das langsam heller werdende Deck. Aber da war niemand. Nur vorn schaukelte noch der Ire in seiner Hängematte im frischen Morgenwind, hin und her, hin und her, wie eine riesige schwarze Wurst.

Und gleichsam, wie magnetisch angezogen, gingen sie langsam, in allen Gelenken schlotternd, auf den Schläfer zu. Keiner rief ihn an. Jeder wußte, daß er keine Antwort bekommen würde. Jeder wollte das Gräßliche so lange wie möglich hinausschieben. Und nun waren sie da, und mit langen Hälsen starrten sie auf das schwarze Bündel da in der Matte. Seine wollene Decke war bis an seine Stirn hochgezogen. Und seine Haare flatterten bis über seine Schläfen. Aber sie waren nicht mehr schwarz, sie waren in dieser Nacht schlohweiß geworden. Einer zog die Decke von dem Haupte herunter, und da sahen sie das fahle Gesicht einer Leiche, die mit aufgerissenen und verglasten Augen in den Himmel starrte. Und die Stirn und die Schläfen waren übersät mit roten Flecken, und an der Nasenwurzel drängte sich wie ein Horn eine große blaue Beule heraus.

»Das ist die Pest.« Wer von ihnen hatte das gesprochen? Sie sahen sich alle feindselig an und traten schnell aus dem giftigen Bereich des Todes zurück.

Mit einem Male kam ihnen allen zugleich die Erkenntnis, daß sie verloren waren. Sie waren in den mitleidlosen Händen eines furchtbaren unsichtbaren Feindes, der sie vielleicht nur für eine kurze Zeit verlassen hatte. In diesem Augenblick konnte er aus dem Segelwerk heruntersteigen oder hinter einem Mastbaum hervorkriechen; er konnte in der nämlichen Sekunde schon aus der Kajüte kommen oder sein schreckliches Gesicht über den Bord heben, um sie wie wahnsinnig über das Schiffsdeck zu jagen.

Und in jedem von ihnen keimte gegen seine Schicksalsgenossen eine dunkle Wut, über deren Grund er sich keine Rechenschaft geben konnte.

Sie gingen auseinander. Der eine stellte sich neben das Schiffsboot, und sein bleiches Gesicht spiegelte sich unten im Wasser. Die andern setzten sich irgendwo auf die Bordbank, keiner sprach mit dem andern, aber sie blieben sich doch alle so nahe, daß sie in dem Augenblick, wo die Gefahr greifbar wurde, wieder zusammenlaufen konnten. Aber es geschah nichts. Und doch wußten sie alle, es war da und belauerte sie.

Irgendwo saß es. Vielleicht mitten unter ihnen auf dem Verdeck, wie ein unsichtbarer weißer Drache, der mit seinen zitternden Fingern nach ihren Herzen tastete und das Gift der Krankheit mit seinem warmen Atem über das Deck ausbreitete.

Waren sie nicht schon krank, fühlten sie nicht irgendwie eine dumpfe Betäubung und den ersten Ansturm eines tödlichen Fiebers? Dem Mann an Bord schien es so, als wenn unter ihm das Schiff anfing zu schaukeln und zu schwanken, bald schnell, bald langsam. Er sah sich nach den andern um und sah in lauter grüne Gesichter, wie sie in Schatten getaucht waren und schon ein schreckliches Blaßgrau in einzelnen Flecken auf den eingesunkenen Backen trugen.

»Vielleicht sind die überhaupt schon tot, und du bist der einzige, der noch lebt«, dachte er sich. Und bei diesem Gedanken lief ihm die Furcht eiskalt über den Leib. Es war, als hätte plötzlich aus der Luft heraus eine eisige Hand nach ihm gegriffen.

Langsam wurde es Tag.

Über den grauen Ebenen des Meeres, über den Inseln, überall lag ein grauer Nebel, feucht, warm und erstickend. Ein kleiner roter Punkt stand am Rande des Ozeans, wie ein entzündetes Auge. Die Sonne ging auf.

Und die Qual des Wartens auf das Ungewisse trieb die Leute von ihren Plätzen.

Was sollte nun werden? Man mußte doch einmal hinuntergehen, man mußte etwas essen.

Aber der Gedanke: dabei vielleicht über Leichen steigen zu müssen ...

Da, auf der Treppe hörten sie ein leises Bellen. Und nun kam zuerst die Schnauze des Schiffshundes zum Vorschein. Nun der Leib, nun der Kopf, aber was hing an seinem Maul?

Und ein rauher Schrei des Entsetzens kam aus vier Kehlen zugleich.

An seinem Maul hing der Leichnam des alten Kapitäns; seine Haare zuerst, sein Gesicht, sein ganzer fetter Leib in einem schmutzigen Nachthemde kam heraus, von dem Hunde langsam auf das Deck gezerrt. Und nun lag er oben vor der Kajütentreppe, aber auf seinem Gesicht brannten dieselben schrecklichen roten Flecken.

Und der Hund ließ ihn los und verkroch sich.

Plötzlich hörten sie ihn fern in einem Winkel laut murren, in ein paar Sätzen kam er von hinten wieder nach vorn, aber als er an dem Großmast vorbeikam, blieb er plötzlich stehen, warf sich herum, streckte seine Beine wie abwehrend in die Luft. Aber mitleidslos schien ihn ein unsichtbarer Verfolger in seinen Krallen zu halten.

Die Augen des Hundes quollen heraus, als wenn sie auf Stielen säßen, seine Zunge kam aus dem Maul. Er röchelte ein paarmal, als wenn ihm der Schlund zugedrückt würde. Ein letzter Kampf schüttelte ihn, er streckte seine Beine von sich, er war tot.

Und gleich darauf hörte der Franzose den schlürfenden Schritt neben sich ganz deutlich, während das Grauen wie ein eherner Hammer auf seinen Schädel schlug.

Er wollte seine Augen schließen, aber es gelang ihm nicht. Er war nicht mehr Herr seines Willens.

Die Schritte gingen geradenwegs über das Deck auf den Portugiesen zu, der sich rücklings gegen die Schiffswand gelehnt hatte und seine Hände wie wahnsinnig in die Bordwand krallte.

Der Mann sah offenbar etwas. Er wollte fortlaufen, er schien seine Beine mit Gewalt vom Boden reißen zu wollen, aber er hatte keine Kraft. Das unsichtbare Wesen schien ihn anzufassen. Da riß er gleichsam wie im Übermaß seiner Anstrengung seine Zähne auseinander, und er stammelte mit einer blechernen Stimme, die wie aus einer weiten Ferne heraufzukommen schien, die Worte: »Mutter, Mutter.«

Seine Augen brachen, sein Gesicht wurde grau wie Asche. Der Krampf seiner Glieder löste sich. Und er fiel vornüber, und er schlug schwer mit der Stirn auf das Deck des Schiffes.

Das unsichtbare Wesen setzte seinen Weg fort, er hörte wieder die schleppenden Schritte. Es schien auf die beiden Engländer loszugehen. Und das schreckliche Schauspiel wiederholte sich noch einmal. Und auch hier war es wieder derselbe zweimalige Ruf, den die letzte Todesangst aus ihrer Kehle preßte, der Ruf: »Mutter, Mutter«, indem ihr Leben entfloh.

»Und nun wird es zu mir kommen«, dachte der Franzose. Aber es kam nichts, alles blieb still. Und er war allein mit den Toten.

Der Morgen ging dahin. Er rührte sich nicht von seinem Fleck. Er hatte nur den einen Gedanken, wann wird es kommen. Und seine Lippen wiederholten mechanisch immerfort diesen kleinen Satz: »Wann wird es kommen, wann wird es kommen?«

Die Nebel hatten sich langsam verteilt. Und die Sonne, die nun schon nahe am Mittag stand, hatte das Meer in eine ungeheure strahlende Fläche verwandelt, in eine ungeheure silberne Platte, die selber wie eine zweite Sonne ihr Licht in den Raum hinausstrahlte.

Es war wieder still. Die Hitze der Tropen brodelte überall in der Luft. Die Luft schien zu kochen. Und der Schweiß rann ihm in dicken Furchen über das graue Gesicht. Sein Kopf, auf dessen Scheitel die Sonne stand, kam ihm vor wie ein riesiger roter Turm, voll von Feuer. Er sah seinen Kopf ganz deutlich von innen heraus in den Himmel wachsen. Immer höher, und immer heißer wurde er innen. Aber drinnen, über eine Wendeltreppe, deren letzte Spiralen sich in dem weißen Feuer der Sonne verloren, kroch ganz langsam eine schlüpfrige weiße Schnecke. Ihre Fühler tasteten sich in den Turm herauf, während ihr feuchter Schweif sich noch in seinem Halse herumwand.

Er hatte die dunkle Empfindung, daß es doch eigentlich zu heiß wäre, das könnte doch eigentlich kein Mensch aushalten.

Da – bum – schlug ihm jemand mit einer feurigen Stange auf den Kopf, er fiel lang hin. Das ist der Tod, dachte er. Und nun lag er eine Weile auf den glühenden Schiffsplanken.

Plötzlich wachte er wieder auf. Ein leises dünnes Gelächter schien sich hinter ihm zu verlieren. Er sah auf, und da sah er: Das Schiff fuhr, das Schiff fuhr, alle Segel waren gesetzt. Sie bauschten sich weiß und blähend, aber es ging kein Wind, nicht der leiseste Hauch. Das Meer lag spiegelblank, weiß, eine feurige Hölle. Und in dem Himmel oben, im Zenit, zerfloß die Sonne wie eine riesige Masse weißglühenden Eisens. Überall troff sie über den Himmel hin, überall klebte ihr Feuer, und die Luft schien zu brennen. Ganz in der Ferne, wie ein paar blaue Punkte, lagen die Inseln, bei denen sie geankert hatten.

Und mit einem Male war das Entsetzen wieder oben, riesengroß wie ein Tausendfüßler, der durch seine Adern lief und sie hinter sich erstarren machten, wo er mit dem Gewimmel seiner kalten Beinchen hindurchkam.

Vor ihm lagen die Toten. Aber ihr Gesicht stand nach oben. Wer hatte sie umgedreht? Ihre Haut war blaugrün. Ihre weißen Augen sahen ihn an. Die beginnende Verwesung hatte ihre Lippen auseinandergezogen und die Backen in ein wahnsinniges Lächeln gekräuselt. Nur der Leichnam des Iren schlief ruhig in seiner Hängematte. Er versuchte sich langsam an dem Schiffsbord in die Höhe zu ziehen, gedankenlos.

Aber die unsagbare Angst machte ihn schwach und kraftlos. Er sank in seine Knie. Und jetzt wußte er, jetzt wird es kommen. Hinter dem Mastbaum stand etwas. Ein schwarzer Schatten. Jetzt kam es mit seinem schlürfenden Schritte über Deck. Jetzt stand es hinter dem Kajütendache, jetzt kam es hervor. Eine alte Frau in einem schwarzen altmodischen Kleid, lange weiße Locken fielen ihr zu beiden Seiten in das blasse alte Gesicht. Darin steckten ein paar Augen von unbestimmter Farbe wie ein paar Knöpfe, die ihn unverwandt ansahen. Und überall war ihr Gesicht mit den blauen und roten Pusteln übersät, und wie ein Diadem standen auf ihrer Stirn zwei rote Beulen, über die ihr weißes Großmutterhäubchen gezogen war. Ihr schwarzer Reifrock knisterte, und sie kam auf ihn zu. In einer letzten Verzweiflung richtete er sich mit Händen und Füßen auf. Sein Herz schlug nicht mehr. Er fiel wieder hin.

Und nun war sie schon so nahe, daß er ihren Atem wie eine Fahne aus ihrem Munde wehen sah.

Noch einmal richtete er sich auf. Sein linker Arm war schon gelähmt. Etwas zwang ihn stehenzubleiben, etwas Riesiges hielt ihn fest. Aber er gab den Kampf noch nicht auf. Er drückte es mit seiner rechten Hand herunter, er riß sich los.

Und mit schwankenden Schritten, ohne Besinnung, stürzte er an Bord entlang, an dem Toten in der Hängematte vorbei, vorn, wo die große Strickleiter vom Ende des Bugspriets zu dem vordersten Maste hinauflief.

Er kletterte daran hinauf, er sah sich um.

Aber die Pest war hinter ihm her. Jetzt war sie schon auf den untersten Sprossen. Er mußte also höher, höher. Aber die Pest ließ nicht los, sie war schneller als er, sie mußte ihn einholen. Er griff mit Händen und Füßen zugleich in die Stricke, trat da- und dorthin, geriet mit einem Fuße durch die Maschen, riß ihn wieder heraus, kam oben an. Da war die Pest noch ein paar Meter entfernt. Er kletterte an der höchsten Rahe entlang. Am Ende war ein Seil. Er kam an dem Ende der Rahe an. Aber wo war das Seil? Da war leerer Raum.

Tief unten waren das Meer und das Deck. Und gerade unter ihm lagen die beiden Toten.

Er wollte zurück, da war die Pest schon am anderen Ende der Rahe.

Und nun kam sie freischwebend auf dem Holz heran wie ein alter Matrose mit wiegendem Gang.

Nun waren es nur noch sechs Schritte, nur noch fünf. Er zählte leise mit, während die Todesangst in einem gewaltigen Krampf seine Kinnbacken auseinanderriß, als wenn er gähnte. Drei Schritte, zwei Schritte.

Er wich zurück, griff mit den Händen in die Luft, wollte sich irgendwo festhalten, überschlug sich und stürzte krachend auf das Deck, mit dem Kopf zuerst auf eine eiserne Planke. Und da blieb er liegen mit zerschmettertem Schädel.

Ein schwarzer Sturm zog schnell im Osten über dem stillen Ozean auf. Die Sonne verbarg sich in den dicken Wolken wie ein Sterbender, der ein Tuch über sein Gesicht zieht. Ein paar große chinesische Dschunken, die aus dem Halbdunkel herauskamen, hatten alle Segel besetzt und fuhren rauschend vor dem Sturm einher mit brennenden Götterlampen und Pfeifengetön. Aber an ihnen vorbei fuhr das Schiff riesengroß wie der fliegende Schatten eines Dämons. Auf dem Deck stand eine schwarze Gestalt. Und in dem Feuerschein schien sie zu wachsen, und ihr Haupt erhob sich langsam über die Masten, während sie ihre gewaltigen Arme im Kreise herumschwang gleich einem Kranich gegen den Wind. Ein fahles Loch tat sich auf in den Wolken. Und das Schiff fuhr geradenwegs hinein in die schreckliche Helle.

Nikolaj Gogol

Der Wij*

Sowie in Kiew am Morgen die ziemlich helle Glocke ertönte, die am Tore des Brüderklosters hing, strömten die Scholaren und Seminaristen von allen Enden der Stadt in Haufen herbei. Die Grammatiker, die Rhetoriker, die Philosophen und die Theologen zogen mit ihren Heften unter dem Arm in ihre Schulen. Die Grammatiker waren noch sehr klein; unterwegs stießen sie einander und schimpften mit ganz feinen Diskantstimmen; sie hatten fast alle zerrissene schmierige Kleider an, und ihre Taschen waren stets mit allerlei unnützen Dingen vollgestopft, wie: Spielknöcheln, aus Federkielen verfertigten Pfeifen, angebissenen Kuchen und oft sogar jungen Spatzen, von denen manchmal der eine oder andere in der tiefen Stille, die in der Klasse herrschte, zu zwitschern begann, was seinem Patron ordentliche Schläge auf beide Hände und zuweilen auch Prügel mit Ruten aus Kirschbaumzweigen einbrachte. Die Rhetoriker waren solider: ihre Kleidung war oft vollkommen ganz, aber dafür hatten ihre Gesichter fast immer irgendeine Verzierung in Gestalt kleiner rhetorischer Tropen: entweder war das eine

---

* Der Wij ist eine Schöpfung der Volksphantasie. So nennen die Kleinrussen den König der Gnomen, dessen Augenlider bis an die Erde reichen. Diese ganze Erzählung ist eine Volksüberlieferung. Ich wollte an ihr nichts ändern und gebe sie hier fast ebenso schlicht wieder, wie ich sie gehört habe.

Auge fast ganz von der geschwollenen Stirn verdeckt, oder sie hatten statt einer Lippe eine große Blase oder irgendein anderes besonderes Kennzeichen; sie sprachen und schworen im Tenor. Die Philosophen griffen aber eine ganze Oktave tiefer; in ihren Taschen hatten sie nichts als starken Tabak. Sie legten sich keinerlei Vorräte an und verzehrten alles, was ihnen in die Hand fiel, auf der Stelle. Sie rochen nach Pfeife und Schnaps, zuweilen so weit, daß mancher vorübergehender Handwerker stehenblieb und lange wie ein Jagdhund in der Luft schnupperte.

Um diese Stunde begann der Marktplatz sich erst zu beleben, und die Händlerinnen, die Brezeln, Semmeln, Melonenkörner und Mohnkuchen feilboten, zupften diejenigen Scholaren an den Rockschößen, deren Röcke aus feinem Tuch oder Baumwollstoff waren.

»Junge Herren, junge Herren! Hierher, hierher!« schrien sie von allen Seiten. »Brezeln, Mohnkuchen, Brötchen, Pasteten! Sie sind gut! Bei Gott, sie sind gut! Auf Honig! Habe sie selbst gebacken!«

Eine andere hob etwas Längliches, aus Teig Geflochtenes in die Höhe und schrie: »Da ist eine Zuckerstange! Junge Herren, kauft die Zuckerstange!«

»Kauft nichts bei der! Seht doch, wie widerlich sie ist: die häßliche Nase, die schmutzigen Hände ...«

Mit den Philosophen und Theologen ließen sie sich aber niemals ein, denn die Philosophen und Theologen liebten es, von allem zu probieren, und zwar immer mit vollen Händen.

Im Seminar verteilte sich die ganze Schar in den Klassen, die sich in den niedern, aber ziemlich geräumigen Zimmern mit kleinen Fenstern, breiten Türen und beschmierten Bänken befanden. Die Klassenzimmer füllten sich plötzlich mit einem vielstimmigen Summen: die Auditoren hörten ihren Schülern die Lektionen ab; der helle Diskant eines Grammatikers hatte den gleichen Ton wie die Fensterscheibe, und das Glas antwortete auf seine Stimme mit einem fast unveränderten Ton; in einer Ecke brummte ein Rhetoriker, dessen Mund und dicke Lippen wenigstens einem Philosophen hätten angehören müssen. Er brummte mit einer Baßstimme, und aus der Ferne hörte man nichts als: »Bu, bu, bu ...« Während die Auditoren die Lektionen abhörten, schielten sie mit einem Auge unter die Bank, wo aus der Tasche des ihnen unterstellten Scholaren eine Semmel oder ein Quarkkuchen oder Kürbiskerne hervorblickten.

Wenn diese ganze gelehrte Gesellschaft etwas früher als sonst zur Stelle war, oder wenn man wußte, daß die Professoren später als sonst kommen würden, veranstaltete man auf allgemeine Verabredung eine Schlacht, an der alle teilnehmen mußten, sogar die Zensoren, deren Obliegenheit es war, auf die Ordnung und die Moral des ganzen Schülerstandes aufzupassen. Gewöhnlich bestimmten zwei Theologen, wie die Schlacht stattzufinden hatte: ob jede Klasse für sich zu kämpfen hatte, oder ob sich alle in zwei Parteien: die Bursa (das Studentenheim) und das Seminar teilen mußten. In jedem Falle begannen die Grammatiker den Kampf; sobald aber die Rhetoriker sich einmischten, ergriffen sie die Flucht und stellten sich auf die Bänke und andere erhöhte Plätze, um der Schlacht zuzusehen. Dann kam die Philosophie mit den langen schwarzen Schnurrbärten an die Reihe, und zuletzt die Theologie mit ihren gräßlichen Pumphosen und dicken Hälsen. Die Sache endete gewöhnlich damit, daß die Theologie alle besiegte und die Philosophie, sich die Seiten reibend, in die Klassenzimmer retirierte und sich auf die Bänke setzte, um auszuruhen. Der Professor, der in einem solchen Augenblick die Klasse betrat und der zu seiner Zeit auch selbst an ähnlichen Kämpfen teilgenommen hatte, merkte sofort an den glühenden Gesichtern seiner Zuhörer, daß die Schlacht nicht übel gewesen war; während er den Rhetorikern mit Ruten auf die Finger schlug, behandelte ein anderer Professor in einer anderen Klasse auf ähnliche Weise die Hände der Philosophen. Mit den Theologen wurde aber ganz anders verfahren: sie bekamen, wie sich der Professor der Theologie ausdrückte, je ein Maß »grober Erbsen«, das mit kurzen Lederriemen verabreicht wurde.

An Festen und Feiertagen zogen die Seminaristen und die Bursaken mit Krippen von Haus zu Haus. Manchmal spielten sie auch eine Komödie, wobei sich meistens irgendein Theologe auszeichnete, der an Länge dem höchsten Glockenturm von Kiew wenig nachstand und entweder die Herodias oder die Frau Potiphar, die Gattin des ägyptischen Kämmerers, darstellte. Zum Lohne bekamen sie ein Stück Leinwand oder einen Sack Hirse oder eine halbe gebratene Gans oder dergleichen. Dieses ganze gelehrte Volk – wie das Seminar so auch die Bursa, zwischen denen eine Erbfeindschaft bestand – war an Subsistenzmitteln außerordentlich arm, zeichnete sich aber zugleich durch eine außergewöhnliche Gefräßigkeit aus, so daß es ganz unmöglich war, zu berechnen, wie viele Klöße ein jeder von ihnen beim Abendbrot verzehren konnte; die freiwilligen Gaben der wohlhabenden Hausbesitzer reichten daher gewöhnlich nicht aus. In solchen Fällen sandte der Senat, der aus Philosophen und Theologen bestand, die Grammatiker und Rhetoriker unter der Anführung eines Philosophen – zuweilen schloß sich ihnen auch der Senat selbst an – mit Säcken auf den Schultern aus, um die fremden Gemüsegärten zu plündern; nachher gab es in der Bursa einen Kürbisbrei. Die Senatoren überaßen sich so sehr an Melonen und Wassermelonen, daß die Auditoren von ihnen am nächsten Tage statt einer Lektion zwei Lektionen zu hören bekamen: die eine aus dem Munde, die andere brummte im Magen des Senators. Die Seminaristen und die Bursaken trugen seltsame lange Röcke, die sich »bis in diese Zeit erstreckten«: dieser technische Ausdruck bedeutete »bis an die Fersen«.

Das feierlichste Ereignis für das Seminar waren die Ferien: die Zeit vom Monat Juli ab, wo man die Bursa nach Hause entließ. Um diese Zeit wimmelte die ganze Landstraße von Grammatikern, Rhetorikern, Philosophen und Theologen. Wer nicht ein eigenes Heim hatte, zog zu einem seiner Kameraden. Die Philosophen und Theologen gingen in »Kondition«, das heißt, sie übernahmen es, die Kinder wohlhabender Leute zu unterrichten und für die Schule vorzubereiten. Sie bekamen dafür einmal im Jahre ein Paar Stiefel und manchmal auch Tuch zu einem neuen Rock. Die ganze Gesellschaft zog zusammen wie eine Zigeunerbande, kochte sich ihren Brei und übernachtete im freien Felde. Ein jeder hatte einen Sack, in dem sich ein Hemd und ein Paar Fußlappen befanden. Die Theologen waren besonders sparsam und genau: um die Stiefel zu schonen, zogen sie sie aus und trugen sie an einem Stock auf den Schultern; sie taten es mit Vorliebe, wenn es auf der Straße schmutzig war. Sie krempelten dann ihre Pumphosen bis zu den Knien auf und wateten furchtlos durch die Pfützen, so daß es nur so spritzte. Sobald sie irgendwo abseits ein Dorf sahen, schwenkten sie von der Landstraße ab, gingen auf ein Haus, das stattlicher als die andern war, zu, stellten sich vor den Fenstern in einer Reihe auf und sangen aus vollem Halse einen Kantus. Der Besitzer des Hauses, irgendein alter Kosak, hörte ihnen lange, den Kopf in beide Hände gestützt, zu, fing dann zu schluchzen an und sprach zu seiner Frau: »Frau! Was die Scholaren singen, ist wohl sehr gescheit; bring ihnen etwas Speck hinaus, oder was wir sonst noch haben.« Nun flog eine volle Schüssel Quarkkuchen in den Sack; auch ein ordentliches Stück Speck, einige Brote und manchmal auch ein zusammengebundenes Huhn fanden darin Platz. Mit solchen Vorräten gestärkt, setzten die Grammatiker, Rhetoriker, Philosophen und Theologen ihren Weg fort. Je weiter sie gingen, um so kleiner wurde ihre Zahl. Fast alle verliefen sich in den

Häusern, und nur diejenigen, deren Elternhaus weiter entfernt lag, blieben übrig.

Auf einer solchen Wanderung verließen einmal drei Bursaken, deren Sack seit langem leer war, die Landstraße mit der Absicht, sich im ersten besten Gehöft mit Proviant zu versehen. Es waren dies: der Theologe Chaljawa, der Philosoph Choma Brut und der Rhetoriker Tiberius Gorobetz.

Der Theologe war ein groß gewachsener, breitschultriger Mann und hatte einen sehr seltsamen Charakter: er stahl alles, was in seine Nähe kam. Sonst war seine Gemütsart außerordentlich finster, und wenn er sich betrank, so pflegte er sich im Gebüsch zu verstecken, und die Seminarbehörden hatten große Mühe, ihn dort aufzufinden.

Der Philosoph Choma Brut war von heiterem Temperament und liebte es sehr, träge dazuliegen und seine Pfeife zu rauchen; wenn er trank, ließ er sich unbedingt Spielleute kommen und tanzte den Trepak. Er bekam sehr oft von den »groben Erbsen« zu kosten, nahm es aber mit philosophischem Gleichmut auf und sagte nur, daß niemand seinem Schicksal entgehen könne.

Der Rhetoriker Tiberius Gorobetz hatte noch nicht das Recht, einen Schnurrbart zu tragen, Schnaps zu trinken und Pfeife zu rauchen. Er trug nur den kurzen Kosakenschopf, und sein Charakter war daher noch wenig entwickelt. Aber die großen Beulen auf der Stirn, mit denen er manchmal in die Klasse kam, ließen darauf schließen, daß er einmal ein tüchtiger Krieger werden würde. Der Theologe Chaljawa und der Philosoph Brut zerrten ihn oft zum Zeichen ihrer Gunst am Schopfe und gebrauchten ihn als Deputierten.

Es war schon Abend, als sie von der Landstraße abschwenkten; die Sonne war eben untergegangen, aber die Wärme des Tages noch in der Luft geblieben. Der Theologe und der Philosoph schritten schweigsam mit der Pfeife im Munde einher; der Rhetoriker Tiberius Gorobetz schlug mit seinem Stock den Disteln, die längs der Straße wuchsen, die Köpfe ab. Der Weg zog sich zwischen Gruppen von Eichen- und Nußbäumen, die über die Wiesen verstreut waren. Hie und da ragten Hügel und kleine Berge in der Ebene, grün und rund wie Kirchenkuppeln. Ein an zwei Stellen sichtbares Kornfeld ließ darauf schließen, daß sich bald ein Dorf zeigen würde. Aber es war schon mehr als eine Stunde vergangen, seitdem sie die Ackerstreifen bemerkt hatten, und noch immer war keine menschliche Behausung zu sehen. Die Dämmerung hatte den Himmel schon ganz verdunkelt, und nur im Westen schimmerte noch ein schmaler blutroter Streifen.

»Zum Teufel!« sagte der Philosoph Choma Brut. »Es sah doch aus, als müßte gleich ein Gehöft kommen.«

Der Theologe schwieg und blickte nach allen Seiten. Dann nahm er seine Pfeife wieder in den Mund, und sie setzten ihren Weg fort.

»Bei Gott!« sagte der Philosoph, von neuem stehenbleibend. »Nichts ist zu sehen, weiß der Teufel!«

»Vielleicht wird doch noch irgendein Gehöft kommen«, sagte der Theologe, ohne die Pfeife aus dem Munde zu nehmen.

Inzwischen war aber die Nacht angebrochen, eine ziemlich dunkle Nacht. Kleine Wolken verstärkten noch die Finsternis, und allem Anscheine nach waren weder Mond noch Sterne zu erwarten. Die Bursaken merkten, daß sie sich verirrt hatten und sich längst nicht mehr auf dem richtigen Wege befanden.

Der Philosoph tastete mit dem Fuß nach allen Seiten und sagte schließlich erregt: »Wo ist denn der Weg?«

Der Theologe schwieg eine Weile, überlegte sich die Sache hin und her und versetzte: »Ja, die Nacht ist finster.«

Der Rhetoriker ging auf die Seite und versuchte, auf allen vieren kriechend, den Weg zu finden; aber seine Hände stießen nur auf Fuchslöcher. Rings umher war nichts als die

Steppe, über die anscheinend noch kein Mensch gefahren war.

Die Wanderer gingen noch etwas weiter, stießen aber überall auf die gleiche Wildnis. Der Philosoph versuchte zu rufen, aber seine Stimme verhallte ungehört. Etwas später ließ sich ein schwaches Stöhnen vernehmen, das wie das Heulen eines Wolfes klang.

»Hört ihr es! Was ist da zu tun?« sagte der Philosoph.

»Was da zu tun ist? Wir müssen hierbleiben und im Felde übernachten!« erwiderte der Theologe, indem er aus der Tasche sein Feuerzeug hervorholte, um sich von neuem die Pfeife anzuzünden. Diese Aussicht paßte aber dem Philosophen gar nicht; er hatte die Angewohnheit, vor dem Schlafengehen mindestens zwanzig Pfund Brot und an die vier Pfund Speck zu verzehren, und fühlte diesmal eine unerträgliche Leere im Magen. Außerdem hatte der Philosoph, trotz seines heiteren Temperaments, einige Angst vor Wölfen.

»Nein, Chaljawa, das geht nicht«, sagte er. »Wie kann man sich nur so wie ein Hund hinlegen, ohne sich gestärkt zu haben? Machen wir noch einen Versuch: vielleicht stoßen wir doch noch auf irgendeine Behausung, vielleicht gelingt es uns wenigstens, ein Glas Schnaps vor dem Einschlafen zu trinken.«

Bei dem Worte »Schnaps« spuckte der Theologe auf die Seite und versetzte: »Natürlich hat es gar keinen Sinn, im Felde zu bleiben.«

Die Bursaken gingen weiter und hörten zu ihrer großen Freude etwas wie Hundegebell. Nachdem sie festgestellt hatten, von welcher Seite das Gebell kam, gingen sie mit gehobenem Mut weiter und erblickten bald ein Licht.

»Ein Gehöft! Bei Gott, ein Gehöft!« sagte der Philosoph.

Die Vermutung betrog ihn nicht: sie sahen nach einer Weile tatsächlich eine kleine Siedlung, die aus nur zwei Hütten und einem Hof bestand. In den Fenstern schimmerte

Licht; hinter dem Zaun ragten an die zehn Pflaumenbäume. Die Bursaken blickten durch das durchbrochene Brettertor und sahen einen Hof, der voller Salzfuhren war. In diesem Augenblick erstrahlten am Himmel einige Sterne.

»Aufgepaßt, Brüder, jetzt heißt es einig sein! Es koste, was es wolle, wir müssen uns ein Nachtquartier verschaffen!«

Die drei gelehrten Männer klopften mit vereinten Kräften an das Tor und schrien:

»Macht auf!«

In einer der beiden Hütten knarrte die Tür, und einen Augenblick später sahen die Bursaken eine alte Frau in einem Schafspelz vor sich.

»Wer ist da?« rief sie und hustete dumpf.

»Großmutter, laß uns übernachten: wir haben uns verirrt; im Felde ist es so öde wie in einem hungrigen Magen.«

»Was seid ihr für ein Volk?«

»Ein harmloses Volk: der Theologe Chaljawa, der Philosoph Brut und der Rhetoriker Gorobetz.«

»Es geht nicht«, brummte die Alte. »Mein Hof ist voll Leute, und auch in der Hütte sind alle Winkel besetzt. Wo soll ich euch unterbringen? Dazu seid ihr noch so große, kräftige Burschen! Meine Hütte fällt auseinander, wenn ich euch hereinlasse. Ich kenne diese Philosophen und Theologen: wenn man solche Trunkenbolde aufnimmt, ist man bald ohne Haus und Hof. Geht nur weiter! Hier ist kein Platz für euch!«

»Hab Erbarmen, Großmutter! Kann man denn Christenmenschen so mir nichts, dir nichts umkommen lassen? Bring uns unter, wo du willst, und wenn wir nur irgend etwas anstellen, so mögen uns die Hände verdorren, möge uns Gott weiß was zustoßen – das sagen wir dir!«

Die Alte schien ein wenig gerührt. »Schön«, sagte sie, noch etwas unentschlossen. »Ich will euch hereinlassen, werde euch aber getrennt unterbringen, sonst habe ich keine Ruhe, wenn ihr alle beieinanderliegt.«

»Tu, wie du willst, wir werden dir nicht widersprechen«, antworteten die Bursaken.

Das Tor knarrte, und sie traten in den Hof.

»Wie ist es nun, Großmutter«, sagte der Philosoph, während er der Alten folgte. »Könntest du uns nicht, sozusagen ... Bei Gott, es ist mir im Magen so, als ob jemand darin mit Rädern herumführe: seit dem frühen Morgen habe ich keinen Bissen im Munde gehabt.«

»Was du nicht alles willst!« rief die Alte. »Nein, ich habe nichts im Hause, und der Herd war heute auch gar nicht geheizt.«

»Wir werden ja morgen früh alles mit barem Gelde bezahlen«, fuhr der Philosoph fort. »Ja«, fügte er leise hinzu, »soll mich der Teufel holen, wenn du von mir etwas bekommst!«

»Geht, geht und seid zufrieden mit dem, was man euch gibt! Mußte mir auch der Teufel so vornehme junge Herren auf den Hals schicken!«

Der Philosoph Choma wurde bei diesen Worten ganz traurig. Plötzlich witterte aber seine Nase den Geruch von gedörrtem Fisch; er warf einen Blick auf die Pumphosen des Theologen, der neben ihm ging, und sah einen riesigen Fischschwanz aus der Tasche herausragen: der Theologe hatte es schon fertiggebracht, von einer der Fuhren eine ganze Karausche zu stehlen. Da er es nicht aus Eigennutz, sondern nur aus Gewohnheit getan hatte und schon wieder nach allen Seiten ausspähte, ob es nicht noch irgend etwas, und wenn es nur ein zerbrochenes Rad wäre, zu stehlen gäbe, an die Karausche aber gar nicht mehr dachte, so steckte der Philosoph Choma seine Hand in die Tasche des Theologen, als wäre es seine eigene, und nahm die Karausche zu sich.

Die Alte brachte die Bursaken getrennt unter: sie quartierte den Rhetoriker in der Stube ein, sperrte den Theologen in eine leere Kammer und den Philosophen in einen gleichfalls leeren Schafstall.

Als der Philosoph allein geblieben war, verschlang er sofort die Karausche, untersuchte die geflochtenen Wände des Stalles, stieß mit dem Fuße nach einem neugierigen Schweine, das seine Schnauze aus einem Nachbarstalle hereinstreckte, legte sich auf die rechte Seite und schlief wie ein Toter ein. Plötzlich öffnete sich die niedere Tür, und die Alte trat gebückt in den Stall.

»Was willst du denn hier, Großmutter?« fragte der Philosoph.

Aber die Alte ging mit ausgebreiteten Armen gerade auf ihn zu.

»Ach so!« dachte sich der Philosoph. »Nein, meine Liebe, du bist mir zu alt!«

Er rückte etwas von ihr weg, aber die Alte ging ohne Umstände auf ihn los.

»Hör einmal, Großmutter!« sagte der Philosoph. »Jetzt ist's Fastenzeit, und ich bin ein Mensch, der sich um diese Zeit auch nicht für tausend Dukaten versündigt!«

Die Alte breitete noch immer, ohne ein Wort zu sagen, ihre Arme aus und suchte ihn zu erhaschen.

Dem Philosophen wurde es ganz unheimlich zumute, besonders als er sah, daß ihre Augen in einem seltsamen Glanze aufleuchteten. »Großmutter! Was fällt dir ein? Geh, mit Gott!« schrie er sie an.

Die Alte sprach kein Wort und griff nach ihm mit den Händen.

Er sprang auf und wollte fliehen; aber die Alte stellte sich in die Tür, durchbohrte ihn mit ihren funkelnden Augen und ging von neuem auf ihn zu.

Der Philosoph wollte sie mit den Händen wegstoßen, merkte aber zu seinem Erstaunen, daß er die Arme nicht heben konnte und daß auch die Füße ihm nicht gehorchten; mit Entsetzen wurde er gewahr, daß er auch kein Wort sprechen konnte: seine Lippen bewegten sich, ohne einen

Ton hervorzubringen. Er hörte nur, wie sein Herz pochte; er sah, wie die Alte an ihn herantrat, ihm die Hände zusammenlegte, seinen Kopf herabbeugte, so schnell wie eine Katze auf seinen Rücken sprang und ihm mit einem Besen einen Schlag auf die Seite versetzte. Und er sprengte, sie auf seinen Schultern tragend, wie ein Reitpferd davon. Dies alles spielte sich so schnell ab, daß der Philosoph gar nicht zur Besinnung kommen konnte. Er griff sich mit beiden Händen an die Knie, um seine Beine festzuhalten, aber die Beine bewegten sich, zu seinem größten Erstaunen, gegen seinen Willen und machten Sprünge schneller als ein tscherkessisches Rennpferd. Als sie das Gehöft hinter sich gelassen hatten und vor ihnen sich ein weiter Hohlweg und seitwärts ein kohlschwarzer Wald ausbreitete, sagte er zu sich selbst: »Ach so, das ist ja eine Hexe!«

Die umgekehrte Mondsichel schimmerte am Himmel. Das scheue nächtliche Leuchten legte sich wie eine durchsichtige Decke aus Rauch über die Erde. Wald, Feld, Himmel und Tal – alles schien mit offenen Augen zu schlafen; nicht der leiseste Windhauch regte sich. In der nächtlichen Kühle war etwas Feuchtes und Warmes; die keilförmigen Schatten der Bäume und Sträucher fielen wie Kometenschweife auf die abfallende Ebene: so war die Nacht, in der der Philosoph Choma Brut mit dem geheimnisvollen Reiter auf dem Rücken dahinsprengte. Ein quälendes, unangenehmes und zugleich süßes Gefühl bemächtigte sich immer mehr seines Herzens. Er senkte den Kopf und sah, daß das Gras, das eben erst unter seinen Füßen gewesen war, plötzlich tief und weit entfernt unter ihm lag und daß darüber ein wie ein Bergquell durchsichtiges Wasser floß; und das Gras schien der Grund eines hellen, bis in seine tiefste Tiefe durchsichtigen Meeres zu sein; jedenfalls sah er ganz deutlich, wie er sich darin mit der auf seinem Rücken sitzenden Alten spiegelte. Statt des Mondes sah er eine Sonne leuchten; er hörte die blauen

Glockenblumen mit gesenkten Köpfen läuten; er sah, wie aus dem Schilfe eine Nixe hervorschwamm, wie ihr Rücken und ihre runden und prallen, ganz aus lebendem Lichte gewebten Beine schimmerten. Sie wandte sich ihm zu – schon näherte sich ihm ihr Gesicht mit den hellen, strahlenden, scharfen Augen, die ihm zugleich mit ihrem Gesang tief in die Seele drangen – schon war sie auf der Oberfläche, zitterte vor hellem Lachen und entfernte sich wieder; dann warf sie sich auf den Rücken – und ihre wie der Nebel durchsichtigen und wie ungebranntes Porzellan matten Brüste schimmerten am Rande ihrer weißen, elastisch-zarten Rundungen in den Strahlen der Sonne. Das Wasser fiel auf sie in kleinen Tröpfchen wie Perlen herab. Alle ihre Glieder zittern, und sie lacht im Wasser ...

Sieht er es oder sieht er es nicht? Wacht er, oder ist es nur ein Traum? Und was hört er plötzlich? Ist es der Wind oder Musik? Es klingt und klingt, es steigt empor, kommt immer näher heran und dringt ihm in die Seele wie ein unerträglich scharfer Triller ...

»Was ist das?« dachte der Philosoph Choma Brut, während er hinunterblickte und immer weiter rannte. Er war ganz in Schweiß gebadet. Er hatte ein teuflisch-süßes Gefühl, er spürte eine durchdringende, quälende, schreckliche Wollust. Manchmal schien es ihm, als ob er kein Herz mehr hätte, und er griff erschrocken mit der Hand an die Brust. Ganz ermattet und verwirrt suchte er sich auf alle Gebete, die er kannte, zu besinnen, auch auf alle Beschwörungen gegen böse Geister; und plötzlich empfand er etwas wie Erleichterung: er fühlte, wie sein Schritt langsamer wurde und wie die Hexe weniger schwer auf seinem Rücken lastete; seine Füße berührten wieder das dichte Gras, und es war darin nichts Außergewöhnliches mehr. Am Himmel strahlte wieder die helle Mondsichel.

»Gut!« sagte sich der Philosoph Choma und begann alle

Beschwörungen fast laut aufzusagen. Plötzlich sprang er schnell wie der Blitz unter der Alten weg und stieg ihr seinerseits auf den Rücken. Die Alte trabte nun mit kurzen, kleinen Schritten vorwärts, so schnell, daß dem Reiter der Atem stockte. Die Erde flog unter ihm daher; im Lichte des zwar nicht vollen Mondes lag alles hell und klar da; die Täler waren flach und glatt, aber er flog so rasch dahin, daß alles vor seinen Augen verschwamm. Er hob von der Straße ein Holzscheit auf und begann damit die Alte mit aller Kraft zu prügeln. Sie schrie wie wild auf; ihre Schreie klangen anfangs wütend und drohend, wurden dann schwächer, wohlklingender und immer reiner und leiser; zuletzt klangen sie wie helle silberne Glöckchen und drangen ihm tief in die Seele; unwillkürlich regte sich in ihm der Zweifel: ist es wirklich noch die Alte? – »Ach, ich kann nicht mehr!« rief sie ganz erschöpft aus und fiel zu Boden.

Er sprang auf die Beine und blickte ihr in die Augen (das Morgenrot ergoß sich eben über den Himmel, und in der Ferne glänzten die goldenen Kirchenkuppeln von Kiew). Vor ihm lag eine junge Schöne mit wunderbarem Zopf, der ganz zerzaust war, und mit Wimpern so lang wie Pfeile. Sie hatte in ihrer Bewußtlosigkeit die weißen nackten Arme nach beiden Seiten ausgebreitet und stöhnte, die Augen gen Himmel gerichtet.

Choma erbebte wie ein Blatt; Mitleid, eine seltsame Erregung und eine Scheu, wie er sie noch nicht kannte, bemächtigten sich seiner. Er lief davon, so schnell er konnte. Während er lief, pochte sein Herz wie wild, und er konnte sich unmöglich das neue seltsame Gefühl, das ihn erfüllte, erklären. Er hatte keine Lust mehr, in das Gehöft zurückzukehren, und eilte nach Kiew. Den ganzen Weg lang dachte er über sein unerklärliches Erlebnis nach.

Von den Bursaken war fast niemand mehr da; alle hielten sich in den Dörfern auf: entweder in Kondition oder auch ohne Kondition; in den kleinrussischen Dörfern kann man nämlich Klöße, Käse, Sahne und Quarkkuchen von der Größe eines Hutes zu essen bekommen, ohne dafür auch nur einen Pfennig zu bezahlen. Das große baufällige Haus, in dem sich die Bursa befand, war gänzlich leer, und soviel der Philosoph auch in allen Ecken und selbst in allen Löchern und Spalten im Dache herumscharrte, konnte er kein Stück Speck finden, sogar keine von den alten Brezeln, die die Bursaken sonst an ähnlichen Stellen zu verstecken pflegten.

Der Philosoph fand übrigens bald ein Mittel, sein Leid zu lindern: er ging an die dreimal pfeifend über den Markt, wechselte Blicke mit einer jungen Witwe mit gelbem Kopfputz, die am Ende des Marktes saß und Bänder, Schrot und Wagenräder feilbot – und bekam noch am selben Tage Kuchen aus Weizenmehl, Huhn und noch andere Dinge zu essen; es läßt sich gar nicht aufzählen, was alles auf dem Tische vor ihm stand, der in einer kleinen Lehmhütte inmitten eines Kirschgartens gedeckt war. Am gleichen Abend sah man den Philosophen in der Schenke: er lag auf einer Bank ausgestreckt, rauchte wie immer seine Pfeife und warf dem jüdischen Schenkwirt in aller Gegenwart einen halben Dukaten hin. Vor ihm stand ein Krug. Er betrachtete die Eintretenden und die Gehenden mit gleichgültigen, zufriedenen Blicken und dachte nicht mehr an sein Abenteuer.

Inzwischen verbreitete sich überall das Gerücht, daß die Tochter eines der reichsten Hauptleute, dessen Gut etwa fünfzig Werst von Kiew lag, eines Morgens ganz zerschlagen von einem Spaziergange heimgekehrt sei und kaum noch die Kraft gehabt habe, das väterliche Haus zu erreichen; nun liege sie im Sterben; sie hätte in ihrer letzten Stunde den Wunsch geäußert, daß man die Sterbegebete und die Totenmessen während dreier Nächte nach ihrem Tode von einem Kiewer Seminaristen namens Choma Brut lesen lassen möchte. Der Philosoph erfuhr das vom Rektor selbst, der ihn eigens zu diesem Zweck zu sich ins Zimmer beschied und ihm eröffnete, er müsse sich ohne Aufschub auf den Weg machen, da der angesehene Hauptmann einen Wagen und Leute geschickt hätte, um ihn zu holen.

Der Philosoph erbebte vor einem rätselhaften Gefühl, das er sich selbst gar nicht erklären konnte. Eine dunkle Vorahnung sagte ihm, daß ihn dort nichts Gutes erwartete. Ohne zu wissen, warum, erklärte er geradeheraus, daß er nicht hinfahren werde.

»Hör einmal, Domine Choma!« sagte der Rektor (in gewissen Fällen pflegte er mit seinen Untergebenen sehr höflich zu sprechen). »Kein Teufel fragt dich danach, ob du fahren willst oder nicht. Ich will dir nur das eine sagen: wenn du deinen Trotz zeigst und räsonierst, so lasse ich dir den Rücken und andere Körperteile mit jungen Birkenruten bearbeiten, daß du nachher nicht mehr ins Dampfbad zu gehen brauchst.«

Der Philosoph kratzte sich hinter den Ohren und verließ, ohne ein Wort zu entgegnen, das Zimmer des Rektors; er hatte die Absicht, seine Hoffnung bei der ersten besten Gelegenheit auf seine Beine zu setzen. Nachdenklich stieg er die steile Treppe hinab, die ihn auf den pappelbepflanzten Hof führte, und blieb einen Augenblick stehen, als er ganz deutlich die Stimme des Rektors hörte, der dem Verwalter und noch jemandem – höchstwahrscheinlich einem von des Hauptmanns Leuten – Befehle erteilte.

»Danke dem Herrn für die Graupen und die Eier«, sagte der Rektor, »und sage, daß ich ihm die Bücher, von denen er schreibt, schicken werde, sobald sie fertig sind; ich habe sie bereits dem Schreiber zum Abschreiben übergeben. Und vergiß nicht, mein Lieber, dem Herrn zu sagen, daß er, wie ich weiß, auf seinem Gute vorzügliche Fische hat, besonders aber vortreffliche Störe; er möchte mir davon bei Gelegenheit etwas schicken: hier auf dem Markte sind die Störe schlecht und teuer. Und du, Jawtuch, gib den Burschen ein Glas Schnaps; den Philosophen bindet aber fest, sonst entwischt er euch.«

»Dieser Teufelssohn!« dachte sich der Philosoph. »Er hat schon Lunte gerochen, der Langbeinige!«

Er ging hinunter und sah einen Wagen, den er im ersten Augenblick für einen Getreidespeicher auf Rädern hielt. Der Wagen war in der Tat so tief wie ein Ofen, in dem man Ziegel brennt. Es war eine von den Krakauer Kutschen, in denen die Juden, oft in einer Gesellschaft von fünfzig Mann, mit ihren Waren durch alle Städte zu ziehen pflegen, wo ihre Nase nur einen Jahrmarkt wittert. Hier erwarteten ihn an die sechs stämmige, kräftige, etwas bejahrte Kosaken. Die Röcke aus feinem Tuch mit Quasten ließen darauf schließen, daß sie einem angesehenen und reichen Herrn gehörten; kleine Narben auf ihren Gesichtern zeigten, daß sie einst nicht ohne Ruhm am Kriege teilgenommen hatten.

»Was ist da zu tun? Seinem Schicksal entgeht man doch nicht!« dachte sich der Philosoph. Dann wandte er sich an die Kosaken und sagte laut: »Guten Tag, Brüder-Kameraden!«

»Sollst gesund sein, Herr Philosoph!« erwiderten einige der Kosaken.

»Ich soll also zusammen mit euch sitzen? Eine ausgezeichnete Kutsche!« fuhr er fort, in den Wagen steigend. »Es fehlen nur noch Musikanten, sonst könnte man hier gut tanzen.«

»Die Kutsche ist recht geräumig!« bestätigte einer der Kosaken, indem er sich auf den Bock zum Kutscher setzte, der ein Tuch auf dem Kopfe trug, da er bereits Zeit gehabt hatte, seine Mütze in der Schenke zu lassen. Die übrigen fünf krochen zusammen mit dem Philosophen in die Tiefe der Kutsche und ließen sich auf den Säcken nieder, die mit allerlei Waren, die sie in der Stadt eingekauft hatten, angefüllt waren.

»Mich interessiert die Frage«, sagte der Philosoph, »wenn man diese Kutsche mit irgendwelchen Waren, sagen wir einmal mit Salz oder Eisen, beladen würde, wieviel Pferde brauchte man wohl dann, um sie von der Stelle zu bringen?«

»Ja«, sagte nach einer Pause der Kosak, der auf dem Bocke saß. »Man brauchte wohl eine gehörige Anzahl Pferde dazu.«

Nachdem er diese befriedigende Antwort gegeben, hielt sich der Kosak für berechtigt, während des ganzen weiteren Weges zu schweigen.

Der Philosoph hatte große Lust, Genaueres über den Hauptmann zu erfahren: was er für ein Mensch sei, welchen Charakter er habe und was man sich von seiner Tochter erzählte, die auf eine so ungewöhnliche Weise nach Hause zurückgekehrt war und nun im Sterben lag und deren Geschichte jetzt mit seiner eigenen verknüpft war; und überhaupt was das für Leute wären und wie sie lebten. Er stellte an die Kosaken verschiedene Fragen; die Kosaken waren aber wohl auch Philosophen, denn sie antworteten ihm nicht und rauchten, auf den Säcken liegend, stumm ihre Pfeifen.

Bloß einer von ihnen wandte sich mit dem kurzen Befehl an den Kutscher: »Paß auf, Owerko, du alte Schlafmütze, wenn wir an der Schenke, die an der Tschuchrailowschen Straße liegt, vorbeikommen, so vergiß nicht anzuhalten und mich und die anderen Burschen zu wecken, falls einer von uns einschlafen sollte.«

Nach diesen Worten begann er ziemlich laut zu schnarchen. Seine Ermahnung war übrigens durchaus überflüssig: kaum näherte sich die Riesenkutsche der Schenke an der Tschuchrailowschen Straße, als alle wie aus einem Munde losschrien: »Halt!« Außerdem waren Owerkos Pferde schon so abgerichtet, daß sie von selbst vor jeder Schenke hielten.

Trotz des heißen Julitages stiegen alle aus der Kutsche und traten in die niedrige, schmutzige Stube, wo der jüdische Schenkwirt sie als seine alten Bekannten mit großer Freude empfing. Der Jude holte sofort unter dem Rockschoß einige Schweinswürste herbei, legte sie auf den Tisch und wandte sich schleunigst von dieser vom Talmud verbotenen Frucht ab. Alle setzten sich an den Tisch, und vor jedem der Gäste stand plötzlich ein Tonkrug. Der Philosoph Choma mußte am gemeinsamen Schmause teilnehmen. Wenn Kleinrussen angeheitert sind, pflegen sie sich zu küssen oder zu weinen; die ganze Stube hallte auch bald von Küssen wider. »Komm her, Spirid, laß dich küssen!« – »Komm her, Dorosch, ich will dich umarmen!«

Ein älterer Kosak, dessen Schnurrbart schon ganz grau war, stützte den Kopf in die Hand und begann bitterlich zu weinen und zu jammern, weil er weder Vater noch Mutter habe und ganz allein auf der Welt dastehe. Ein anderer, der ein großer Räsoneur zu sein schien, tröstete ihn in einem fort und sprach: »Weine nicht, bei Gott, weine nicht! Was ist denn zu machen? ... Gott weiß, wie und was ...« Ein anderer, namens Dorosch, legte eine große Neugierde an den Tag und fragte fortwährend den Philosophen Choma: »Ich möchte gerne wissen, was ihr auf eurer Bursa lernt: ob es dasselbe ist, was der Diakon in der Kirche liest oder etwas anderes?«

»Frage ihn nicht danach!« sagte der Räsoneur mit gedehnter Stimme. »Sollen sie dort lernen, was sie wollen. Gott weiß am besten, was nottut. Gott weiß alles.«

»Nein, ich möchte wissen«, sagte Dorosch, »was in ihren Büchern steht: vielleicht doch etwas anderes als beim Diakon.«

»O mein Gott, mein Gott!« entgegnete der ehrwürdige Prediger. »Wozu soll man von solchen Dingen sprechen? Gott hat es einmal so gewollt. Was Gott festgesetzt hat, läßt sich nicht mehr ändern.«

»Ich möchte alles wissen, was in den Büchern steht. Ich will in die Bursa eintreten, bei Gott, ich werde es tun. Glaubst du vielleicht, ich werde nichts lernen? Alles werde ich lernen, alles!«

»O mein Gott, mein Gott! ...« sagte der Tröster und legte seinen Kopf, den er nicht länger auf den Schultern tragen konnte, auf den Tisch. Die übrigen Kosaken sprachen von ihren Herren und darüber, warum der Mond am Himmel leuchtet.

Als der Philosoph Choma merkte, in welcher Verfassung ihre Köpfe waren, beschloß er, die Gelegenheit auszunutzen und Reißaus zu nehmen. Er wandte sich zunächst an den grauköpfigen Kosaken, der sich um Vater und Mutter grämte: »Was meinst du so, Onkelchen?« sagte er. »Auch ich bin ein Waisenknabe! Kinder, laßt mich laufen! Was braucht ihr mich?«

»Lassen wir ihn laufen!« sagten einige. »Er ist ein Waisenkind. Soll er nur gehen, wohin er will.«

»O mein Gott, mein Gott!« versetzte der Tröster, seinen Kopf wieder erhebend. »Laßt ihn laufen! Soll er nur gehen!«

Die Kosaken waren schon im Begriff, ihn selbst ins freie Feld hinauszuführen; aber der, der sich für die Wissenschaften interessiert hatte, hielt sie zurück und sagte: »Laßt ihn noch: ich will mit ihm über die Bursa sprechen; ich will auch selbst in die Bursa eintreten ...«

Die Flucht wäre übrigens auch so nicht zustande gekommen, denn als der Philosoph sich vom Tisch erheben wollte, waren seine Füße wie aus Holz, und er sah im Zimmer so viel Türen, daß es ihm wohl kaum gelungen wäre, die richtige zu finden.

Erst gegen Abend fiel es der Gesellschaft ein, daß sie ihren Weg fortsetzen mußte. Sie kletterten in die Kutsche, streckten sich aus und trieben die Pferde an; im Fahren sangen sie ein Lied, dessen Sinn und Text wohl niemand verstanden hätte. Nachdem sie mehr als die halbe Nacht gefahren waren und fortwährend vom Wege abkamen, den sie auswendig kannten, rasten sie endlich einen steilen Abhang hinunter, und der Philosoph erblickte an den Seiten des Weges Zäune und Hecken, hinter denen niedrige Bäume und Dächer hervorlugten. Es war ein großes Dorf, das dem Hauptmann gehörte. Die Mitternacht war längst vorbei; der Himmel war dunkel, und hie und da blinkten einzelne Sterne. In keinem der Häuser war Licht zu sehen. Von Hundegebell begleitet, fuhren sie in einen Hof ein. Zu beiden Seiten standen mit Stroh gedeckte Schuppen und kleine Häuser; das eine von ihnen, das gerade in der Mitte, dem Tore gegenüber stand, war größer als die andern und schien dem Hauptmann als Wohnstätte zu dienen. Die Kutsche hielt vor einem Schuppen, und die Reisenden begaben sich sofort zur Ruhe. Der Philosoph hatte den Wunsch, sich den herrschaftlichen Palast von außen anzusehen; doch so sehr er sich auch anstrengte, konnte er nichts unterscheiden: statt des Hauses sah er einen Bären, statt des Schornsteins den Rektor. Der Philosoph gab daher sein Beginnen auf und ging schlafen.

Als er erwachte, war das ganze Haus in Bewegung: in der Nacht war das Fräulein gestorben. Die Diener liefen in großer Hast hin und her; einige alte Weiber weinten; eine Menge Neugieriger blickte über den Zaun in den Hof, als ob da etwas zu sehen wäre. Der Philosoph betrachtete in Muße den Ort, von dem er nachts nichts hatte erkennen können. Das Herrenhaus war ein kleines niedriges, mit Stroh gedecktes Gebäude, wie man sie vor Zeiten in der Ukraine zu bauen pflegte; die schmale Fassade mit spitzem Giebel hatte nur ein Fenster, das wie ein gen Himmel gerichtetes Auge aussah, und war über und über mit blauen und gelben Blumen und roten Halbmonden bemalt. Der Giebel ruhte auf eichenen Pfosten, die in der Mitte rund gedrechselt, unten sechskantig und oben kunstvoll geschnitzt waren. Unter diesem Giebel befand sich eine kleine Treppe mit Bänken zu beiden Seiten. Rechts und links ragten Dachvorsprünge hervor, die auf ähnlichen, zum Teil gewundenen Pfosten ruhten. Vor dem Hause grünte ein großer Birnbaum mit pyramidenförmigem Wipfel und zitterndem Laub. Zwei Reihen Schuppen bildeten in der Mitte des Hofes eine Art breite Straße, die zum Hause führte. Zwischen den Schuppen und dem Tor lagen einander gegenüber zwei dreieckige Kellergebäude, die gleichfalls mit Stroh gedeckt waren. Die dreieckigen Giebelwände der Keller hatten je eine niedrige Tür und waren mit allerlei Bildern bemalt. Auf der einen Wand war ein Kosak dargestellt, der auf einem Fasse saß und einen Krug mit der Inschrift »Ich trinke alles aus!« in die Höhe hob. Das andere Bild stellte Flaschen von verschiedener Form, ein Pferd, das, wohl der Schönheit wegen, auf dem Kopfe stand, eine Tabakspfeife und eine Handtrommel dar und trug die Inschrift: »Der Wein ist des Kosaken Wonne.« Aus der riesigen Dachluke eines der Schuppen blickten eine Trommel und mehrere Messingtrompeten hervor. Am Tore standen zwei Kanonen. Alles ließ darauf schließen, daß der Hausherr sich zu amüsieren liebte und daß sein Hof oft von Schreien der Zechenden widerhallte. Vor dem Tore standen zwei Windmühlen. Hinter dem Hause zogen sich Gärten hin, und zwischen den Baumwipfeln sah man nur die dunklen Mützen der Schornsteine der im grünen Dickicht versteckten Hütten. Die ganze Siedlung lag auf einem breiten Bergabhang. Im Norden wurde alles von einem steilen Berge bedeckt, dessen Sohle dicht vor dem Hofe lag. Wenn man den Berg von unten ansah, erschien er noch steiler, als er in Wirklichkeit war; vereinzelte Stengel dürren Steppengrases, die auf seinem Gipfel wuchsen, hoben sich schwarz vom hellen Hintergrunde des Himmels ab. Der nackte lehmige Berg war über und über mit Regenlöchern und Wasserrinnen bedeckt und bot einen traurigen Anblick. Am steilen Abhange standen in einiger Entfernung voneinander zwei Hütten; über der einen von ihnen breitete ein großer Apfelbaum, der unten an den Wurzeln von kleinen

Pflöcken gestützt und mit angeschaufelter Erde bedeckt war, seine Äste aus. Die vom Winde heruntergeworfenen Äpfel rollten bis in den Herrenhof hinunter. Über den ganzen Berg schlängelte sich vom Gipfel an ein Weg, der am Hofe vorbei in das Dorf führte. Als der Philosoph diesen steilen Weg sah und sich an die gestrige Fahrt erinnerte, sagte er sich, daß entweder der Hauptmann ungewöhnlich kluge Pferde oder seine Kosaken ungewöhnlich harte Köpfe haben müßten, wenn sie es fertigbrachten, in ihrem Rausche mit der riesenhaften Kutsche und dem Gepäck den Abhang nicht Hals über Kopf herunterzupurzeln. Der Philosoph stand auf der höchsten Stelle des Hofes; als er sich umwandte und nach der entgegengesetzten Seite blickte, sah er ein ganz anderes Bild. Das Dorf fiel mit dem Bergabhang zu der Ebene ab. Unendliche Wiesen zogen sich in weite Ferne hin; ihr grelles Grün wurde mit der Entfernung immer dunkler; man konnte auch eine ganze Reihe von Dörfern, die sich am Horizont als blaue Silhouetten abhoben, ziemlich deutlich erkennen, obwohl die Entfernung mehr als zwanzig Werst betrug. Rechts von den Wiesen zogen sich Bergketten hin, und ganz in der Ferne glühte und dunkelte der Dnjepr.

»Ach, welch eine herrliche Gegend!« sagte sich der Philosoph. »Hier möchte ich leben, im Dnjepr und in den Teichen Fische fangen und mit Gewehr und Netz Trappen und Schnepfen jagen! Ich glaube übrigens, daß es hier auch Trappgänse gibt. Man könnte auch Obst dörren und nach der Stadt verkaufen; noch besser wäre es, daraus Branntwein zu brennen, denn mit dem Obstbranntwein läßt sich doch kein anderer vergleichen. Eigentlich sollte ich mich jetzt umsehen, wie ich von hier entwischen könnte.«

Hinter der Hecke bemerkte er einen schmalen Fußpfad, der halb im üppigen Steppengras versteckt war; er setzte schon mechanisch den Fuß darauf, mit der Absicht, zunächst nur einen kleinen Spaziergang zu machen und dann zwischen den Hecken hindurchzuschleichen und ins freie Feld zu kommen – als er plötzlich auf seiner Schulter eine ziemlich feste Hand fühlte.

Hinter ihm stand derselbe alte Kosak, der gestern so bitter über den Verlust der Eltern und über seine Einsamkeit geweint hatte.

»Vergeblich glaubst du, Herr Philosoph, von hier entwischen zu können!« sagte der Kosak. »Hier ist keine solche Wirtschaft, daß man entlaufen kann; auch sind die Wege für Fußgänger viel zu schlecht; geh lieber zum Herrn: er erwartet dich längst in seinem Zimmer.«

»Gut, gehen wir! Warum auch nicht ... Mit dem größten Vergnügen!« antwortete der Philosoph und folgte dem Kosaken.

Der Hauptmann, ein alter Mann mit grauem Schnurrbart und dem Ausdruck finsterer Trauer in den Zügen, saß im Zimmer vor dem Tisch, den Kopf in beide Hände gestützt. Er war wohl an die fünfzig Jahre alt; aber der tieftraurige Ausdruck und die fahle Farbe seines Gesichts sagten, daß seine Seele in einem einzigen Augenblick vernichtet worden und daß es nun für immer mit seiner ganzen Fröhlichkeit und seinem ausgelassenen Leben vorbei war. Als Choma mit dem alten Kosaken eintrat, zog der Alte eine Hand vom Gesicht fort und erwiderte ihren ehrerbietigen Gruß mit leichtem Kopfnicken.

Choma und der Kosak blieben ehrfurchtsvoll an der Tür stehen.

»Wer bist du, woher und von welchem Stande, guter Mann?« fragte der Hauptmann weder freundlich noch streng.

»Aus dem Bursakenstande, der Philosoph Choma Brut ...«
»Und wer war dein Vater?«
»Ich weiß es nicht, gnädiger Herr.«
»Und deine Mutter?«

»Ich kenne auch meine Mutter nicht. Der gesunde Menschenverstand spricht zwar dafür, daß ich auch eine Mutter gehabt habe; aber wer sie war, woher sie stammte und wann sie gelebt hat, das weiß ich, bei Gott, nicht, gnädiger Herr.«

Der Alte schwieg und schien eine Weile in Gedanken versunken.

»Wie hast du denn meine Tochter kennengelernt?«

»Ich habe sie gar nicht kennengelernt, gnädiger Herr, bei Gott nicht! Solange ich auf der Welt lebe, habe ich noch nie etwas mit einem Fräulein zu tun gehabt. Gott bewahre mich davor, um nicht einen unschicklicheren Ausdruck zu gebrauchen.«

»Warum bestimmte sie denn, daß gerade du an ihrem Sarge beten sollst und niemand anderer?«

Der Philosoph zuckte die Achseln. »Gott allein weiß«, sagte er, »wie das zu erklären ist. Die vornehmen Leute haben ja bekanntlich manchmal solche Einfälle, daß auch der gelehrteste Mensch daraus nicht klug werden kann; ein Sprichwort sagt auch: ›Wie der Herr pfeift, so muß der Knecht tanzen‹.«

»Lügst du auch nicht, Herr Philosoph?«

»Soll mich auf der Stelle der Blitz treffen, wenn ich lüge.«

»Hättest du nur eine Minute länger gelebt, Tochter«, sagte der Hauptmann traurig, »so würde ich wohl alles erfahren haben. – ›Laß niemand an meinem Sarge beten, Vater, schikke aber gleich in das Kiewer Seminar und laß den Bursaken Choma Brut kommen; soll er drei Nächte für meine sündige Seele beten. Er weiß alles …‹ – Was er aber weiß, bekam ich nicht mehr zu hören: kaum hatte mein Täubchen diese Worte gesprochen, als sie auch gleich den Geist aufgab. Du bist wohl durch deinen heiligen Lebenswandel oder deine gottgefälligen Werke berühmt, guter Mann, und sie hat vielleicht etwas von dir gehört?«

»Wer? Ich?« rief der Bursake und trat vor Erstaunen einen Schritt zurück. »Ich soll durch meinen heiligen Lebenswandel berühmt sein?« sagte er, dem Hauptmann gerade in die Augen blickend. »Gott sei mit Euch, Herr! Was redet Ihr! Ich bin ja – obwohl es unziemlich ist, davon zu sprechen – am Vorabend von Gründonnerstag zu einer Bäckerin gegangen.«

»Nun ... sie hat es wohl nicht ohne Grund so angeordnet. Du mußt gleich heute abend ans Werk gehen.«

»Ich würde Euer Gnaden darauf einwenden ... Natürlich könnte es jeder Mensch, der sich in der Heiligen Schrift auskennt, nach Maßgabe seiner Fähigkeiten übernehmen ... Aber passender wäre es, einen Diakon oder wenigstens einen Küster damit zu betrauen. Das sind doch vernünftige Leute, die genau wissen, wie so etwas gemacht wird; aber ich ... Ich habe ja nicht einmal die entsprechende Stimme und sehe auch sonst nach nichts aus.«

»Magst wollen oder nicht, aber ich werde den Letzten Willen meines Täubchens erfüllen, koste es, was es wolle. Und wenn du von heute ab drei Nächte an ihrem Sarge wie sich's gehört durchbetest, so werde ich dich belohnen; und wenn nicht, so möchte ich auch dem Teufel nicht raten, mich zu erzürnen.«

Der Hauptmann sprach diese letzten Worte mit solchem Nachdruck, daß der Philosoph ihren Sinn vollkommen erfaßte.

»Komm mit!« sagte der Hauptmann.

Sie traten in den Flur hinaus. Der Hauptmann öffnete die Tür eines Zimmers, das dem seinigen gegenüber lag. Der Philosoph blieb einen Augenblick im Flur zurück, um sich die Nase zu schneuzen, und trat dann, von einem seltsam bangen Gefühl ergriffen, über die Schwelle.

Der ganze Fußboden war mit rotem Baumwollzeug belegt. Die Tote lag in der Ecke unter den Heiligenbildern auf einem hohen Tisch, auf einer blausamtenen, mit goldenen Fransen und Quasten verzierten Decke. Ihr zu Häupten und zu Füßen standen lange, mit Maßholderzweigen umwundene

Wachskerzen, deren trübes Licht sich in der Helle des Tages verlor. Der Philosoph konnte das Gesicht der Toten nicht sehen, da zwischen ihm und der Leiche der trostlose Vater, den Rücken der Tür zugekehrt, saß. Der Philosoph staunte über die Worte, die der Alte sprach:

»Nicht das tut mir so weh, meine allerliebste Tochter, daß du in der Blüte deiner Jahre, ohne das dir zugemessene Alter erreicht zu haben, mir zu Trauer und Leid die Erde verlassen hast; sondern das, mein Täubchen, daß ich den bösen Feind, der deinen Tod verschuldet hat, nicht kenne. Und wenn ich wüßte, wer dich auch nur in Gedanken beleidigen oder auch nur ein übles Wort über dich sagen könnte, so schwöre ich bei Gott: er würde seine Kinder nicht wiedersehen, wenn er ein alter Mann ist wie ich; er würde seine Eltern nicht wiedersehen, wenn er noch jung ist; seine Leiche würde ich aber den Vögeln des Feldes und den Tieren der Steppe vorwerfen lassen! Wehe mir, du Blume des Feldes, meine kleine Wachtel, du Licht meiner Augen, daß ich den Rest meines Lebens ohne Freude, die Tränen, die unaufhörlich aus meinen alten Augen strömen, mit dem Saum meines Rockes trocknend, verbringen muß, während mein Feind frohlocken und heimlich über den schwachen Greis lachen wird ...«

Er hielt inne: der verzehrende Schmerz entlud sich in einem Tränenstrom und ließ ihn nicht weitersprechen.

Dieser tiefe Kummer machte auf den Philosophen starken Eindruck; er hüstelte und räusperte sich, um seine Stimme zu reinigen.

Der Hauptmann wandte sich um und zeigte ihm zu Häupten der Toten den kleinen Betstuhl, auf dem mehrere Bücher lagen.

»Drei Nächte werde ich schon irgendwie abarbeiten«, dachte sich der Philosoph. »Dafür wird mir der Herr beide Taschen mit blanken Dukaten vollstopfen.«

Er kam näher heran, räusperte sich noch einmal und begann zu lesen, ohne nach den Seiten zu sehen; er brachte es noch nicht übers Herz, das Gesicht der Toten anzuschauen. Eine tiefe Stille herrschte. Als er merkte, daß der Hauptmann hinausgegangen war, wandte er langsam den Kopf, um nach der Toten zu schauen, und ...

Ein Beben lief durch seine Adern: vor ihm lag das schönste Geschöpf, das es je auf Erden gegeben hat. Man hat wohl noch nie so strenge und zugleich so harmonische Gesichtszüge gesehen. Sie lag wie lebendig da; die schöne, zarte, wie Schnee, wie Silber weiße Stirn schien noch zu denken; die Brauen – eine schwarze Nacht mitten am sonnigen Tage – wölbten sich fein, ebenmäßig und stolz über den geschlossenen Augen; die Wimpern lagen wie spitze Pfeile auf den Wangen, die noch im Feuer geheimer Lüste glühten; die rubinroten Lippen schienen noch in einem seligen Lächeln, in einer Flut der Freude erbeben zu können ... Zugleich sah er aber in ihren Zügen etwas Grauenhaftes und Stechendes. Er fühlte, wie sein Herz sich qualvoll zusammenkrampfte, als ob er plötzlich mitten im Wirbel ausgelassener Fröhlichkeit, mitten in einer tanzenden Menge einen Totengesang vernommen hätte. Ihre rubinroten Lippen versengten ihm gleichsam das Herz. Und plötzlich sah er in ihren Zügen etwas furchtbar Bekanntes.

»Die Hexe!« rief er mit wilder Stimme; er wandte seinen Blick ab und begann die Gebete weiterzulesen. Es war ja dieselbe Hexe, die er getötet hatte!

Als die Sonne im Sinken war, wurde die Verstorbene in die Kirche gebracht. Der Philosoph half den schwarzen Sarg tragen und stützte ihn mit der Schulter, auf der er eisige Kälte fühlte. Der Hauptmann selbst ging voran und hielt die rechte Seite der engen Totenkammer fest. Die vor Alter ganz schwarze, mit grünem Moos bewachsene Holzkirche mit den drei kegelförmigen Kuppeln ragte traurig am Ende des Dorfes. Es wurde in ihr offenbar seit langem kein Gottesdienst mehr abgehalten. Fast vor jedem Heiligenbild wurden Kerzen angezündet. Der Sarg wurde in die Mitte der Kirche dem Altar gegenüber hingestellt. Der alte Hauptmann küßte noch einmal seine tote Tochter, warf sich noch einmal vor dem Sarge auf die Knie und verließ zugleich mit den Sargträgern die Kirche, nachdem er zuvor den Auftrag erteilt hatte, dem Philosophen ein ordentliches Nachtmahl zu geben und ihn nachher wieder in die Kirche zu bringen. Alle, die den Sarg getragen hatten, beeilten sich, sobald sie in der Küche waren, die Hände an den Ofen zu legen, was die Kleinrussen immer tun, wenn sie eine Leiche gesehen haben.

Der Hunger, den der Philosoph um diese Zeit zu spüren begann, ließ ihn für eine Weile die Tote gänzlich vergessen. Bald sammelte sich in der Küche das ganze Hausgesinde. Die Küche im Hause des Hauptmanns war eine Art Klub, in dem sich alle versammelten, die auf seinem Hofe wohnten, die Hunde mit inbegriffen, die schweifwedelnd an der Türe erschienen, um sich Knochen und Abfälle zu holen. Wenn irgend jemand irgendwohin in irgendwelchem Auftrag geschickt wurde, so kehrte er zuvor immer in der Küche ein, um wenigstens einen Augenblick auf der Bank auszuruhen und eine Pfeife zu rauchen. Alle Junggesellen, die im Hause wohnten und in schmucken Kosakenröcken einherstolzierten, lagen hier fast den ganzen Tag auf den Bänken, auf dem Ofen – kurz überall, wo man bequem liegen konnte. Außerdem pflegte jeder immer etwas in der Küche zu vergessen: die Mütze oder die Peitsche, die als Waffe gegen die fremden Hunde dienen sollte, oder sonst irgend etwas. Doch die besuchtesten Versammlungen fanden hier immer während des Abendbrots statt, wenn auch der Pferdewärter, der seine Pferde in die Hürden eingebracht, und der Kuhhirt, der die Kühe zum Melken heimgeführt hatte, und auch andere Leute, die man während des ganzen Tages nicht zu Gesicht bekam, in der Küche erschienen. Während des Abendbrots wurden selbst die schweigsamsten Zungen geschwätzig. Hier wurde alles besprochen: wer sich neue Pumphosen genäht hatte, und was sich im Innern der Erde befindet, und wem ein Wolf begegnet war. Man bekam hier eine Menge witziger Worte und Redensarten zu hören, an denen unter den Kleinrussen kein Mangel herrscht.

Der Philosoph setzte sich mit den andern in den weiten Kreis, der sich unter freiem Himmel vor der Küchentür gebildet hatte. In der Tür erschien bald darauf eine alte Frau mit rotem Kopftuch; sie hielt mit beiden Händen einen heißen Topf Quarkklöße, den sie in die Mitte des Kreises der Hungrigen stellte, ein jeder holte aus der Tasche einen Holzlöffel hervor; und solche, die keine Löffel besaßen, nahmen Holzstäbchen zur Hand. Sobald die Kiefer sich etwas langsamer zu bewegen begannen und die ganze Gesellschaft ihren Wolfshunger ein wenig gestillt hatte, fingen einzelne Mitglieder der Versammlung zu reden an. Das Gespräch drehte sich naturgemäß um die Verstorbene.

»Ist es wahr«, fragte ein junger Schäfer, der an seinem Pfeifenriemen so viele Knöpfe und Messingbleche angebracht hatte, daß er wie ein Kramladen aussah, »ist es wahr, daß das Fräulein – ich will ihr Andenken damit nicht beleidigen – mit dem Teufel Umgang pflegte?«

»Wer? Das Fräulein?« sagte Dorosch, den unser Philosoph schon von früher her kannte. »Sie war ja eine richtige Hexe! Ich leiste jeden Eid, daß sie eine Hexe war!«

»Hör auf, Dorosch«, sagte der Kosak, der während der Fahrt große Neigung gezeigt hatte, den andern zu trösten: »Es ist ja nicht unsere Sache, Gott sei mit ihr! Man soll davon lieber nicht reden.« – Dorosch hatte aber keine Lust zu schweigen; er war soeben mit dem Kellermeister in einer wichtigen Angelegenheit im Weinkeller gewesen und hatte sich an die zweimal über zwei, drei Fässer gebeugt; er war in der besten Laune zurückgekehrt und redete nun ununterbrochen.

»Was willst du? Daß ich schweige?« sagte er. »Sie ist ja auch auf mir selbst herumgeritten! Bei Gott, sie hat es getan!«

»Wie ist es eigentlich, Onkel?« fragte der junge Schäfer mit den Knöpfen. »Gibt es irgendwelche Anzeichen, an denen man eine Hexe erkennen kann?«

»Nein«, antwortete Dorosch, »es gibt kein Mittel, eine zu erkennen; und wenn man auch alle Psalmen herunterliest, erfährt man es doch nicht.«

»Man kann es wohl erkennen, Dorosch, leugne es nicht!« sagte der Tröster von gestern. »Gott hat nicht umsonst einem jeden irgendeine Eigenheit verliehen: Menschen, die sich in den Wissenschaften auskennen, sagen, daß jede Hexe einen kleinen Schwanz hat.«

»Wenn ein Weib alt ist, so ist sie eben eine Hexe«, sagte kaltblütig ein alter Kosak.

»Ihr seid vielleicht gut!« fiel ihnen die Alte ins Wort, die eben eine neue Portion Klöße in den Topf, der sich inzwischen geleert hatte, schüttete. »Ihr seid mir echte dicke Wildschweine!«

Der Kosak, der mit dem Namen Jawtuch und mit dem Spitznamen Kowtun hieß, lächelte vergnügt, als er merkte, daß die Alte sich von seinen Worten getroffen fühlte; der Viehtreiber ließ aber ein so dröhnendes Lachen erschallen, als hätten sich zwei Stiere gegenübergestellt und zugleich zu brüllen angefangen.

Das begonnene Gespräch stachelte die Neugierde des Philosophen auf und weckte in ihm das unüberwindliche Verlangen, Genaueres über die verstorbene Hauptmannstochter zu erfahren. Um das Gespräch auf den früheren Gegenstand zurückzubringen, wandte er sich an seinen Nachbarn mit folgenden Worten: »Ich möchte gerne wissen, warum diese ganze Gesellschaft, die hier am Tische sitzt, die Hauptmannstochter für eine Hexe hält? Hat sie denn jemand etwas Böses zugefügt oder gar den Garaus gemacht?«

»Es ist manches vorgekommen«, sagte einer der Anwesenden, dessen Gesicht so flach wie eine Schaufel war.

»Wer erinnert sich nicht an den Hundewärter Mikita? Oder an den andern ...«

»Was war denn mit dem Hundewärter Mikita?« fragte der Philosoph.

»Halt! Ich will vom Hundewärter Mikita erzählen!« sagte Dorosch.

»Nein, ich will von Mikita erzählen!« rief der Pferdewärter dazwischen. »Er war doch mein Gevatter.«

»Ich will von Mikita erzählen«, sagte Spirid.

»Ja, soll es Spirid erzählen«, riefen die andern.

Spirid begann: »Herr Philosoph Choma, du hast den Mikita nicht gekannt. Das war ein ganz seltener Mensch! Einen jeden Hund kannte er so genau wie seinen leiblichen Vater. Der jetzige Hundewärter Mikola, der dritte neben mir, ist seines kleinen Fingers nicht wert. Obwohl auch er seine Sache versteht, ist er gegen Mikita wie Mist!«

»Du erzählst gut, sehr gut!« sagte Dorosch und nickte anerkennend mit dem Kopf.

Spirid fuhr fort: »Einen Hasen erspähte er schneller, als ein anderer sich den Tabak aus der Nase wischt. Manchmal pfiff er seinen Hunden und rief: ›Los, Räuber, los, schneller!‹, und sauste selbst auf seinem Gaul so schnell dahin, daß man unmöglich erkennen konnte, wer wen überholte: ob er die Hunde, oder die Hunde ihn. Manchmal soff er auf einmal ein ganzes Quart Schnaps aus, und das machte ihm nichts. Ein ausgezeichneter Hundewärter war's! Aber seit einiger Zeit hatte er sich in das Fräulein vergafft. Ich weiß nicht, ob er sich in sie verliebt, oder ob sie ihn behext hatte, aber der Mann kam auf einmal herunter und war ganz zu einem Weibe geworden; weiß der Teufel, was er geworden war. Es ist sogar unanständig, es auszusprechen.«

»Sehr schön erzählst du«, sagte Dorosch.

»Wenn ihn nur das Fräulein ansah, ließ er gleich die Zügel los, nannte den ›Räuber‹ – ›Browko‹, stolperte und machte noch ähnliche Dummheiten. Einmal kam das Fräulein in den Stall, wo er das Pferd striegelte. – ›Laß mich einmal‹, sagte sie, ›dir mein Füßchen auf den Rücken setzen.‹ Er aber, der Narr, war ganz außer sich vor Freude und sagte: ›Nicht bloß dein Füßchen sollst du auf mich setzen, setz dich ganz auf mich herauf.‹ Das Fräulein hob den Fuß, und wie er ihr bloßes, pralles, weißes Bein sah, so war er, wie er sagte, vom Zauber wie betäubt. Der Dummkopf beugte den Rücken, ergriff ihre beiden bloßen Beinchen mit den Händen und begann wie ein Pferd über das Feld zu rennen; wo sie überall herumgeritten waren, konnte er nachher gar nicht sagen. Er kam aber mehr tot als lebendig heim und begann von jenem Tage an dahinzuschwinden, bis er so dürr wie ein Span wurde; und als man einmal in den Stall kam, fand man nur ein Häuflein Asche und einen leeren Eimer vor; er war völlig verbrannt, ganz von selbst verbrannt. Und doch war er ein Hundewärter gewesen, wie man einen solchen auf der ganzen Welt nicht wieder findet.«

Als Spirid mit seinem Bericht zu Ende war, begann man über die Vorzüge des früheren Hundewärters zu sprechen.

»Und hast du nichts von Scheptuns Weib gehört?« wandte sich Dorosch an Choma.

»Nein.«

»Ach ja! Ihr lernt wohl in eurer Bursa nicht viel Gescheites. Hör also zu. Wir haben im Dorfe einen Kosaken namens Scheptun – ein feiner Kosak ist er! Manchmal stiehlt er zwar oder lügt auch so ganz ohne Grund, aber er ist ein vortrefflicher Kosak. Sein Haus ist nicht weit von hier. Um die gleiche Stunde, zu der wir uns heute ans Abendbrot setzen, hatten einmal Scheptun und sein Weib ihr Abendbrot verzehrt und sich schlafen gelegt; da das Wetter schön war, legte sich das Weib auf den Hof, Scheptun legte sich aber auf eine

Bank in der Stube; oder nein: das Weib legte sich auf die Bank und Scheptun auf den Hof ...«

»Das Weib legte sich gar nicht auf die Bank, sondern auf den Boden«, wandte die Alte ein, die, den Kopf in die Hand gestützt, an der Schwelle stand.

Dorosch sah sie an, senkte den Blick, sah sie wieder an und sagte nach kurzem Schweigen: »Wenn ich dir vor aller Augen den Unterrock abziehe, so wird es gar nicht schön aussehen.«

Diese Warnung verfehlte ihre Wirkung nicht. Die Alte schwieg und unterbrach ihn nicht mehr.

Dorosch fuhr fort: »Und in der Wiege, die mitten in der Hütte hing, lag ein einjähriges Kind, ich weiß nicht mehr, ob es männlichen oder weiblichen Geschlechts war. Scheptuns Weib lag da und hörte plötzlich, wie ein Hund draußen an der Tür kratzte und so heulte, daß man davonlaufen könnte. Sie erschrak: die Weiber sind ja ein so dummes Volk, daß ihnen das Herz in die Ferse fällt, wenn abends jemand auch nur die Zunge zur Tür hineinsteckt. Sie sagte sich aber: ›Ich will dem verdammten Hund eins auf die Schnauze geben, vielleicht wird er zu heulen aufhören.‹ – Sie nahm also einen Schürhaken und ging zur Tür. Kaum hatte sie aber die Tür ein wenig aufgemacht, als der Hund ihr zwischen den Beinen hindurchrannte und sich auf die Wiege stürzte. Scheptuns Weib sah, daß es nicht mehr der Hund war, sondern das Fräulein; und wenn es noch das Fräulein in solcher Gestalt wäre, in der sie es kannte – das würde noch nichts machen; aber das ist eben die Sache: das Fräulein war ganz blau, und ihre Augen glühten wie Kohlen. Sie packte das Kind, biß ihm die Kehle durch und begann sein Blut zu trinken. Scheptuns Weib schrie nur: ›Herrgott!‹ und rannte aus der Stube. Die Tür im Flur war aber verschlossen, sie stieg darum auf den Dachboden hinauf; das dumme Weib saß auf dem Dachboden und zitterte am ganzen Leibe; nach einer Weile kam aber auch das Fräulein auf den Dachboden hinauf, fiel über sie her und begann sie zu beißen. Erst am Morgen holte Scheptun sein Weib vom Boden herunter: sie war ganz blau und zerbissen und starb am nächsten Tage. Ja, was es nicht alles für Teufelswerk gibt! Sie ist zwar von herrschaftlichem Geblüt, aber doch eine Hexe.«

Dorosch war mit seiner Erzählung zu Ende. Er ließ seinen Blick selbstzufrieden im Kreise schweifen und steckte einen Finger in den Kopf seiner Pfeife, um sie von neuem zu stopfen. Das Thema von der Hexe schien unerschöpflich. Ein jeder wollte seinen Beitrag dazu liefern. Zu dem einen war die Hexe in Gestalt eines Heuwagens dicht vor die Haustür gekommen; dem andern hatte sie die Pfeife oder die Mütze gestohlen; vielen Mädchen im Dorfe hatte sie die Zöpfe abgeschnitten; und anderen je einige Eimer Blut ausgesogen.

Endlich kam die Gesellschaft zur Besinnung und merkte, daß sie sich gar zu sehr verplaudert hatte: es war inzwischen stockfinster geworden. Ein jeder suchte nun sein Nachtlager auf; die einen schliefen in der Küche, die andern in den Schuppen oder mitten auf dem Hofe.

»Nun, Herr Choma! Es ist Zeit, zu der Toten zu gehen«, wandte sich der alte Kosak zum Philosophen. Sie begaben sich zu viert, darunter Spirid und Dorosch, zur Kirche. Unterwegs mußten sie sich mit Peitschen gegen die Hunde wehren, von denen es im Dorfe eine Unmenge gab und die ihnen in die Stöcke bissen.

Obwohl der Philosoph sich bereits mit einem ordentlichen Glas Schnaps gestärkt hatte, fühlte er immer mehr Angst, je näher sie an die erleuchtete Kirche kamen. Alle die seltsamen Geschichten und Berichte, die er soeben gehört hatte, gaben seiner Phantasie neue Nahrung. Das Dunkel in der Nähe des Zaunes und der Bäume hellte sich ein wenig auf; sie kamen auf einen freien Platz heraus. Endlich traten sie durch das baufällige Tor in den Kirchhof ein, wo es keinen einzigen Baum gab und von wo aus man nichts als leeres

Feld und die vom Dunkel der Nacht verhüllten Wiesen sah. Die drei Kosaken stiegen zusammen mit Choma die steile Treppe hinauf und traten in die Kirche. Hier ließen sie den Philosophen zurück, nachdem sie ihm einen glücklichen Abschluß seines Werkes gewünscht und hinter ihm, auf Befehl ihres Herrn, die Tür versperrt hatten.

Der Philosoph blieb allein. Zuerst gähnte er, dann streckte er sich, blies in beide Hände und sah sich endlich in der Kirche um. In der Mitte stand der schwarze Sarg; vor den dunklen Heiligenbildern flackerten die Kerzen, deren Licht nur die Wand mit den Heiligenbildern und zum Teil auch die Mitte der Kirche erleuchtete; die entfernteren Ecken blieben in Dunkel gehüllt. Der hohe altertümliche Aufbau mit den Heiligenbildern schien recht baufällig; das durchbrochene Schnitzwerk, das einst vergoldet gewesen, glänzte nur an wenigen Stellen: die Vergoldung war hier abgefallen und dort schwarz geworden; die vor Alter ganz schwarzen Antlitze der Heiligen blickten düster. Der Philosoph sah sich noch einmal um. »Was ist denn dabei?« sagte er sich. »Was habe ich zu fürchten? Kein Mensch kann hereinkommen, was aber die Toten und die Gespenster betrifft, so habe ich gegen sie gar kräftige Gebete; wenn ich sie aufsage, wird mich niemand auch nur mit einem Finger anrühren. Es ist nicht so schlimm!« fügte er ermutigt hinzu. »Wollen wir also lesen.« Er sah im Chor einige Bündel Kerzen liegen. »Gut, daß ich sie hier finde«, sagte sich der Philosoph. »Ich will die ganze Kirche taghell erleuchten. Schade, daß man im Gotteshause keine Pfeife rauchen darf!«

Und er begann die Wachskerzen an alle Gesimse, Pulte und Heiligenbilder zu kleben, ohne mit ihnen zu sparen, und die ganze Kirche war bald voller Licht. Nur das Dunkel oben an der Decke schien noch dichter geworden, und die dunklen Heiligenbilder blickten noch düsterer aus ihren altertümlichen geschnitzten Rahmen, an denen hie und da die

Vergoldung funkelte. Er ging an den Sarg heran und blickte der Toten ins Gesicht; er fuhr leicht zusammen und mußte die Augen schließen: so schrecklich, so blendend war ihre Schönheit.

Er wandte sich ab und wollte vom Sarge fortgehen; doch die seltsame Neugierde, das seltsame widerspruchsvolle Gefühl, das den Menschen auch in Augenblicken der Angst nicht verläßt, zwang ihn, vor dem Weggehen noch einen Blick auf sie zu werfen; er erschauerte wieder, mußte sie aber gleich darauf noch einmal anblicken. Die ungewöhnliche Schönheit der Toten erschien ihm in der Tat schrecklich. Wenn sie weniger schön gewesen wäre, hätte sie in ihm diesen panischen Schrecken vielleicht gar nicht wachgerufen. Aber in ihren Zügen war nichts Trübes, Verschwommenes, Totes; das Gesicht war lebendig, und dem Philosophen kam es vor, als ob sie ihn durch ihre gesenkten Lider hindurch ansähe. Es schien ihm sogar, daß unter den Wimpern des rechten Auges eine Träne hervorrollte; und als sie auf der Wange hängenblieb, sah er ganz deutlich, daß es ein Blutstropfen war.

Er eilte zum Chor, schlug das Buch auf und begann, um sich Mut zu machen, mit lauter Stimme zu lesen. Seine Stimme schlug gegen die seit langer Zeit stummen und tauben Holzwände der Kirche; sein tiefer Baß klang in der Totenstille so furchtbar einsam und weckte kein Echo; dem Lesenden selbst kam seine Stimme fremd vor. »Was soll ich fürchten?« dachte er sich. »Sie wird doch nicht aus ihrem Sarge aufstehen, sie wird Angst vor dem Worte des Herrn haben. Soll sie nur liegen! Was wäre ich auch für ein Kosak, wenn ich Angst hätte? Ich habe wohl etwas zuviel getrunken, darum kommt mir alles so schrecklich vor. Jetzt will ich mir eine Prise nehmen. Ein guter Tabak! Ein feiner Tabak! Ein ausgezeichneter Tabak!« Beim Umblättern einer jeden Seite mußte er aber immer wieder nach dem Sarge schielen, und ein zwingendes Gefühl schien ihm zuzuflüstern: »Gleich wird sie aufstehen! Gleich wird sie sich erheben und aus dem Sarge herausschauen!«

Nichts störte aber die Totenstille, der Sarg blieb unbeweglich; die Kerzen ergossen ein ganzes Meer von Licht. Wie unheimlich ist so eine hellerleuchtete Kirche bei Nacht, ohne eine Menschenseele, mit einer Leiche in der Mitte!

Er erhob seine Stimme und begann in den verschiedensten Tonarten zu singen, um den Rest seiner Furcht zu betäuben; aber jeden Augenblick wandte er seinen Blick zum Sarge, wie wenn er sich immer wieder fragte: »Und wenn sie sich erhebt, wenn sie aus dem Sarge aufsteht?«

Der Sarg rührte sich aber nicht. Wenn doch irgendein Laut, irgendein lebendes Wesen, und wäre es auch nur ein Heimchen in einem Winkel, zu hören gewesen wäre! Er hörte aber nur, wie eine entfernte Kerze leise knisterte oder wie ein Wachstropfen zu Boden fiel.

»Und wenn sie sich erhebt? ...«

Sie hob den Kopf ...

Er blickte wie wahnsinnig hin und rieb sich die Augen. Sie lag wirklich nicht mehr, sie saß aufrecht in ihrem Sarge. Er wandte die Augen weg, richtete sie aber entsetzt wieder auf den Sarg. Sie war aufgestanden ... sie ging durch die Kirche mit geschlossenen Augen, die Arme vor sich ausgestreckt, als ob sie jemand erhaschen wollte.

Sie ging geradewegs auf ihn zu. In seiner Angst umschrieb er einen Zauberkreis um sich herum; mit großer Anstrengung las er seine Gebete herunter und die Beschwörungen, die ihm ein Mönch, der sein Leben lang stets Hexen und unsaubere Geister gesehen, gelehrt hatte.

Sie stand fast am Rande seines Kreises; und er sah, daß sie nicht die Kraft hatte, den Kreis zu überschreiten; und sie wurde plötzlich ganz blau wie eine Leiche, die schon mehrere Tage gelegen hat. Choma hatte nicht den Mut, sie anzuschauen: so schrecklich war sie. Sie klapperte mit den Zähnen und schlug ihre toten Augen auf; sie konnte aber nichts sehen, und ihr Gesicht erbebte vor Wut. Sie wandte sich mit ausgebreiteten Armen nach einer andern Seite und umschlang jede Säule, jeden Vorsprung mit der Absicht, Choma zu fangen. Endlich blieb sie stehen, drohte mit dem Finger und legte sich wieder in ihren Sarg.

Der Philosoph konnte noch immer nicht zu sich kommen und blickte immer wieder entsetzt auf die enge Behausung der Hexe. Plötzlich riß sich der Sarg von seiner Stelle los und begann sausend durch die ganze Kirche zu fliegen und die Luft in allen Richtungen zu durchschneiden. Der Philosoph sah ihn fast über seinem Kopfe schweben; zugleich merkte er aber, daß der Sarg nicht die Kraft hatte, in den von ihm beschriebenen Kreis zu dringen, und er begann seine Beschwörungen mit doppeltem Eifer aufzusagen. Der Sarg fiel mit lautem Krachen in die Mitte der Kirche nieder und rührte sich nicht mehr. Und wieder erhob sich die Leiche, die jetzt ganz blau und grün war. Doch in diesem Augenblick ertönte ein ferner Hahnenschrei; die Leiche fiel in den Sarg zurück, und der Deckel klappte zu.

Dem Philosophen klopfte das Herz wie wild, und der Schweiß floß ihm in Strömen über die Stirn: der Hahnenschrei hatte ihn aber ermutigt, und er las nun schnell die Seiten herunter, die er während der Nacht hätte lesen müssen. Beim ersten Morgengrauen kamen der Küster und Jawtuch in die Kirche, um ihn abzulösen. Der alte Jawtuch versah diesmal das Amt des Kirchenältesten.

Als der Philosoph sein Nachtlager erreicht hatte, konnte er lange Zeit nicht einschlafen; schließlich siegte aber doch die Müdigkeit, und er schlief bis zu Mittag durch. Als er erwachte, war es ihm, als ob das nächtliche Erlebnis ein Traum gewesen wäre. Man verabreichte ihm zur Stärkung ein Quart Schnaps. Beim Essen wurde er wieder gesprächig, machte hie und da seine Bemerkungen und verzehrte fast allein ein ziemlich großes Ferkel. Aber ein seltsames Gefühl, das er sich selbst nicht erklären konnte, hielt ihn davon ab, von den Ereignissen in der Kirche zu sprechen; auf die Fragen der Neugierigen antwortete er nur: »Ja, da gab es mancherlei Wunder.« Der Philosoph gehörte zu jenen Leuten, die sehr menschenfreundlich werden, sobald sie gut gegessen haben. Er lag mit der Pfeife im Mund auf der Bank, sah alle ungemein liebevoll an und spuckte in einem fort auf die Seite.

Nach dem Mittagessen war der Philosoph in der denkbar besten Laune. Er machte einen Rundgang durch das ganze Dorf und wurde fast mit allen Leuten bekannt; aus zwei Häusern mußte man ihn sogar hinauswerfen; eine hübsche junge Frau versetzte ihm einen ordentlichen Schlag mit einem Spaten auf den Rücken, als er sich durch Betasten überzeugen wollte, aus welchem Stoff ihr Hemd und ihr Rock waren. Je mehr aber die Zeit vorrückte, um so nachdenklicher wurde der Philosoph. Eine Stunde vor dem Abendbrot versammelte sich das ganze Hausgesinde, um »Grütze« oder »Kragli«, eine Art Kegelspiel, zu spielen, bei dem statt Kugeln lange Stangen verwendet werden und der Gewinnende das Recht hat, auf dem andern einen Ritt zu machen. Es war sehr interessant, diesem Spiel zuzuschauen: einmal ritt der Viehtreiber, der so rund wie ein Pfannkuchen war, auf dem Schweinehirten, einem kleinen schwächlichen Menschen, der ganz aus Runzeln bestand. Ein andermal mußte der Viehtreiber seinen Rücken beugen, und Dorosch sprang herauf, wobei er jedesmal sagte: »Welch ein kräftiger Stier!« An der Küchenschwelle saßen die solideren Leute. Sie rauchten ihre Pfeifen und blickten sehr ernst drein, selbst wenn die Jugend sich über ein gelungenes Scherzwort des Viehtreibers oder Spirids vor Lachen kugelte. Choma machte vergebliche Versuche, an diesem Spiel teilzunehmen: ein finsterer Gedanke saß ihm wie ein Nagel im Kopfe. Während des Abendbrotes versuchte er immer wieder, sich aufzuheitern, aber seine Angst wurde immer größer, je mehr sich die Dunkelheit über den Himmel ausbreitete.

»Nun ist's Zeit, Herr Bursak«, sagte ihm der bekannte alte Kosak und erhob sich zugleich mit Dorosch. »Wollen wir an die Arbeit gehen!«

Choma wurde auf dieselbe Art wie gestern in die Kirche geleitet; man ließ ihn wieder allein und verschloß hinter ihm die Tür. Sobald er allein geblieben war, fühlte er wieder steigende Angst. Er sah wieder die dunklen Heiligenbilder, die glänzenden Rahmen und den ihm wohlbekannten schwarzen Sarg, der in der drohenden Stille unbeweglich mitten in der Kirche stand.

»Nun«, sagte er, »dieses Wunder ist jetzt für mich kein Wunder mehr. Es kam mir nur das erste Mal so schrecklich vor. Ja, gewiß, nur das erste Mal. Aber jetzt ist es nicht so schrecklich mehr, nein, gar nicht schrecklich.«

Er begab sich schnell in den Chor, umschrieb um sich den Kreis, sprach einige Beschwörungen und begann mit lauter Stimme zu lesen; er hatte den Vorsatz, den Blick nicht mehr vom Buche zu wenden und auf nichts zu achten, was da auch kommen sollte. So las er etwa eine Stunde und begann schon Müdigkeit zu spüren und zu hüsteln; er holte aus der Tasche seine Schnupftabaksdose hervor und wollte eine Prise nehmen, richtete aber zuvor einen scheuen Blick auf den Sarg. Es wurde ihm kalt ums Herz. Die Leiche stand bereits dicht vor seinem Kreise und bohrte in ihn ihre toten grünen Augen. Der Bursak fuhr zusammen vor der Eiseskälte, die alle seine Adern durchrieselte. Er senkte den Blick in das Buch und begann seine Gebete und Beschwörungen noch lauter aufzusagen; dabei hörte er, wie die Tote wieder mit den Zähnen klapperte und wie sie die Arme schwang, um ihn zu erfassen. Er schielte mit einem Auge hin und sah, daß sie gar nicht dahin zielte, wo er stand, daß sie ihn offenbar gar nicht sah.

Sie begann mit dumpfer Stimme zu murmeln und mit ihren toten Lippen schreckliche Worte zu sprechen; ihre Stimme klang wie das Zischen kochenden Peches. Er hätte gar nicht sagen können, was sie eigentlich sprach, er fühlte aber, daß in ihren Worten etwas Schreckliches war. Ganz entsetzt merkte der Philosoph, daß auch sie Beschwörungen murmelte.

Vor ihren Worten erhob sich in der Kirche ein Wind und ein Rauschen wie von unzähligen Flügeln. Er hörte, wie die Flügel gegen die Fensterscheiben und die Eisengitter schlugen, wie zahllose Krallen knirschend an dem Eisen kratzten und wie ein riesiges Geisterheer gegen die Tür anrannte, um sie aufzubrechen. Sein Herz schlug fortwährend wie wild; mit geschlossenen Augen las er seine Beschwörungen und Gebete. Endlich pfiff etwas in der Ferne: es war ein ferner Hahnenschrei. Der ermattete Philosoph hielt inne und holte tief Atem.

Die Leute, die ihn ablösen kamen, fanden ihn halbtot vor; er stand unbeweglich an eine Wand gelehnt und starrte mit weit geöffneten Augen die Kosaken an. Man führte ihn fast mit Gewalt hinaus und mußte ihn unterwegs stützen. Nachdem er im Herrenhof angelangt war, schüttelte er sich und ließ sich ein Quart Schnaps geben. Er trank den Schnaps aus, strich sich über das Haar und sagte: »Es gibt viel üble Sachen auf der Welt. Auch erlebt man zuweilen solche Schrecken, daß ...« Bei diesen Worten winkte er abwehrend mit der Hand.

Die Leute, die sich um ihn versammelt hatten, ließen die Köpfe hängen, als sie diese Worte vernahmen. Selbst der kleine Junge, den das ganze Hausgesinde als einen Bevollmächtigten verwenden zu dürfen glaubte, wenn es den Pferdestall zu putzen oder Wasser zu schleppen galt, selbst dieser arme Junge stand mit offenem Munde da.

In diesem Augenblick ging eine noch ziemlich junge Frau vorüber, deren enganliegendes Kleid ihre runden und kräftigen Formen sehen ließ; es war die Gehilfin der alten Köchin, ein sehr kokettes Weib, das immer irgendeine Verzierung an ihrem Kopftuche trug: entweder ein Endchen Band oder eine Nelke oder sogar ein Stück Papier, wenn sie nichts anderes zur Hand hatte.

»Guten Tag, Choma!« sagte sie, als sie den Philosophen erblickte. »Ach, was ist denn mit dir los?« schrie sie auf und schlug die Hände zusammen.

»Was soll mit mir los sein, du dummes Frauenzimmer?«

»Mein Gott, du bist ja ganz grau geworden!«

»Ach ja! Sie hat recht!« sagte Spirid und sah den Philosophen genauer an. »Du bist wirklich so grau geworden wie unser alter Jawtuch!«

Als der Philosoph dies hörte, rannte er sofort in die Küche, wo er ein an der Wand befestigtes, von Fliegen beschmiertes dreieckiges Stück Spiegel gesehen hatte, das mit Vergißmeinnicht, Nelken und sogar einem Kranz von Ringelblumen umsteckt war, was darauf hinwies, daß es der Koketten bei der Toilette diente. Mit Schrecken gewahrte Choma, daß sie die Wahrheit gesprochen hatte: die Hälfte seiner Haare war wirklich weiß geworden.

Choma Brut ließ den Kopf hängen und wurde nachdenklich. »Ich will zum Herrn gehen«, sagte er sich schließlich, »ich will ihm alles erzählen und erklären, daß ich nicht mehr lesen will. Soll er mich sofort nach Kiew zurückschicken.«

Mit diesen Worten begab er sich in das Herrenhaus.

Der Hauptmann saß fast regungslos in seinem Zimmer. Dieselbe hoffnungslose Trauer, die Choma schon bei der ersten Begegnung an ihm wahrgenommen hatte, lag noch immer auf seinen Zügen. Seine Wangen waren noch mehr eingefallen. Es war ihm anzusehen, daß er fast keine Nahrung zu sich nahm und vielleicht überhaupt keine Speise anrührte. Die ungewöhnliche Blässe verlieh ihm eine gewisse steinerne Unbeweglichkeit.

»Guten Tag, du Armer!« sagte er, als er Choma mit der Mütze in der Hand in der Tür stehen sah. »Nun, wie steht's? Ist alles in Ordnung?«

»Es ist wohl alles in bester Ordnung, aber da ist solch ein Teufelsspuk, daß man am liebsten seine Mütze nehmen und davonlaufen möchte.«

»Wieso?«

»Denn Eure Tochter, Herr ... Der gesunde Menschenverstand sagt zwar, daß sie von herrschaftlichem Geblüt ist, und das wird kein Mensch leugnen wollen; aber Ihr dürft es mir nicht übelnehmen – der Herr gebe ihrer Seele die ewige Ruhe ...«

»Was ist denn mit meiner Tochter?«

»Sie ist mit dem Satan im Bunde. Einen solchen Schrecken jagt sie einem ein, daß man nicht einmal das Wort lesen kann.«

»Lies nur weiter, lies! Nicht umsonst hat sie wohl dich kommen lassen: mein Täubchen war um ihr Seelenheil besorgt und wollte alle bösen Anfechtungen durch Gebete fernhalten.«

»Ihr habt zu befehlen, gnädiger Herr, aber es geht über meine Kräfte, bei Gott!«

»Lies nur weiter, lies!« fuhr der Hauptmann im gleichen überredenden Tone fort. »Nur noch eine einzige Nacht ist dir übriggeblieben; du tust damit ein christliches Werk, und ich werde dich belohnen.«

»Was für einen Lohn Ihr mir auch gebt ... Tu, was du willst, Herr, ich werde aber nicht mehr lesen!« sagte Choma entschlossen.

»Hör einmal, Philosoph!« sagte der Hauptmann laut und drohend. »Ich liebe solche Einfälle nicht. Das darfst du dort in deiner Bursa treiben, bei mir im Hause geht es nicht: ich werde dich ganz anders durchbleuen lassen als dein Rektor. Weißt du, was ein guter lederner Kantschu ist?«

»Wie sollte ich das nicht wissen!« sagte der Philosoph mit gedämpfter Stimme. »Ein jeder weiß, was ein Kantschu ist; wenn man ihn in großer Portion zu kosten bekommt, so ist es ganz unerträglich.«

»Das stimmt. Du weißt aber noch nicht, wie meine Burschen zu prügeln verstehen!« sagte der Hauptmann drohend. Er erhob sich von seinem Platz, und sein Gesicht nahm plötzlich einen gebieterischen und bösen Ausdruck an, in dem sich sein ganzes zügelloses Wesen äußerte, das nur vorübergehend von der Trauer gedämpft gewesen war. »Bei mir ist es üblich, zuerst durchzuprügeln, dann Branntwein daraufzugießen und dann wieder zu prügeln. Geh nur, geh an deine Arbeit! Vollendest du dein Werk nicht, so stehst du nicht wieder auf; tust du es aber, so bekommst du tausend Dukaten!«

»Der scheint aber ein Kerl zu sein«, sagte sich der Philosoph, als er das Zimmer verließ, »mit dem es nicht zu spaßen ist. Paß mal auf, Freund: ich werde so flink durchbrennen, daß du mich mit allen deinen Hunden nicht mehr einholen wirst.«

Und Choma nahm sich vor, unter allen Umständen durchzubrennen. Er wartete nur auf die Nachmittagsstunde, wo das ganze Gesinde sich in das Heu in den Scheunen zu verkriechen und mit offenem Munde so laut zu schnarchen und zu pfeifen pflegte, daß der herrschaftliche Hof in eine Fabrik verwandelt zu sein schien.

Diese Stunde brach endlich an. Selbst der alte Jawtuch streckte sich mit geschlossenen Augen in der Sonne aus. Der Philosoph begab sich, vor Angst zitternd, ganz leise in den Garten, von wo aus er – so glaubte er – bequem und unbemerkt ins freie Feld gelangen könnte. Dieser Garten war, wie es überall der Fall ist, furchtbar verwildert und folglich jedem heimlichen Unternehmen ganz besonders günstig. Mit Ausnahme eines einzigen zu wirtschaftlichen Zwecken ausgetretenen Fußpfades war alles übrige von den üppig wachsenden Kirschbäumen, Holunderstauden und Winden, die ihre hohen Stengel mit den sich fest um alle Zweige klammernden Ranken und den rosa Spitzen emporreckten, überwuchert. Der Hopfen überspannte wie mit einem Netz die Spitzen dieser ganzen bunten Ansammlung von Bäumen und Sträuchern und bildete über ihnen ein Dach, das bis zum Zaune hinabreichte und in Schlangenwindungen, mit wilden Glockenblumen vermengt, zur Erde hinabfiel. Jenseits des Zaunes, der die Grenze des Gartens bildete, begann ein dichter Wald von Steppengras, in den offenbar noch kein Menschenauge hineingeschaut hatte; jede Sense wäre in tausend Stücke zersprungen, wenn sie mit ihrer Schneide diese dicken verholzten Stengel auch nur angerührt hätte.

Als der Philosoph über den Zaun steigen wollte, klapperten ihm die Zähne, und das Herz schlug ihm so heftig, daß er selbst erschrak. Die Schöße seines langen Gewandes schienen an der Erde zu kleben, als ob sie jemand mit Nägeln an den Boden befestigt hätte. Während er über den Zaun stieg, glaubte er einen gellenden Pfiff und eine schallende Stimme zu hören, die ihm zurief: »Wohin, wohin?« Der Philosoph tauchte in das Steppengras unter und begann zu rennen, wobei er jeden Augenblick über alte Wurzeln stolperte und Maulwürfe zertrat. Er sah, daß er, nachdem er aus dem Steppengras herausgekommen sein würde, nur noch ein Feld zu passieren hätte; hinter dem Felde zog sich aber dichtes dunkles Dornengebüsch hin, in dem er außerhalb jeder Gefahr sein würde; er hoffte dort einen direkten Weg nach Kiew zu finden. Er durchquerte das Feld mit wenigen Sätzen und geriet in das dichte Dornengestrüpp. Er kroch durch das Gestrüpp, wo er an jedem spitzen Dorn ein Stück seines Rockes als Wegezoll zurückließ, und gelangte zu einem kleinen Hohlwege. Hier standen Weiden, die mit ihren Zweigen hie und da die Erde berührten; eine kleine durchsichtige

Quelle glänzte wie Silber. Der Philosoph legte sich sofort nieder und löschte seinen unerträglichen Durst. »Ein gutes Wasser!« sagte er, indem er sich die Lippen abwischte. »Hier könnte ich auch ein wenig ausruhen.«

»Nein, wollen wir doch lieber weiterlaufen: vielleicht ist man uns schon auf der Spur!«

Diese Worte klangen dicht vor seinen Ohren. Er blickte sich um – vor ihm stand Jawtuch.

»Der verdammte Jawtuch«, sagte sich der Philosoph in seiner Wut. »Ich würde ihn bei den Beinen packen und ... und seine abscheuliche Fratze und alles, was er sonst noch an sich hat, mit einem eichenen Klotz zerschmettern.«

»Warum hast du nur diesen Umweg gemacht?« fuhr Jawtuch fort. »Hättest du doch lieber den Weg gewählt, den ich gegangen bin: direkt am Pferdestalle vorbei. Auch ist es um deinen Rock schade, denn das Tuch ist gut. Was hat die Elle gekostet? Wir sind aber genug spazierengegangen, jetzt ist's Zeit, nach Hause zu gehen.«

Der Philosoph kratzte sich hinter dem Ohr und ging mit Jawtuch zurück. »Jetzt wird mir die verdammte Hexe ordentlich einheizen!« dachte er sich. »Was fällt mir übrigens ein? Was habe ich zu fürchten? Bin ich denn kein Kosak? Ich habe ja schon zwei Nächte gelesen und werde mit Gottes Hilfe auch die dritte lesen. Die verdammte Hexe hat sicherlich viel auf dem Kerbholz, daß die bösen Mächte für sie so eintreten.«

Mit solcherlei Gedanken beschäftigt, kam er in den Herrenhof. Nachdem er sich auf diese Weise Mut gemacht hatte, bewog er Dorosch, der durch die Protektion des Kellermeisters zuweilen Zutritt zu den herrschaftlichen Kellereien hatte, ihm eine Flasche Schnaps zu bringen. Die beiden Freunde ließen sich am Speicher nieder und soffen fast einen halben Eimer aus, so daß der Philosoph sich plötzlich erhob und rief: »Spielleute her! Ich muß unbedingt Spielleute haben!«

Ohne das Erscheinen der Spielleute abzuwarten, begann er auf dem freien Platz mitten auf dem Hofe den Trepak zu tanzen. Er tanzte so lange, bis die Stunde des Vesperbrots kam und das Gesinde, das, wie es in solchen Fällen üblich ist, einen Kreis um ihn gebildet hatte, schließlich ausspuckte und sich mit den Worten »Wie kann nur ein Mensch so lange tanzen!« zurückzog. Endlich legte sich der Philosoph hin und schlief auf der Stelle ein; es gelang nur mit Hilfe eines Kübels kalten Wassers, ihn zum Abendbrot zu wecken. Beim Abendbrot redete er davon, was ein richtiger Kosak sei und daß er nichts in der Welt fürchten dürfe.

»Es ist Zeit«, sagte Jawtuch, »wir wollen gehen.«

»Ich möchte dir am liebsten einen Holzspan in die Zunge stecken, verfluchtes Schwein!« dachte der Philosoph, dann erhob er sich und sagte: »Gehen wir!«

Der Philosoph blickte unterwegs fortwährend nach allen Seiten und versuchte seine Begleiter in ein Gespräch zu ziehen. Aber Jawtuch schwieg, und auch Dorosch war wenig gesprächig. Es war eine höllische Nacht. In der Ferne heulten ganze Scharen von Wölfen, und selbst das Hundegebell klang unheimlich.

»Es klingt, als ob da noch wer anderer heulte: das sind keine Wölfe«, sagte Dorosch. Jawtuch schwieg. Der Philosoph wußte nicht, was darauf zu sagen.

Sie näherten sich der Kirche und traten unter ihr baufälliges Holzdach, welches zeigte, wie wenig sich der Gutsherr um Gott und um sein Seelenheil kümmerte. Jawtuch und Dorosch zogen sich wie an den vorhergehenden Abenden zurück, und der Philosoph blieb allein.

Alles sah noch wie gestern aus, alles hatte das ihm wohlbekannte drohende Aussehen bewahrt. Er blieb einen Augenblick stehen. Mitten in der Kirche stand unbeweglich der Sarg der furchtbaren Hexe. »Ich werde keine Furcht haben, bei Gott!« sagte er. Er umschrieb um sich wieder einen Kreis und begann sich auf alle seine Beschwörungen zu besinnen. Es herrschte eine grauenvolle Stille; die Kerzenflammen zitterten und übergossen die ganze Kirche mit ihrem Licht. Der Philosoph schlug ein Blatt um, dann ein zweites und ein drittes; da merkte er aber, daß er etwas ganz anderes las, als im Buche stand. Er bekreuzigte sich ganz entsetzt und begann zu singen. Das machte ihm neuen Mut; nun konnte er wieder lesen, und die Seiten flogen schnell aufeinander.

Und plötzlich ... in der lautlosen Stille ... zerbarst der eiserne Sargdeckel, und die Tote richtete sich auf. Sie sah noch schrecklicher aus als das erste Mal. Ihre Zähne klapperten, ihre Lippen zuckten wie in einem Krampfe, und wilde Beschwörungen hallten winselnd durch den Raum. In der Kirche erhob sich ein Sturmwind, die Heiligenbilder fielen zu Boden, die Fensterscheiben zersprangen und fielen herab. Die Tür riß sich von den Angeln los, und ein unzähliges Heer von Ungeheuern flog in das Gotteshaus hinein. Das schreckliche Rauschen der Flügel und das Kratzen der Krallen erfüllte die ganze Kirche. Alles flatterte und flog durcheinander und suchte nach dem Philosophen.

Der letzte Rest des Rausches verflüchtigte sich aus seinem Kopfe. Er bekreuzigte sich in einem fort und las ein Gebet nach dem anderen herunter. Zugleich hörte er, wie die bösen Geister um ihn herumflogen und ihn beinahe mit den Enden ihrer Flügel und ihrer gräßlichen Schwänze berührten. Er hatte nicht den Mut, genauer hinzusehen; er sah nur ein riesiges Ungeheuer, das eine ganze Wand einnahm und vom dichten Gestrüpp seiner wirren Haare fast gänzlich verdeckt war; aus dem Dickicht der Haare blickten unter den hochgezogenen Brauen zwei grauenhafte Augen hervor. Über Choma schwebte in der Luft ein riesenhaftes blasenartiges Gebilde, aus dessen Mitte sich Tausende von Scheren und Skorpionstacheln, an denen Klumpen schwarzer Erde hingen, hervorstreckten. Alle spähten nach ihm aus, alle suchten ihn, konnten ihn aber in seinem Kreise nicht sehen. »Bringt den Wij her! Geht den Wij holen!« sagte die Tote.

Und plötzlich wurde es in der Kirche ganz still; man hörte fernes Wolfsgeheul, und bald erdröhnten in der Kirche schwere Schritte. Der Philosoph schielte nach der Tür und sah, wie ein untersetzter, kräftiger, plumper Mann hereingeführt wurde. Er war ganz mit Erde bedeckt. Seine Arme und Beine, an denen Klumpen schwarzer Erde hingen, gemahnten an zähe, kräftige Baumwurzeln. Er kam mit schweren Schritten, beständig stolpernd, näher. Die langen Augenlider reichten bis zur Erde herab. Voller Entsetzen merkte Choma, daß sein Gesicht aus Eisen war. Man führte das Ungeheuer an den Armen herbei und stellte es Choma gegenüber.

»Hebt mir die Lider, ich sehe nicht!« sagte der Wij mit unterirdischer Stimme – und das ganze Geisterheer stürzte zu ihm, um ihm die Lider zu heben.

Eine innere Stimme raunte dem Philosophen zu: Schau nicht hin! Er hielt es aber nicht aus und sah hin.

»Da ist er!« schrie der Wij und zeigte mit seinem eisernen Finger auf ihn. Und alle Geister fielen über den Philosophen her. Er stürzte entseelt zu Boden: die Seele hatte vor Angst seinen Körper im Nu verlassen.

Da ertönte ein Hahnenschrei. Es war schon der zweite Schrei: den ersten hatten die Gnomen überhört. Die erschreckten Geister stürzten nach allen Seiten, zu den Fenstern und Türen, um so schnell wie möglich ins Freie zu kommen. Das gelang ihnen aber nicht: sie blieben in den Türen und Fenstern hängen.

Als der Priester die Kirche betrat, blieb er beim Anblick dieser Entweihung des Gotteshauses in der Tür stehen und wagte es nicht, an einer solchen Stätte die Totenmesse zu lesen. So blieb die Kirche mit den in den Türen und Fenstern hängengebliebenen Ungeheuern in alle Ewigkeit verlassen und vergessen; sie wurde bald von Wald, Wurzeln, Unkraut und Dornengebüsch überwuchert, und niemand wird je den Weg zu ihr finden.

Als das Gerücht von diesem Ereignis Kiew erreichte und der Theologe Chaljawa endlich etwas vom Schicksal des Philosophen Choma erfuhr, wurde er für eine ganze Stunde nachdenklich. Es waren mit ihm indessen große Veränderungen vorgegangen. Das Glück hatte ihm zugelächelt: nach Beendigung der Studien bekam er den Posten des Glöckners am höchsten Glockenturm der Stadt. Er ging nun ständig mit einer zerschlagenen Nase umher, da die hölzerne Treppe des Glockenturms sehr nachlässig gebaut war.

»Hast du gehört, was Choma zugestoßen ist?« wandte sich an ihn Tiberius Gorobetz, der inzwischen Philosoph geworden war und einen frischen Schnurrbart trug.

»Gott hatte es ihm wohl so beschieden«, erwiderte der Glöckner Chaljawa. »Wollen wir in die Schenke einkehren und seiner gedenken!«

Der neugebackene Philosoph, der mit dem Eifer eines Enthusiasten von seinen neuen Rechten einen so ausgiebigen Gebrauch machte, daß seine Pumphose, sein Rock und selbst seine Mütze nach Branntwein und starkem Tabak rochen, drückte augenblicklich seine Bereitwilligkeit aus.

»Ein trefflicher Mensch war doch dieser Choma gewesen!« sagte der Glöckner, als der lahme Schenkwirt vor ihm den dritten Krug hinstellte. »Ein ausgezeichneter Mensch! Und ist so mir nichts, dir nichts zugrunde gegangen.«

»Ich weiß, warum er zugrunde gegangen ist: weil er sich gefürchtet hat; hätte er sich nicht gefürchtet, so hätte ihm die Hexe nichts machen können. Man muß sich schnell bekreuzigen und ihr auf den Schwanz spucken – dann kann nichts geschehen. Ich kenne mich in solchen Dingen aus. Bei uns in Kiew sind doch alle Weiber, die auf dem Markte hocken, ausnahmslos Hexen.«

Der Glöckner nickte zustimmend mit dem Kopf. Als er aber merkte, daß seine Zunge nicht mehr imstande war, auch nur ein einziges Wort hervorzubringen, stand er vorsichtig auf und ging wankend aus der Schenke, um sich irgendwo tief ins Steppengras zu verkriechen; seiner alten Gewohnheit gemäß unterließ er bei dieser Gelegenheit nicht, eine alte Stiefelsohle, die auf der Bank lag, mitzunehmen.

EDGAR ALLAN POE

Die schwarze Katze

Daß man den so unheimlichen und doch so natürlichen Geschehnissen, die ich jetzt berichten will, Glauben schenkt, erwarte ich nicht, verlange es auch nicht. Ich müßte wirklich wahnsinnig sein, wenn ich da Glauben verlangen wollte, wo ich selbst das Zeugnis meiner eigenen Sinne verwerfen möchte. Doch wahnsinnig bin ich nicht – und sicherlich träume ich auch nicht. Morgen aber muß ich sterben, und darum will ich heute meine Seele entlasten. Aller Welt will ich kurz und sachlich eine Reihe von rein häuslichen Begebenheiten enthüllen, deren Wirkungen mich entsetzt – gemartert – vernichtet haben. Ich will jedoch nicht versuchen, sie zu deuten. Mir brachten sie die fürchterlichste Qual – anderen werden sie vielleicht nicht mehr scheinen als groteske Zufälligkeiten. Es ist wohl möglich, daß später einmal irgendein besonderer Geist sich findet, der meine anscheinend phantastischen Berichte als nüchterne Selbstverständlichkeiten zu erklären vermag – ein klarer und scharfer Geist, weniger exaltiert als ich, der in den Umständen, die ich mit bebender Scheu enthülle, nichts weiter sieht als die einfache Folge ganz natürlicher Ursachen und Wirkungen.

Seit meiner Kindheit galt ich als ein weichherziger und anschmiegsamer Mensch. Ja, meine hingebende Herzlichkeit trat so offen hervor, daß sie oft den Spott meiner Kameraden herausforderte. Da ich eine ganz besondere Zuneigung für die Tiere empfand, beglückten mich meine Eltern gern mit allerlei Lieblingen. Mit diesen verbrachte ich all meine freie Zeit, und nie war ich glücklicher, als wenn ich sie fütterte und liebkoste. Diese Liebhaberei wuchs mit mir heran, und noch im Mannesalter war sie mir eine Hauptquelle meiner Freuden. Wer jemals für einen treuen und klugen Hund wahre Zärtlichkeit hegte, den brauche ich nicht auf die innige Dankbarkeit, die das Tier uns dafür entgegenbringt, hinzuweisen. In der selbstlosen und opferfreudigen Liebe eines Tieres ist etwas, das jedem tief zu Herzen gehen muß, der je Gelegenheit hatte, die armselige »Freundschaft« und geschwätzige Treue des »erhabenen« Menschen zu erproben.

Ich heiratete früh und war herzlich froh, in meinem Weibe ein mir verwandtes Gemüt zu finden. Als sie meine Liebhaberei für allerlei zahmes Getier erkannt hatte, versäumte sie keine Gelegenheit, solche Hausgenossen der angenehmsten Art anzuschaffen. Wir besaßen Vögel, Goldfische, einen schönen Hund, Kaninchen, einen kleinen Affen und – eine Katze. Diese letztere war ein auffallend großes und schönes Tier, ganz schwarz und erstaunlich klug. Wenn wir auf ihre Intelligenz zu sprechen kamen, gedachte meine Frau, die übrigens nicht im geringsten abergläubisch war, manchmal des alten Volksglaubens, daß Hexen oft die Gestalt schwarzer Katzen anzunehmen pflegen. Nicht, daß sie damit jemals eine ernstliche Anspielung hätte machen wollen – ich erwähne es nur, weil ich gerade jetzt daran denken mußte.

Die Katze war mein bevorzugter Freund und Spielkamerad. Ich selbst fütterte sie, und wo ich im Hause stand und ging, war sie bei mir. Nur schwer konnte ich sie davon zurückhalten, mir auch auf die Straße zu folgen.

So bestand und bewährte sich unsere Freundschaft mehrere Jahre lang. In dieser Zeit aber hatte mein Charakter infolge meiner teuflischen Trunksucht – ich erröte bei diesem Bekenntnis – eine völlige Wandlung zum Bösen durchgemacht. Ich wurde von Tag zu Tag mürrischer, reizbarer, rücksichtsloser gegen die Gefühle anderer. Ich erlaubte mir selbst meiner Frau gegenüber rohe Worte. Schließlich schlug ich sie sogar. Meine Tiere mußten unter meiner Verkommenheit selbstverständlich ganz besonders leiden. Ich vernachlässigte sie nicht nur, sondern mißhandelte sie auch. Auf die Katze indessen nahm ich noch immer so viel Rücksicht, daß ich sie nicht ebenso schlecht behandelte wie die Kaninchen, den Affen und auch den Hund, die ich bei jeder Gelegenheit mißhandelte, wenn sie mir zufällig oder aus alter Anhänglichkeit in den Weg liefen. Doch mein Leiden wuchs – denn welches Leiden ist lebenszäher als der Hang zum Alkohol! –, und endlich mußte selbst die Katze, die jetzt alt und daher etwas grämlich wurde, die Ausbrüche meiner Übellaunigkeit fühlen. Eines Nachts, als ich schwer betrunken aus einer meiner Schnapsspelunken nach Hause kam, schien es mir so, als ob die Katze mir ausweiche. Ich packte sie – und da, wahrscheinlich erschreckt durch meine Heftigkeit, riß sie mir mit den Zähnen eine leichte Schramme über die Hand. Im Augenblick geriet ich in wahnsinnige Wut. Ich war nicht mehr ich selbst. Mein wahres Wesen war plötzlich entflohen, und an seiner Stelle spannte eine viehische, trunkene Bosheit jeden Nerv in mir. Ich nahm aus der Westentasche ein Federmesser, öffnete es, riß das arme Tier am Halse empor und bohrte bedachtsam eins seiner Augen aus der Augenhöhle heraus! – Die brennende Glut der Scham und kalte Schauer des Entsetzens überfallen mich jetzt, da ich jener höllischen Verruchtheit gedenke.

Am andern Morgen, nachdem ich meinen Rausch verschlafen hatte und mir die Vernunft zurückgekehrt war, empfand ich halb Grauen, halb Reue über das Verbrechen, dessen ich mich schuldig gemacht hatte; aber es war das nur ein schwaches, oberflächliches Gefühl, und meine Seele blieb unbewegt. Ich stürzte mich aufs neue in wüste Ausschweifungen, und bald war im Wein jede Erinnerung an meine Untat ersäuft.

Inzwischen erholte sich die Katze langsam. Die leere Augenhöhle bot allerdings einen schrecklichen Anblick, aber Schmerzen schien das Tier nicht mehr zu haben. Wie früher ging es im Hause umher, floh aber, wie nicht anders zu erwarten, in wahnsinniger Angst davon, sobald ich in seine Nähe kam. Es war mir noch immer so viel von meinem Gefühl geblieben, daß ich diese offenbare Abneigung eines Geschöpfes, das mich vordem so geliebt hatte, anfangs schmerzlich empfand. Doch dieses Empfinden wich bald einem anderen der Erbitterung. Und dann kam, wie zu meiner endgültigen und unaufhaltsamen Vernichtung, noch der Geist des Eigensinns hinzu. Diesen Geist beachtet die Philosophie nicht, und dennoch bin ich wie von dem Leben meiner Seele davon überzeugt, daß Eigensinn eine der ursprünglichsten Regungen des menschlichen Wesens ist – eine der elementaren, primären Eigenschaften oder Empfindungen, die dem Charakter des Menschen seine Richtung geben. Wer hat nicht schon hundertmal eine gemeine oder dumme Handlung begangen, einzig und allein weil er wußte, daß er eigentlich nicht so handeln sollte! Haben wir nicht eine beständige Neigung, das Gesetz zu übertreten, nur weil wir eben wissen, daß es »Gesetz« ist? Ich sage, dieser Geist des Eigensinns war es, der mich endgültig umwarf. Es war jene unergründliche Gier der Seele, sich selbst zu quälen und im Trotz gegen ihre erhabene Reinheit allein um des Bösen willen das Böse zu tun, die mich antrieb, meine Schuld an der wehrlosen Katze noch zu erweitern, so weit nur eben möglich. So legte ich ihr eines Morgens eine Schlinge um den Hals und knüpfte sie an einem Baumast auf; ich erhängte sie unter strömenden Tränen und bittersten Gewissensqualen; erhängte sie, eben weil ich wußte, daß sie mich geliebt hatte, und weil ich fühlte, daß sie mir keinen Grund zu dieser Greueltat gegeben hatte;

erhängte sie, weil ich wußte, daß ich damit eine Sünde beging – eine Todsünde, die meine unsterbliche Seele so befleckte, daß, wenn irgendeine Sünde nicht vergeben werden könnte, die unendliche Gnade des allbarmherzigen Gottes sich meiner Seele nicht erbarmen könnte.

In der auf diese grausame Tat folgenden Nacht wurde ich durch Feuerlärm aus dem Schlafe aufgeschreckt. Meine Bettvorhänge brannten. Das ganze Haus stand in Flammen. Mit knapper Not entrannen wir, meine Frau, unsere Magd und ich, dem Feuertode. Alles wurde vernichtet. Meine ganze irdische Habe war dahin, und ich überließ mich von nun an haltloser Verzweiflung.

Ich habe nicht die Schwäche, zwischen meiner Schandtat und diesem Unglück einen Zusammenhang, wie etwa Ursache und Wirkung, suchen zu wollen. Da ich aber eine Kette von Tatsachen anführe, so glaube ich, auch das allerkleinste Glied nicht unerwähnt lassen zu dürfen. An dem Tage nach dem Brande besichtigte ich die Trümmerstätte. Die Mauern waren bis auf eine eingestürzt. Dies war eine nicht sehr starke Scheidewand, ungefähr aus der Mitte des Hauses, gegen die das Kopfende meines Bettes gelehnt hatte. Sie hatte der Einwirkung des Feuers hartnäckig widerstanden, eine Tatsache, die ich dem Umstand zuschrieb, daß dort der Bewurf erst kürzlich erneuert worden war. Vor dieser Mauer stand eine dichte Menschenmenge, und einzelne Personen schienen eine bestimmte Stelle eingehend und aufmerksam zu untersuchen. Die Worte »sonderbar!« »seltsam!« und andere ähnliche Ausrufe erregten meine Neugier. Ich trat heran – und sah auf die helle Fläche eingedrückt das Reliefbild einer großen Katze. Der Abdruck war erstaunlich naturgetreu. Um den Hals des Tieres lag ein Strick.

Als ich zuerst diesen Höllenspuk erblickte – denn für etwas anderes konnte ich es nicht halten –, geriet ich außer mir vor Staunen und Entsetzen. Schließlich aber kam mir die Überlegung zu Hilfe. Der Garten, in dem ich die Katze erhängt hatte, lag dicht bei dem Hause. Auf den Feuerlärm hin war sofort eine Menschenmenge in den Garten eingedrungen, und irgendeiner mußte dort das Tier abgeschnitten und durch das offenstehende Fenster in mein Zimmer geworfen haben, wahrscheinlich in der guten Absicht, mich dadurch aus dem Schlaf zu wecken. Durch stürzendes Mauerwerk war das Opfer meiner Grausamkeit in die Masse des frisch aufgetragenen Bewurfs eingedrückt worden, und der Kalk dieses letzteren in Verbindung mit der Brandglut und dem Ammoniak des Kadavers hatten dann das Reliefbild so wunderbar geprägt, wie es nun zu sehen war.

Obgleich ich dieser eigenen vernünftigen Erklärung bereitwillig Glauben schenkte, konnte mein Gewissen sich nicht so leicht beruhigen, und das Ereignis lastete schwer auf meiner Seele. Monatelang beschäftigte sich meine Phantasie mit der Katze, und es erwachte in mir ein Gefühl, das beinahe Reue sein konnte. Es kam so weit, daß ich den Verlust des Tieres bedauerte und mich in den Spelunken, in denen ich mich jetzt meistens herumtrieb, nach einer anderen Katze umsah, die der ermordeten möglichst ähnlich sein und deren Platz bei mir ausfüllen sollte.

Als ich einmal in der Nacht halb stumpfsinnig vor Trunkenheit in einer ganz gemeinen Schnapskneipe saß, wurde ich plötzlich auf einen schwarzen Gegenstand aufmerksam, der oben auf einem riesenhaften Oxhoft Branntwein oder Rum, dem Hauptmöbel der dunstigen Höhle, thronte. Da ich schon einige Minuten lang stier auf die Höhe des Fasses geblickt hatte, war ich jetzt erstaunt darüber, daß ich den Gegenstand dort oben nicht schon früher bemerkt hatte. Es war eine schwarze Katze – eine sehr große – gerade so groß wie die ermordete und dieser auch in allem ähnlich – bis auf eins: die meine hatte nicht ein einziges weißes Haar an ihrem ganzen Körper, diese Katze aber hatte einen großen, allerdings nicht scharf abgegrenzten weißen Fleck, der fast die ganze Brust bedeckte.

Als ich sie berührte, erhob sie sich sofort, schnurrte laut, rieb sich an meiner Hand und schien von der Beachtung, die ich ihr schenkte, entzückt zu sein. Das war also ganz ein Geschöpf, wie ich es suchte. Ich bot dem Wirt sofort an, ihm das Tier abzukaufen; der aber erhob keinen Anspruch auf die Katze: er kenne sie gar nicht – habe sie nie vorher gesehen. Ich liebkoste das Tier, und als ich mich zum Heimgehen anschickte, zeigte es Lust, mich zu begleiten. Das erlaubte ich ihm. Unterwegs beugte ich mich manchmal zu ihm nieder und streichelte es. In meinem Hause fühlte sich die Katze sofort heimisch, und auch mit meiner Frau war sie vom ersten Tage an sehr befreundet.

In mir aber regte sich bald eine Abneigung gegen die Katze; das war gerade das Gegenteil dessen, was ich erwartet hatte, aber – ich weiß nicht, wie und weshalb es so kam – ihre aufdringliche Liebe zu mir war mir unangenehm, ja sogar zuwider. Nach und nach steigerte sich dieses Gefühl der Abneigung und des Ekels bis zu bitterstem Haß. Ich ging dem Vieh aus dem Wege; was mich davon zurückhielt, es zu mißhandeln, war allein ein gewisses Schamgefühl und die Erinnerung an meine frühere Greueltat. Einige Wochen lang konnte ich mich noch so weit beherrschen, die Katze weder zu schlagen noch sonstwie absichtlich schlecht zu behandeln, aber allmählich – mit jedem Tage mehr – sah ich sie nur noch mit unaussprechlichem Abscheu und floh bei ihrem unerträglichen Anblick entsetzt davon, wie vor dem Gifthauch der Pestilenz.

Was meinen Haß gegen das Katzenvieh zweifellos genährt hatte, war eine Entdeckung gewesen, die ich sofort, nachdem ich es zu mir genommen, gemacht hatte – die Entdeckung, daß es, wie die erste Katze, um eins seiner Augen beraubt war. Für meine Frau hingegen, die, wie ich schon sagte, jene unendliche Herzensgüte besaß, die auch mich einst auszeichnete und mir viele reine und harmlose Freuden gebracht hatte, war dies nur ein Grund mehr, das Tier zu lieben.

Mit meiner Abneigung gegen die Katze schien deren Vorliebe für mich nur zu wachsen. Sie folgte meinen Schritten mit einer unbeschreiblichen Beharrlichkeit, von der man sich kaum einen Begriff machen kann. Wenn ich mich setzte, kroch sie unter meinen Stuhl oder sprang auf meine Knie und belästigte mich mit ihren widerwärtigen Liebkosungen. Wenn ich aufstand, um fortzugehen, lief sie mir zwischen die Beine, so daß ich in Gefahr geriet, hinzufallen, oder sie hing sich mit ihren langen und scharfen Krallen in meine Kleider und kletterte mir bis zur Brust hinauf. Obwohl ich mich dann stets versucht fühlte, sie mit einem Faustschlag umzubringen, schreckte ich doch davor zurück, teils im Gedanken an mein früheres Verbrechen, hauptsächlich aber – ich will es nur gleich bekennen – aus sinnloser Angst vor der Bestie.

Diese Angst war nicht gerade Furcht davor, daß mir das Tier irgendeine Verletzung zufügen könnte, aber ich wüßte auch nicht, wie ich sie anders erklären sollte. Ich kann nur mit Beschämung gestehen – ja, selbst in dieser Verbrecherzelle schäme ich mich dessen –, daß die Gefühle des Schreckens und Entsetzens, die das Tier in mir hervorrief, durch ein Hirngespinst, wie man sich kaum eines närrischer denken kann, maßlos gesteigert wurden. Meine Frau hatte mich mehr als einmal auf die Form des weißen Brustfleckes aufmerksam gemacht, von dem ich bereits gesprochen habe, und der das einzig sichtbare Unterscheidungsmerkmal zwischen dieser fremden und der von mir umgebrachten Katze bildete. Man wird sich meiner obigen Beschreibung entsinnen, wonach dieser Fleck, obschon er ziemlich groß war, ursprünglich nur undeutlich hervortrat; doch nach und nach, in kaum merklich fortschreitendem Wachstum – einem Vorgang, den meine Vernunft lange Zeit als reine Augentäuschung zu verwerfen strebte –, wurde dieses Zeichen in scharfen Umrissen deutlich sichtbar. Es hatte nun die Form eines Gegenstandes, den ich nur mit Grausen nennen kann und dessen Abbild mich mehr als alles andere schreckte und entsetzte, so daß ich das Scheusal am liebsten umgebracht hätte, wenn ich nur den Mut dazu hätte finden können. Es war das Bild – so sei es denn herausgesagt – eines Galgens! – O schrecklich drohendes Werkzeug des greuelhaften Mordens – des martervollen Todes!

Und jetzt war ich wirklich elend – elend weit über alles Menschenelend hinaus. Und ein vernunftloses Vieh – von dessen Geschlecht ich eines verächtlich umgebracht hatte – ein vernunftloses Vieh konnte mich – mich, den Menschen, das Ebenbild Gottes – so unsäglich elend machen! Ach, ich kannte nicht mehr den Segen der Ruhe, weder bei Tag noch bei Nacht! Bei Tage ließ das Tier mich nicht einen Augenblick allein, und in der Nacht fuhr ich fast jede Stunde aus qualvollen Angstträumen empor, um den heißen Atem des Viehes über mein Gesicht wehen zu fühlen und den Druck seines schweren Gewichts – wie die Verkörperung eines Alpgespenstes, das ich nicht abzuschütteln vermochte – auf meiner Brust zu tragen.

Unter der Wucht solcher Qualen erlag in mir der schwache Rest des Guten. Böse Gedanken wurden die Vertrauten meiner Seele – schwarze, ekle Höllengedanken! Meine bisherige Stimmung schwoll an zu bösem Haß gegen alles in der Welt und gegen die ganze Menschheit; und meistens war es nun, ach!, mein schweigend duldendes Weib, die das unglückliche Opfer meiner häufigen, plötzlichen und zügellosen Wutausbrüche wurde.

Eines Tages begleitete sie mich irgendeines häuslichen Geschäftes wegen in den Keller des alten Gebäudes, das wir in unserer Armut zu bewohnen genötigt waren. Die Katze folgte mir die Stufen der steilen Treppe hinab und war mir dabei so hinderlich, daß ich beinahe kopfüber hinuntergestürzt wäre. Das machte mich rasend. In sinnlosem Zorn vergaß ich die kindische Furcht, die meine Hand bisher zurückgehalten hatte, ergriff eine Axt und führte einen Hieb nach dem Tier, der augenblicklich tödlich gewesen wäre, wenn er sein Ziel getroffen hätte. Aber meine Frau fiel mir in den Arm. Diese Einmischung brachte mich in wahrhaft teuflische Wut. Ich entwand mich ihrem Griff und schlug die Axt tief in ihren Schädel ein. Sie brach lautlos zusammen.

Nachdem dieser gräßliche Mord geschehen war, machte ich mich sogleich und mit voller Überlegung daran, den Leichnam zu verbergen. Ich wußte, daß ich ihn weder am Tage noch in der Nacht aus dem Hause schaffen konnte, ohne dabei Gefahr zu laufen, von den Nachbarn beobachtet zu werden. Mancherlei Pläne schossen mir durch den Sinn. Zuerst dachte ich daran, den Körper in kleine Stücke zu zerhacken und diese durch Feuer zu vernichten. Dann beschloß ich, ihm im Boden des Kellers ein Grab zu graben. Ich überlegte mir aber auch, ob ich ihn nicht lieber im Hof in den Brunnen werfen sollte – oder ob ich ihn wie eine Ware in eine mit unauffälligen Aufschriften versehene Kiste packen und diese durch einen Träger fortschaffen lassen sollte. Endlich kam ich auf einen Gedanken, der mir der richtige Ausweg zu sein schien: ich entschloß mich, die Leiche in den Keller einzumauern – ganz so, wie es alten Erzählungen zufolge die Mönche des Mittelalters mit ihren bedauernswerten Opfern gemacht haben mochten.

Zur Ausführung gerade dieses Plans war der Keller sehr geeignet. Die Mauern waren leicht gebaut und erst kürzlich mit einem groben Mörtel beworfen worden, der infolge der Feuchtigkeit der Kellerluft noch nicht hart geworden war. Überdies war an einer der Mauern ein Vorsprung, hinter dem sich ein unbenutzter Rauchschlot oder eine Feuerstelle befand und der neuerdings wieder ausgefüllt und den übrigen Wänden des Kellers gleichgemacht worden war. Ich zweifelte nicht daran, daß es mir leicht möglich sein würde, an dieser Stelle die Ziegelsteine herauszunehmen, den Leichnam in die Höhlung hineinzubringen und die Wand wieder zuzumauern, so daß kein Mensch etwas Verdächtiges entdecken könnte. Und diese Berechnung täuschte mich nicht. Mit Hilfe eines Brecheisens gelang es mir mühelos, die Steine zu lockern; nachdem ich den Leichnam mit aller Vorsicht aufrecht gegen die innere Wand gelehnt hatte, stützte ich ihn in dieser Stellung fest und füllte das Mauerloch ohne Schwierigkeit wieder aus, genau so, wie es zuvor gewesen war. Ich hatte mir in aller Stille Mörtel, Sand und Haar zu verschaffen gewußt und stellte daraus einen Bewurf her, der von dem der anderen Wände nicht zu unterscheiden war; mit diesem bestrich ich sehr sorgfältig die neue Vermauerung. Als ich damit fertig war, fand ich zu meiner Befriedigung, daß nun alles in Ordnung sei. Man sah der Mauer nicht im geringsten an, daß sie aufgebrochen worden war. Den Schutt am Boden hatte ich mit peinlichster Sorgfalt entfernt. Triumphierend sah ich auf mein Werk und sagte zu mir selbst: »Hier wenigstens ist deine Arbeit nicht umsonst gewesen.«

Das nächste, was ich nun tat, war, mich nach der Bestie umzusehen, die so viel Elend veranlaßt hatte, denn ich hatte ihr inzwischen längst das Urteil gesprochen: sie mußte sterben! Hätte sie sich jetzt vor mir blicken lassen, so wäre es zweifellos sofort um sie geschehen gewesen; aber es schien, als ob das verschlagene Tier, noch beunruhigt durch meinen heftigen Wutanfall, es mit Absicht vermied, mir in meiner gegenwärtigen Stimmung vor die Augen zu kommen. Es ist unmöglich zu beschreiben oder auch nur sich vorzustellen, wie tief beruhigend das Gefühl der Erlösung war, das ich über die Abwesenheit der verhaßten Katze empfand. Auch in der Nacht ließ sie sich nicht blicken – und so schlief ich, seitdem ich sie in mein Haus gebracht hatte, wenigstens eine

Nacht hindurch tief und ruhig; ja, ich schlief, selbst mit der Last des Mordes auf der Seele.

Der zweite und der dritte Tag vergingen, ohne daß mein Quälgeist zurückkehrte. Ich atmete wieder auf wie ein Befreiter. Der Schrecken hatte das Ungeheuer für immer vertrieben. Ich sollte es nie mehr erblicken! Meine Seligkeit war grenzenlos! Das Bewußtsein meiner schwarzen Tat störte mich nur wenig. Ein paar Nachfragen, die erhoben worden waren, hatte ich schlagfertig beantwortet. Selbst eine Haussuchung hatte stattgefunden – aber natürlich war nichts zu entdecken gewesen. Ich brauchte also für die Zukunft nichts mehr zu befürchten. Am vierten Tage nach dem spurlosen Verschwinden meiner Frau kam ganz unerwartet eine Polizeikommission und begann von neuem, alle Räumlichkeiten gründlich zu durchsuchen. Ich war jedoch nicht im geringsten darüber beunruhigt, da ich sicher war, daß die Leiche in ihrem geheimen Versteck nicht entdeckt werden konnte. Die Beamten forderten mich auf, sie bei der Durchsuchung zu begleiten. Sie übersahen keinen Winkel, kein Versteck. Schließlich stiegen sie zum dritten- oder viertenmal in den Keller hinab. Ich blieb ruhig wie Stein. Mein Herz schlug so friedlich wie das eines Menschen, der in Unschuld schläft. Ich folgte den Herren von einem Ende des Kellers bis zum andern. Die Arme über der Brust verschränkt, ging ich festen Schrittes einher. Die Beamten waren vollkommen beruhigt und schickten sich an, fortzugehen. Die Freude meines Herzens war zu groß – ich mußte sie irgendwie äußern! Ich brannte darauf, wenigstens ein Wort des Triumphes auszurufen, das zugleich aber auch die Herren in ihrer Überzeugung von meiner Unschuld bestärken sollte.

»Meine Herren«, sagte ich, als sie bereits wieder die Kellerstufen emporstiegen, »ich bin entzückt, Ihren Verdacht zerstreut zu haben. Ich wünsche Ihnen viel Glück und ein wenig mehr Höflichkeit. Nebenbei bemerkt, meine Herren, dies – dies ist ein sehr gut gebautes Haus« (in dem verrückten Wunsch, irgend etwas Herausforderndes zu sagen, wußte ich kaum, was ich überhaupt redete), »ich möchte sagen, ein hervorragend gut gebautes Haus. Diese Mauern – gehen Sie schon, meine Herren? diese Mauern sind solide aufgeführt.« Und hier – rein aus tollem Übermut – schlug ich mit einem Stock, den ich gerade bei der Hand hatte, kräftig auf die Stelle des Mauerwerks, hinter der sich die Leiche meines einst so geliebten Weibes befand.

Aber – möge Gott mir gnädig sein und mich retten aus den Krallen meines Erzfeindes! – kaum war der Schall meiner Schläge verhallt, als eine Stimme aus dem Grabe mir Antwort gab. Es war ein Schreien, zuerst erstickt und abgebrochen wie das Weinen eines Kindes, dann aber schwoll es an zu einem ununterbrochenen, durchdringenden und unheimlichen Gekreisch, das keiner menschlichen Stimme mehr zu vergleichen war – zu einem bald jammervoll klagenden, bald höhnisch johlenden Geheul, wie es nur aus der Hölle kommen kann, wenn das Wehklagen der zu ewiger Todespein Verdammten sich mit dem Frohlocken der Höllengeister zu einem Schall vereint.

Es ist wohl überflüssig, noch davon zu sprechen, was ich in diesem Augenblick empfand. Ohnmächtig taumelte ich an die gegenüberliegende Mauer. Die Leute auf der Treppe standen regungslos, von Schreck und Entsetzen gelähmt. Im nächsten Moment aber arbeitete ein Dutzend kräftiger Hände daran, die Mauer einzureißen. Sie fiel. Der schon stark in Verwesung übergegangene und mit geronnenem Blut bedeckte Leichnam stand aufrecht vor den Augen der Männer. Auf seinem Kopfe saß, mit weit aufgesperrtem roten Rachen und dem einen glühenden Auge, die fürchterliche Katze, deren teuflische Gewalt mich zum Mörder gemacht und deren Stimme mich nun den Henkern überlieferte. Ich hatte das Scheusal in das Grab mit eingemauert.

Theodor Storm

Bulemanns Haus

In einer norddeutschen Seestadt, in der sogenannten Düsternstraße steht ein altes verfallenes Haus. Es ist nur schmal, aber drei Stockwerke hoch; in der Mitte desselben, vom Boden bis fast in die Spitze des Giebels springt die Mauer in einem erkerartigen Ausbau vor, welcher für jedes Stockwerk nach vorne und an den Seiten mit Fenstern versehen ist, so daß in hellen Nächten der Mond hindurchscheinen kann.

Seit Menschengedenken ist niemand in dieses Haus hinein- und niemand herausgegangen; der schwere Messingklopfer an der Haustür ist fast schwarz von Grünspan, zwischen den Ritzen der Treppensteine wächst jahraus, jahrein das Gras. –

Wenn ein Fremder fragt: »Was ist denn das für ein Haus?«, so erhält er gewiß zur Antwort: »Es ist Bulemanns Haus«; wenn er aber weiterfragt: »Wer wohnt denn darin?«, so antworten sie ebenso gewiß: »Es wohnt so niemand darin.« – Die Kinder auf den Straßen und die Ammen an der Wiege singen:

> *In Bulemanns Haus,*
> *In Bulemanns Haus,*
> *Da gucken die Mäuse*
> *Zum Fenster hinaus.*

Und wirklich wollen lustige Brüder, die von nächtlichen Schmäusen dort vorbeigekommen, ein Gequieke wie von unzähligen Mäusen hinter den dunkeln Fenstern gehört haben. Einer, der im Übermut den Türklopfer anschlug, um den Widerhall durch die Räume schollern zu hören, behauptet sogar, er habe drinnen auf den Treppen ganz deutlich das Springen großer Tiere gehört. »Fast«, pflegt er, dies erzählend, hinzuzusetzen, »hörte es sich an wie die Sprünge der großen Raubtiere, welche in der Menageriebude auf dem Rathausmarkte gezeigt wurden.«

Das gegenüberstehende Haus ist um ein Stockwerk niedriger, so daß nachts das Mondlicht ungehindert in die oberen Fenster des alten Hauses fallen kann. Aus einer solchen Nacht hat auch der Wächter etwas zu erzählen; aber es ist nur ein kleines altes Menschenantlitz mit einer bunten Zipfelmütze, das er droben hinter den runden Erkerfenstern gesehen haben will. Die Nachbarn dagegen meinen, der Wächter sei wieder einmal betrunken gewesen; sie hätten drüben an den Fenstern niemals etwas gesehen, das einer Menschenseele gleich gewesen.

Am meisten Auskunft scheint noch ein alter, in einem entfernten Stadtviertel lebender Mann geben zu können, der vor Jahren Organist an der St.-Magdalenen-Kirche gewesen ist. »Ich entsinne mich«, äußerte er, als er einmal befragt wurde, »noch sehr wohl des hageren Mannes, der während meiner Knabenzeit allein mit einer alten Weibsperson in jenem Hause wohnte. Mit meinem Vater, der ein Trödler gewesen ist, stand er ein paar Jahre lang in lebhaftem Verkehr, und ich bin derzeit manches Mal mit Bestellungen an ihn geschickt worden. Ich weiß auch noch, daß ich nicht gern diese Wege ging und oft allerlei Ausflucht suchte; denn selbst bei Tage fürchtete ich mich, dort die schmalen dunklen Treppen zu Herrn Bulemanns Stube im dritten Stockwerk hinaufzusteigen. Man nannte ihn unter den Leuten den ›Seelenverkäufer‹;

und schon dieser Name erregte mir Angst, zumal daneben allerlei unheimlich Gerede über ihn im Schwange ging. Er war, ehe er nach seines Vaters Tode das alte Haus bezogen, viele Jahre als Superkargo auf Westindien gefahren. Dort sollte er sich mit einer Schwarzen verheiratet haben; als er aber heimgekommen, hatte man vergebens darauf gewartet, eines Tages auch jene Frau mit einigen dunkeln Kindern anlangen zu sehen. Und bald hieß es, er habe auf der Rückfahrt ein Sklavenschiff getroffen und an den Kapitän desselben sein eigen Fleisch und Blut nebst ihrer Mutter um schnödes Gold verkauft. – Was Wahres an solchen Reden gewesen, vermag ich nicht zu sagen, pflegte der Greis hinzuzusetzen, »denn ich will auch einem Toten nicht zu nahe treten; aber soviel ist gewiß, ein geiziger und menschenscheuer Kauz war es; und seine Augen blickten auch, als hätten sie bösen Taten zugesehen. Kein Unglücklicher und Hülfesuchender durfte seine Schwelle betreten; und wann immer ich damals dort gewesen, stets war von innen die eiserne Kette vor die Tür gelegt. – Wenn ich dann den schweren Klopfer wiederholt hatte anschlagen müssen, so hörte ich wohl von der obersten Treppe herab die scheltende Stimme des Hausherrn: ›Frau Anken! Frau Anken! Ist Sie taub? Hört Sie nicht, es hat geklopft!‹ Alsbald ließen sich aus dem Hinterhause über Pesel und Korridor die schlurfenden Schritte des alten Weibes vernehmen. Bevor sie aber öffnete, fragte sie hüstelnd: ›Wer ist es denn?‹ Und erst wenn ich geantwortet hatte: ›Es ist der Leberecht!‹, wurde die Kette drinnen abgehakt. Wenn ich dann hastig die siebenundsiebzig Treppenstufen – denn ich habe sie einmal gezählt – hinaufgestiegen war, pflegte Herr Bulemann auf dem kleinen dämmrigen Flur vor seinem Zimmer schon auf mich zu warten; in dieses selbst hat er mich nie hineingelassen. Ich sehe ihn noch, wie er in seinem gelbgeblümten Schlafrock mit der spitzen Zipfelmütze vor mir stand, mit der einen Hand rücklings die Klinge seiner

Zimmertür haltend. Während ich mein Gewerbe bestellte, pflegte er mich mit seinen grellen runden Augen ungeduldig anzusehen und mich darauf hart und kurz abzufertigen. Am meisten erregten damals meine Aufmerksamkeit ein paar ungeheure Katzen, eine gelbe und eine schwarze, die sich mitunter hinter ihm aus seiner Stube drängten und ihre dicken Köpfe an seinen Knien rieben. – Nach einigen Jahren hörte indessen der Verkehr mit meinem Vater auf, und ich bin nicht mehr dort gewesen. – Dies alles ist nun über siebzig Jahre her, und Herr Bulemann muß längst dahin getragen sein, von wannen niemand wiederkehrt.« – Der Mann irrte sich, als er so sprach. Herr Bulemann ist nicht aus seinem Hause getragen worden; er lebt darin noch jetzt.

Das ist aber so zugegangen.

Vor ihm, dem letzten Besitzer, noch um die Zopf- und Haarbeutelzeit, wohnte in jenem Haus ein Pfandverleiher, ein altes verkrümmtes Männchen. Da er sein Gewerbe mit Umsicht seit über fünf Jahrzehnten betrieben hatte und mit einem Weibe, das ihm seit dem Tode seiner Frau die Wirtschaft führte, aufs spärlichste, lebte, so war er endlich ein reicher Mann geworden. Dieser Reichtum bestand aber zumeist in einer fast unübersehbaren Menge von Pretiosen, Geräten und seltsamstem Trödelkram, was er alles von Verschwendern oder Notleidenden im Lauf der Jahre als Pfand erhalten hatte und das dann, da die Rückzahlung des darauf gegebenen Darlehns nicht erfolgte, in seinem Besitz zurückgeblieben war. – Da er bei einem Verkauf dieser Pfänder, welcher gesetzlich durch die Gerichte geschehen mußte, den Überschuß des Erlöses an die Eigentümer hätte herausgeben müssen, so häufte er sie lieber in den großen Nußbaumschränken auf, mit denen zu diesem Zwecke nach und nach die Stuben des ersten und endlich auch des zweiten Stockwerks besetzt wurden. Nachts aber, wenn Frau Anken im Hinterhause in ihrem einsamen Kämmerchen schnarchte und die schwere Kette vor der Haustür lag, stieg er oft mit leisem Tritt die Treppen auf und ab. In seinen hechtgrauen Rockelor eingeknöpft, in der einen Hand die Lampe, in der andern das Schlüsselbund, öffnete er bald im ersten, bald im zweiten Stockwerk die Stuben- und die Schranktüren, nahm hier eine goldene Repetieruhr, dort eine emaillierte Schnupftabaksdose aus dem Versteck hervor und berechnete bei sich die Jahre ihres Besitzes und ob die ursprünglichen Eigentümer dieser Dinge wohl verkommen und verschollen seien oder ob sie noch einmal mit dem Gelde in der Hand wiederkehren und ihre Pfänder zurückfordern könnten. –

Der Pfandleiher war endlich im äußersten Greisenalter von seinen Schätzen weggestorben und hatte das Haus nebst den vollen Schränken seinem einzigen Sohne hinterlassen müssen, den er während seines Lebens auf jede Weise daraus fernzuhalten gewußt hatte.

Dieser Sohn war der von dem kleinen Leberecht so gefürchtete Superkargo, welcher eben von einer überseeischen Fahrt in seine Vaterstadt zurückgekehrt war. Nach dem Begräbnis des Vaters gab er seine früheren Geschäfte auf und bezog dessen Zimmer im dritten Stock des alten Erkerhauses, wo nun statt des verkrümmten Männchens im hechtgrauen Rockelor eine lange hagere Gestalt im gelbgeblümten Schlafrock und bunter Zipfelmütze auf und ab wandelte oder rechnend an dem kleinen Pulte des Verstorbenen stand. – Auf Herrn Bulemann hatte sich indessen das Behagen des alten Pfandverleihers an den aufgehäuften Köstlichkeiten nicht vererbt. Nachdem er bei verriegelten Türen den Inhalt der großen Nußbaumschränke untersucht hatte, ging er mit sich zu Rate, ob er den heimlichen Verkauf dieser Dinge wagen solle, die immer noch das Eigentum anderer waren und an deren Wert er nur auf Höhe der ererbten und, wie die Bücher ergaben, meist sehr geringen Darlehnsforderungen einen Anspruch hatte. Aber Herr Bulemann war keiner von den Unentschlossenen. Schon in wenigen Tagen war die Verbindung mit einem in der äußersten Vorstadt wohnenden Trödler angeknüpft, und nachdem man einige Pfänder aus den letzten Jahren zurückgesetzt hatte, wurde heimlich und vorsichtig der bunte Inhalt der großen Nußbaumschränke in gediegene Silbermünzen umgewandelt. Das war die Zeit, wo der Knabe Leberecht ins Haus gekommen war. – Das gelöste Geld tat Herr Bulemann in große eisenbeschlagene Kasten, welche er nebeneinander in seine Schlafkammer setzen ließ; denn bei der Rechtlosigkeit seines Besitzes wagte er nicht, es auf Hypotheken auszutun oder sonst öffentlich anzulegen.

Als alles verkauft war, machte er sich daran, sämtliche für die mögliche Zeit seines Lebens denkbare Ausgaben zu berechnen. Er nahm dabei ein Alter von neunzig Jahren in Ansatz und teilte dann das Geld in einzelne Päckchen je für eine Woche, indem er auf jedes Quartal noch ein Röllchen für unvorhergesehene Ausgaben dazulegte. Dieses Geld wurde für sich in einen Kasten gelegt, welcher nebenan in dem Wohnzimmer stand; und alle Sonnabendmorgen erschien Frau Anken, die alte Wirtschafterin, die er aus der Verlassenschaft seines Vaters mitübernommen hatte, um ein neues Päckchen in Empfang zu nehmen und über die Verausgabung des vorigen Rechenschaft zu geben.

Wie schon erzählt, hatte Herr Bulemann Frau und Kinder nicht mitgebracht; dagegen waren zwei Katzen von besonderer Größe, eine gelbe und eine schwarze, am Tage nach der Beerdigung des alten Pfandverleihers durch einen Matrosen in einem fest zugebundenen Sack vom Bord des Schiffes ins Haus getragen worden. Diese Tiere waren bald die einzige Gesellschaft ihres Herrn. Sie erhielten mittags ihre eigene Schüssel, die Frau Anken unter verbissenem Ingrimm tagaus und -ein für sie bereiten mußte; nach dem Essen, während Herr Bulemann sein kurzes Mittagsschläfchen abtat, saßen sie gesättigt neben ihm auf dem Kanapee, ließen ein Läppchen Zunge hervorhängen und blinzelten ihn schläfrig aus ihren grünen Augen an. Waren sie in den unteren Räumen des Hauses auf der Mausjagd gewesen, was ihnen indessen immer einen heimlichen Fußtritt von dem alten Weibe eintrug, so brachten sie gewiß die gefangenen Mäuse zuerst ihrem Herrn im Maule hergeschleppt und zeigten sie ihm, ehe sie unter das Kanapee krochen und sie verzehrten. War dann die Nacht gekommen und hatte Herr Bulemann die bunte Zipfelmütze mit einer weißen vertauscht, so begab er sich mit seinen beiden Katzen in das große Gardinenbett im Nebenkämmerchen, wo er sich durch das gleichmäßige Spinnen der zu seinen Füßen eingewühlten Tiere in den Schlaf bringen ließ.

Dieses friedliche Leben war indes nicht ohne Störung geblieben. Im Lauf der ersten Jahre waren dennoch einzelne Eigentümer der verkauften Pfänder gekommen und hatten gegen Rückzahlung des darauf erhaltenen Sümmchens die Auslieferung ihrer Pretiosen verlangt. Und Herr Bulemann, aus Furcht vor Prozessen, wodurch sein Verfahren in die Öffentlichkeit hätte kommen können, griff in seinen großen Kasten und erkaufte sich durch größere oder kleinere Abfindungssummen das Schweigen der Beteiligten. Das machte ihn noch menschenfeindlicher und verbissener. Der Verkehr mit dem alten Trödler hatte längst aufgehört; einsam saß er auf seinem Erkerstübchen mit der Lösung eines schon oft gesuchten Problems, der Berechnung eines sicheren Lotteriegewinnes, beschäftigt, wodurch er dermaleinst seine Schätze ins Unermeßliche zu vermehren dachte. Auch Graps und Schnores, die beiden großen Kater, hatten jetzt unter seiner Laune zu leiden. Hatte er sie in dem einen Augenblick mit seinen langen Fingern getätschelt, so konnten sie sich im andern, wenn etwa die Berechnung auf den Zahlentafeln nicht stimmen wollte, eines Wurfs mit dem Sandfaß oder der Papierschere versehen, so daß sie heulend in die Ecke hinkten.

Herr Bulemann hatte eine Verwandte, eine Tochter seiner Mutter aus erster Ehe, welche indessen schon bei dem Tode dieser wegen ihrer Erbansprüche abgefunden war und daher an die von ihm ererbten Schätze keine Ansprüche hatte. Er kümmerte sich jedoch nicht um diese Halbschwester, obgleich sie in einem Vorstadtviertel in den dürftigsten Verhältnissen lebte; denn noch weniger als mit anderen Menschen liebte Herr Bulemann den Verkehr mit dürftigen Verwandten. Nur einmal, als sie kurz nach dem Tode ihres Mannes in schon vorgerücktem Alter ein kränkliches Kind geboren hatte, war sie hülfesuchend zu ihm gekommen. Frau Anken, die sie eingelassen, war horchend unten auf der Treppe sitzen geblieben, und bald hatte sie von oben die scharfe Stimme ihres Herrn gehört, bis endlich die Tür aufgerissen worden und die Frau weinend die Treppe herabgekommen war. Noch an demselben Abend hatte Frau Anken die strenge Weisung erhalten, die Kette fürderhin nicht von der Haustür zu ziehen, falls etwa die Christine noch einmal wiederkommen sollte.

Die Alte begann sich immer mehr vor der Hakennase und den grellen Eulenaugen ihres Herrn zu fürchten. Wenn er oben am Treppengeländer ihren Namen rief oder auch, wie er es vom Schiffe her gewohnt war, nur einen schrillen Pfiff auf seinen Fingern tat, so kam sie gewiß, in welchem Winkel sie auch sitzen mochte, eiligst hervorgekrochen und stieg stöhnend, Schimpf- und Klageworte vor sich her plappernd, die schmalen Treppen hinauf.

Wie aber in dem dritten Stockwerk Herr Bulemann, so hatte in den unteren Zimmern Frau Anken ihre ebenfalls nicht ganz rechtlich erworbenen Schätze aufgespeichert. – Schon in dem ersten Jahre ihres Zusammenlebens war sie von einer Art kindischer Angst befallen worden, ihr Herr könne einmal die Verausgabung des Wirtschaftsgeldes selbst übernehmen und sie werde dann bei dem Geiz desselben noch auf ihre alten Tage Not zu leiden haben. Um dieses abzuwenden, hatte sie ihm vorgelogen, der Weizen sei aufgeschlagen, und demnächst die entsprechende Mehrsumme für den Brotbedarf gefordert. Der Superkargo, der eben seine Lebensrechnung begonnen, hatte scheltend seine Papiere zerrissen und darauf seine Rechnung von vorn wieder aufgestellt und den Wochenrationen die verlangte Summen zugesetzt. – Frau Anken aber, nachdem sie ihren Zweck erreicht, hatte, zur Schonung ihres Gewissens und des Sprichworts gedenkend: »Geschleckt ist nicht gestohlen«, nun nicht die überschüssig empfangenen Schillinge, sondern regelmäßig nur die dafür gekauften Weizenbrötchen unterschlagen, mit denen sie, da Herr Bulemann niemals die unteren Zimmer betrat, nach und nach die ihres kostbarsten Inhalts beraubten großen Nußbaumschränke anfüllte.

So mochten etwa zehn Jahre verflossen sein. Herr Bulemann wurde immer hagerer und grauer, sein gelbgeblümter Schlafrock immer fadenscheiniger. Dabei vergingen oft Tage, ohne daß er den Mund zum Sprechen geöffnet hätte; denn er sah keine lebenden Wesen als die beiden Katzen und seine alte, halb kindische Haushälterin. Nur mitunter, wenn er hörte, daß unten die Nachbarskinder auf den Prellsteinen vor seinem Hause ritten, steckte er den Kopf ein wenig aus dem Fenster und schalt mit seiner scharfen Stimme in die Gasse hinab. – »Der Seelenverkäufer, der Seelenverkäufer!« schrien dann die Kinder und stoben auseinander. Herr Bulemann aber fluchte und schimpfte noch ingrimmiger, bis er endlich schmetternd das Fenster zuschlug und drinnen Graps und Schnores seinen Zorn entgelten ließ.

Um jede Verbindung mit der Nachbarschaft auszuschließen, mußte Frau Anken schon seit geraumer Zeit ihre Wirtschaftseinkäufe in entlegenen Straßen machen. Sie durfte jedoch erst mit dem Eintritt der Dunkelheit ausgehen und mußte dann die Haustür hinter sich verschließen.

Es mochte acht Tage vor Weihnachten sein, als die Alte

wiederum eines Abends zu solchem Zwecke das Haus verlassen hatte. Trotz ihrer sonstigen Sorgfalt mußte sie sich indessen diesmal einer Vergessenheit schuldig gemacht haben. Denn als Herr Bulemann eben mit dem Schwefelholz sein Talglicht angezündet hatte, hörte er zu seiner Verwunderung es draußen auf den Stiegen poltern, und als er mit vorgehaltenem Licht auf den Flur hinaustrat, sah er seine Halbschwester mit einem bleichen Knaben vor sich stehen.

»Wie seid ihr ins Haus gekommen?« herrschte er sie an, nachdem er sie einen Augenblick erstaunt und ingrimmig angestarrt hatte.

»Die Tür war offen unten«, sagte die Frau schüchtern. Er murmelte einen Fluch auf seine Wirtschafterin zwischen den Zähnen. »Was willst du?« fragte er dann.

»Sei doch nicht so hart, Bruder«, bat die Frau, »ich habe sonst nicht den Mut, zu dir zu sprechen.«

»Ich wüßte nicht, was du mit mir zu sprechen hättest; du hast dein Teil bekommen; wir sind fertig miteinander.«

Die Schwester stand schweigend vor ihm und suchte vergebens nach dem rechten Worte. – Drinnen wurde wiederholt ein Kratzen an der Stubentür vernehmbar. Als Herr Bulemann zurückgelangt und die Tür geöffnet hatte, sprangen die beiden großen Katzen auf den Flur hinaus und strichen spinnend an dem blassen Knaben herum, der sich furchtsam vor ihnen an die Wand zurückzog. Ihr Herr betrachtete ungeduldig die noch immer schweigend vor ihm stehende Frau. »Nun, wird's bald?« fragte er.

»Ich wollte dich um etwas bitten, Daniel«, hub sie endlich an. »Dein Vater hat ein paar Jahre vor seinem Tode, da ich in bitterster Not war, ein silbern Becherlein von mir in Pfand genommen.«

»Mein Vater von dir?« fragte Herr Bulemann.

»Ja, Daniel, dein Vater; der Mann von unser beider Mutter. Hier ist der Pfandschein; er hat mir nicht zuviel darauf gegeben.«

»Weiter!« sagte Herr Bulemann, der mit raschem Blick die leeren Hände seiner Schwester gemustert hatte.

»Vor einiger Zeit«, fuhr sie zaghaft fort, »träumte mir, ich gehe mit meinem kranken Kinde auf dem Kirchhof. Als wir an das Grab unserer Mutter kamen, saß sie auf ihrem Grabstein unter einem Busch voll blühender weißer Rosen. Sie hatte jenen kleinen Becher in der Hand, den ich einst als Kind von ihr geschenkt erhalten. Als wir aber näher gekommen waren, setzte sie ihn an die Lippen; und indem sie dem Knaben lächelnd zunickte, hörte ich sie deutlich sagen: ›Zur Gesundheit!‹ – Es war ihre sanfte Stimme, Daniel, wie im Leben; und diesen Traum habe ich drei Nächte nacheinander geträumt.«

»Was soll das?« fragte Herr Bulemann.

»Gib mir den Becher zurück, Bruder! Das Christfest ist nahe; leg ihn dem kranken Kinde auf seinen leeren Weihnachtsteller!«

Der hagere Mann in seinem gelbgeblümten Schlafrock stand regungslos vor ihr und betrachtete sie mit seinen grellen runden Augen. »Hast du das Geld bei dir?« fragte er. »Mit Träumen löst man keine Pfänder ein.«

»O Daniel!« rief sie. »Glaub unserer Mutter! Er wird gesund, wenn er aus dem kleinen Becher trinkt. Sei barmherzig; er ist ja doch von deinem Blute!«

Sie hatte die Hände nach ihm ausgestreckt; aber er trat einen Schritt zurück. »Bleib mir vom Leibe«, sagte er. Dann rief er nach seinen Katzen. »Graps, alte Bestie! Schnores, mein Söhnchen!« Und der große gelbe Kater sprang mit einem Satz auf den Arm seines Herrn und klauete mit seinen Krallen in der bunten Zipfelmütze, während das schwarze Tier mauzend an seinen Knien hinaufstrebte.

Der kranke Knabe war näher geschlichen. »Mutter«, sagte

er, indem er sie heftig an dem Kleide zupfte, »ist das der böse Ohm, der seine schwarzen Kinder verkauft hat?«

Aber in demselben Augenblick hatte auch Herr Bulemann die Katze herabgeworfen und den Arm des aufschreienden Knaben ergriffen. »Verfluchte Bettelbrut«, rief er, »pfeifst du auch das tolle Lied!«

»Bruder, Bruder!« jammerte die Frau. – Doch schon lag der Knabe wimmernd drunten auf dem Treppenabsatz. Die Mutter sprang ihm nach und nahm ihn sanft auf ihren Arm; dann aber richtete sie sich hoch auf, und den blutenden Kopf des Kindes an ihrer Brust, erhob sie die geballte Faust gegen ihren Bruder, der zwischen seinen spinnenden Katzen droben am Treppengeländer stand. »Verruchter, böser Mann!« rief sie. »Mögest du verkommen bei deinen Bestien!«

»Fluche, soviel du Lust hast!« erwiderte der Bruder. »Aber mach, daß du aus dem Hause kommst.«

Dann, während das Weib mit dem weinenden Knaben die dunkeln Treppen hinabstieg, lockte er seine Katzen und klappte die Stubentür hinter sich zu. – Er bedachte nicht, daß die Flüche der Armen gefährlich sind, wenn die Hartherzigkeit der Reichen sie hervorgerufen hat.

Einige Tage später trat Frau Anken wie gewöhnlich mit dem Mittagessen in die Stube ihres Herrn. Aber sie kniff heute noch mehr als sonst mit den dünnen Lippen, und ihre kleinen blöden Augen leuchteten vor Vergnügen. Denn sie hatte die harten Worte nicht vergessen, die sie wegen ihrer Nachlässigkeit an jenem Abend hatte hinnehmen müssen, und sie dachte sie ihm jetzt mit Zinsen wieder heimzuzahlen.

»Habt Ihr's denn auf St. Magdalenen läuten hören?« fragte sie.

»Nein«, erwiderte Herr Bulemann kurz, der über seinen Zahlentafeln saß.

»Wißt Ihr denn wohl, wofür es geläutet hat?« fragte die Alte weiter.

»Dummes Geschwätz! Ich höre nicht nach dem Gebimmel.«

»Es war aber doch für Euren Schwestersohn!«

Herr Bulemann legte die Feder hin. »Was schwatzest du, Alte?«

»Ich sage«, erwiderte sie, »daß sie soeben den kleinen Christoph begraben haben.«

Herr Bulemann schrieb schon wieder weiter. »Warum erzählst du mir das? Was geht mich der Junge an?«

»Nun, ich dachte nur; man erzählt ja wohl, was Neues in der Stadt passiert.« –

Als sie gegangen war, legte aber doch Herr Bulemann die Feder wieder fort und schritt, die Hände auf dem Rücken, eine lange Zeit in seinem Zimmer auf und ab. Wenn unten auf der Gasse ein Geräusch entstand, trat er hastig ans Fenster, als erwarte er schon den Stadtdiener eintreten zu sehen, der ihn wegen der Mißhandlung des Knaben vor den Rat zitieren solle. Der schwarze Graps, der mauzend seinen Anteil an der aufgetragenen Speise verlangte, erhielt einen Fußtritt, daß er schreiend in die Ecke flog. Aber, war es nun der Hunger, oder hatte sich unversehens die sonst so unterwürfige Natur des Tieres verändert, er wandte sich gegen seinen Herrn und fuhr fauchend und prustend auf ihn los. Herr Bulemann gab ihm einen zweiten Fußtritt. »Freßt«, sagte er. »Ihr braucht nicht auf mich zu warten.«

Mit einem Satz waren die beiden Katzen an der vollen Schüssel, die er ihnen auf den Fußboden gesetzt hatte. Dann aber geschah etwas Seltsames.

Als der gelbe Schnores, der zuerst seine Mahlzeit beendet hatte, nun in der Mitte des Zimmers stand, sich reckte und buckelte, blieb Herr Bulemann plötzlich vor ihm stehen; dann ging er um das Tier herum und betrachtete es von allen

Seiten. »Schnores, alter Halunke, was ist denn das?« sagte er, den Kopf des Katers kraulend. »Du bist ja noch gewachsen in deinen alten Tagen!« – In diesem Augenblick war auch die andere Katze hinzugesprungen. Sie sträubte ihren glänzenden Pelz und stand dann hoch auf ihren schwarzen Beinen. Herr Bulemann schob sich die bunte Zipfelmütze aus der Stirn. »Auch der!« murmelte er. »Seltsam, es muß in der Sorte liegen.«

Es war indes dämmrig geworden, und da niemand kam und ihn beunruhigte, so setzte er sich zu den Schüsseln, die auf dem Tische standen. Endlich begann er sogar seine großen Katzen, die neben ihm auf dem Kanapee saßen, mit einem gewissen Behagen zu beschauen. »Ein Paar stattliche Burschen seid ihr!« sagte er, ihnen zunickend. »Nun soll euch das alte Weib unten auch die Ratten nicht mehr vergiften!« – Als er aber nebenan in seine Schlafkammer ging, ließ er sie nicht, wie sonst, zu sich herein; und als er sie nachts mit den Pfoten gegen die Kammertür fallen und mauzend daran herunterrutschen hörte, zog er sich das Deckbett über beide Ohren und dachte: ›Mauzt nur zu, ich habe eure Krallen gesehen.‹ –

Dann kam der andere Tag, und als es Mittag geworden, geschah dasselbe, was tags zuvor geschehen war. Von der geleerten Schüssel sprangen die Katzen mit einem schweren Satz mitten ins Zimmer hinein, reckten und streckten sich; und als Herr Bulemann, der schon wieder über seinen Zahlentafeln saß, einen Blick zu ihnen hinüberwarf, stieß er entsetzt seinen Drehstuhl zurück und blieb mit ausgestrecktem Halse stehen. Dort, mit leisem Winseln, als wenn ihnen ein Widriges angetan würde, standen Graps und Schnores zitternd mit geringelten Schwänzen, das Haar gesträubt; er sah deutlich, sie dehnten sich, sie wurden groß und größer.

Noch einen Augenblick stand er, die Hände an den Tisch geklammert; dann plötzlich schritt er an den Tieren vorbei und riß die Stubentür auf. »Frau Anken, Frau Anken!« rief er; und da sie nicht gleich zu hören schien, tat er einen Pfiff auf seinen Fingern, und bald schlurfte auch die Alte unten aus dem Hinterhause hervor und keuchte eine Treppe nach der anderen herauf.

»Sehen Sie sich einmal die Katzen an!« rief er, als sie ins Zimmer getreten war.

»Die hab ich schon oft gesehen, Herr Bulemann.«

»Sieht Sie daran denn nichts?«

»Daß ich nicht wüßte, Herr Bulemann!« erwiderte sie, mit ihren blöden Augen um sich blinzelnd.

»Was sind denn das für Tiere? Das sind ja gar keine Katzen mehr!« – Er packte die Alte an den Armen und rannte sie gegen die Wand. »Rotäugige Hexe!« schrie er. »Bekenne, was hast du meinen Katzen eingebraut!«

Das Weib klammerte ihre knöchernen Hände ineinander und begann unverständliche Gebete herzuplappern. Aber die furchtbaren Katzen sprangen von rechts und links auf die Schultern ihres Herrn und leckten ihn mit ihren scharfen Zungen ins Gesicht. Da mußte er die Alte loslassen.

Fortwährend plappernd und hüstelnd, schlich sie aus dem Zimmer und kroch die Treppen hinab. Sie war wie verwirrt; sie fürchtete sich, ob mehr vor ihrem Herrn oder vor den großen Katzen, das wußte sie selber nicht. So kam sie hinten in ihre Kammer. Mit zitternden Händen holte sie einen mit Geld gefüllten wollenen Strumpf aus ihrem Bett hervor; dann nahm sie aus einer Lade eine Anzahl alter Röcke und Lumpen und wickelte sie um ihren Schatz herum, so daß es endlich ein großes Bündel gab. Denn sie wollte fort, um jeden Preis fort; sie dachte an die arme Halbschwester ihres Herrn draußen in der Vorstadt; die war immer freundlich gegen sie gewesen, zu der wollte sie. Freilich, es war ein weiter Weg, durch viele Gassen, über viele schmale und lange Brücken, welche über dunkle Gräben und Fleten hinwegführten, und draußen dämmerte schon der Winterabend. Es trieb sie dennoch fort. Ohne an ihre Tausende von Weizenbrötchen zu denken, die sie in kindischer Fürsorge in den großen Nußbaumschränken aufgehäuft hatte, trat sie mit ihrem schweren Bündel auf dem Nacken aus dem Hause. Sorgfältig mit dem großen krausen Schlüssel verschloß sie die schwere eichene Tür, steckte ihn in ihre Ledertasche und ging dann keuchend in die finstere Stadt hinaus. –

Frau Anken ist niemals wiedergekommen, und die Tür von Bulemanns Haus ist niemals wieder aufgeschlossen worden.

Noch an demselben Tag aber, da sie fortgegangen, hat ein junger Taugenichts, der, den Knecht Ruprecht spielend, in den Häusern umherlief, mit Lachen seinen Kameraden erzählt, da er in seinem rauhen Pelz über die Kreszentiusbrücke gegangen sei, habe er ein altes Weib dermaßen erschreckt, daß sie mit ihrem Bündel wie toll in das schwarze Wasser hinabgesprungen sei. – Auch ist in der Frühe des andern Tages in der äußersten Vorstadt die Leiche eines alten Weibes, welche an einem großen Bündel festgebunden war, von den Wächtern aufgefischt und bald darauf, da niemand sie gekannt hat, auf dem Armenviertel des dortigen Kirchhofs in einem platten Sarge eingegraben worden.

Dieser andere Morgen war der Morgen des Weihnachtsabends. – Herr Bulemann hatte eine schlechte Nacht gehabt; das Kratzen und Arbeiten der Tiere gegen seine Kammertür hatte ihm diesmal keine Ruhe gelassen; erst gegen die Morgendämmerung war er in einen langen, bleiernen Schlaf gefallen. Als er endlich seinen Kopf mit der Zipfelmütze in das Wohnzimmer hineinsteckte, sah er die beiden Katzen laut schnurrend mit unruhigen Schritten umeinander hergehen. Es war schon nach Mittag; die Wanduhr zeigte auf eins. »Sie werden Hunger haben, die Bestien«, murmelte er.

Dann öffnete er die Tür nach dem Flur und pfiff nach der Alten. Zugleich aber drängten die Katzen sich hinaus und rannten die Treppe hinab, und bald hörte er von unten aus der Küche herauf Springen und Tellergeklapper. Sie mußten auf den Schrank gesprungen sein, auf den Frau Anken die Speisen für den andern Tag zurückzusetzen pflegte.

Herr Bulemann stand oben an der Treppe und rief laut und scheltend nach der Alten; aber nur das Schweigen antwortete ihm oder von unten herauf aus den Winkeln des alten Hauses ein schwacher Widerhall. Schon schlug er die Schöße seines geblümten Schlafrocks übereinander und wollte selbst hinabsteigen, da polterte es drunten auf den Stiegen, und die beiden Katzen kamen wieder heraufgerannt. Aber das waren keine Katzen mehr; das waren zwei furchtbare, namenlose Raubtiere. Die stellten sich gegen ihn, sahen ihn mit glimmenden Augen an und stießen ein heiseres Geheul aus. Er wollte an ihnen vorbei, aber ein Schlag mit der Tatze, der ihm einen Fetzen aus dem Schlafrock riß, trieb ihn zurück. Er lief ins Zimmer; er wollte ein Fenster aufreißen, um die Menschen auf der Gasse anzurufen; aber die Katzen sprangen hinterdrein und kamen ihm zuvor. Grimmig schnurrend, mit erhobenem Schweif, wanderten sie vor den Fenstern auf und ab. Herr Bulemann rannte auf den Flur hinaus und warf die Zimmertür hinter sich zu; aber die Katzen schlugen mit der Tatze auf die Klinke und standen schon vor ihm an der Treppe. – Wieder floh er ins Zimmer zurück, und wieder waren die Katzen da.

Schon verschwand der Tag, und die Dunkelheit kroch in alle Ecken. Tief unten von der Gasse herauf hörte er Gesang; Knaben und Mädchen zogen von Haus zu Haus und sangen Weihnachtslieder. Sie gingen in alle Türen; er stand und horchte. Kam denn niemand in seine Tür? – Aber er wußte es ja, er hatte sie selber alle fortgetrieben; es klopfte niemand, es rüttelte niemand an der verschlossenen Haustür. Sie zogen vorüber; und allmählich ward es still, totenstill auf der Gasse. Und wieder suchte er zu entrinnen; er wollte Gewalt anwenden; er rang mit den Tieren, er ließ sich Gesicht und Hände blutig reißen. Dann wieder wandte er sich zur List; er rief sie mit den alten Schmeichelnamen, er strich ihnen die Funken aus dem Pelz und wagte es sogar, ihren flachen Kopf mit den großen weißen Zähnen zu kraulen. Sie warfen sich auch vor ihm hin und wälzten sich schnurrend zu seinen Füßen; aber wenn er den rechten Augenblick gekommen glaubte und aus der Tür schlüpfte, so sprangen sie auf und standen, ihr heiseres Geheul ausstoßend, vor ihm. – So verging die Nacht, so kam der Tag, und noch immer rannte er zwischen der Treppe und den Fenstern seines Zimmers hin und wider, die Hände ringend, keuchend, das graue Haar zerzaust.

Und noch zweimal wechselten Tag und Nacht; da endlich warf er sich, gänzlich erschöpft, an allen Gliedern zuckend, auf das Kanapee. Die Katzen setzten sich ihm gegenüber und blinzelten ihn schläfrig aus halbgeschlossenen Augen an. Allmählich wurde das Arbeiten seines Leibes weniger, und endlich hörte es ganz auf. Eine fahle Blässe überzog unter den Stoppeln des grauen Bartes sein Gesicht; noch einmal aufseufzend, streckte er die Arme und spreizte die langen Finger über die Knie; dann regte er sich nicht mehr. Unten in den öden Räumen war es indessen nicht ruhig gewesen. Draußen an der Tür des Hinterhauses, die auf den engen Hof hinausführt, geschah ein emsiges Nagen und Fressen. Endlich entstand über der Schwelle eine Öffnung, die größer und größer wurde; ein grauer Mauskopf drängte sich hindurch, dann noch einer, und bald huschte eine ganze Schar von Mäusen über den Flur und die Treppe hinauf in den ersten Stock. Hier begann das Arbeiten aufs neue an der Zimmertür, und als diese durchnagt war, kamen die großen Schränke dran, in denen Frau Ankens hinterlassene Schätze aufgespeichert lagen. Da war ein Leben wie im Schlaraffenland; wer durchwollte, mußte sich durchfressen. Und das Geziefer füllte sich den Wanst; und wenn es mit dem Fressen nicht mehr fortwollte, rollte es die Schwänze auf und hielt sein Schläfchen in den hohlgefressenen Weizenbrötchen. Nachts kamen sie hervor, huschten über die Dielen oder saßen, ihre Pfötchen leckend, vor dem Fenster und schauten, wenn der Mond schien, mit ihren blanken Augen in die Gasse hinab.

Aber diese behagliche Wirtschaft sollte bald ihr Ende erreichen. In der dritten Nacht, als eben droben Herr Bulemann seine Augen zugetan hatte, polterte es draußen auf den Stiegen. Die großen Katzen kamen herabgesprungen, öffneten mit einem Schlag ihrer Tatze die Tür des Zimmers und begannen ihre Jagd. Da hatte alle Herrlichkeit ein Ende. Quieksend und pfeifend rannten die fetten Mäuse umher und strebten ratlos an den Wänden hinauf. Es war vergebens; sie verstummten eine nach der andern zwischen den zermalmenden Zähnen der beiden Raubtiere.

Dann wurde es still, und bald war in dem ganzen Hause nichts vernehmbar als das leise Spinnen der großen Katzen, die mit ausgestreckten Tatzen droben vor dem Zimmer ihres Herrn lagen und sich das Blut aus den Bärten leckten.

Unten in der Haustür verrostete das Schloß, den Messingklopfer überzog der Grünspan, und zwischen den Treppensteinen begann das Gras zu wachsen.

Draußen aber ging die Welt unbekümmert ihren Gang. – Als der Sommer gekommen war, stand auf dem St.-Magdalenen-Kirchhof auf dem Grabe des kleinen Christoph ein blühender weißer Rosenbusch; und bald lag auch ein kleiner Denkstein unter demselben. Den Rosenbusch hatte seine Mutter ihm gepflanzt; den Stein freilich hatte sie nicht beschaffen können. Aber Christoph hatte einen Freund gehabt; es war ein junger Musikus, der Sohn eines Trödlers, der in dem Hause ihnen gegenüber wohnte. Zuerst hatte er sich unter sein Fenster geschlichen, wenn der Musiker drinnen am Klavier saß; später hatte dieser ihn zuweilen in die Magdalenenkirche genommen, wo er sich nachmittags im Orgelspiel zu üben pflegte. – Da saß denn der blasse Knabe auf einem Schemelchen zu seinen Füßen, lehnte lauschend den Kopf an die Orgelbank und sah, wie die Sonnenlichter durch die Kirchenfenster spielten. Wenn der junge Musikus dann, von der Verarbeitung seines Themas fortgerissen, die tiefen mächtigen Register durch die Gewölbe brausen ließ oder wenn er mitunter den Tremulanten zog und die Töne wie zitternd vor der Majestät Gottes dahinfluteten, so konnte es wohl geschehen, daß der Knabe in stilles Schluchzen ausbrach und sein Freund ihn nur schwer zu beruhigen vermochte. Einmal auch sagte er bittend: »Es tut mir weh, Leberecht; spiele nicht so laut!«

Der Orgelspieler schob auch sogleich die großen Register wieder ein und nahm die Flöten und andere sanfte Stimmen; und süß und ergreifend schwoll das Lieblingslied des Knaben durch die stille Kirche: »Befiehl du deine Wege.« – Leise mit seiner kränklichen Stimme hub er an mitzusingen. »Ich will auch spielen lernen«, sagte er, als die Orgel schwieg, »willst du mich es lehren, Leberecht?«

Der junge Musikus ließ seine Hand auf den Kopf des Knaben fallen, und ihm das gelbe Haar streichelnd, erwiderte er: »Werde nur erst recht gesund, Christoph; dann will ich dich es gern lehren.«

Aber Christoph war nicht gesund geworden. – Seinem kleinen Sarge folgte neben der Mutter auch der junge Orgelspieler. Sie sprachen hier zum ersten Mal zusammen; und die Mutter erzählte ihm jenen dreimal geträumten Traum von dem kleinen silbernen Erbbecher.

»Den Becher«, sagte Leberecht, »hätte ich Euch geben können; mein Vater, der ihn vor Jahren mit vielen andern

Dingen von Euerm Bruder erhandelte, hat mir das zierliche Stück einmal als Weihnachtsgeschenk gegeben.«

Die Frau brach in die bittersten Klagen aus. »Ach«, rief sie immer wieder, »er wäre ja gewiß gesund geworden!«

Der junge Mann ging eine Weile schweigend neben ihr her. »Den Becher soll unser Christoph dennoch haben«, sagte er endlich.

Und so geschah es. Nach einigen Tagen hatte er den Becher an einen Sammler solcher Pretiosen um einen guten Preis verhandelt; von dem Gelde aber ließ er den Denkstein für das Grab des kleinen Christoph machen. Er ließ eine Marmortafel darin einlegen, auf welcher das Bild des Bechers ausgemeißelt wurde. Darunter standen die Worte eingegraben: »Zur Gesundheit!« – Noch viele Jahre hindurch, mochte der Schnee auf dem Grabe liegen oder mochte in der Junisonne der Busch mit Rosen überschüttet sein, kam oft eine blasse Frau und las andächtig und sinnend die beiden Worte auf dem Grabstein. – Dann eines Sommers ist sie nicht mehr gekommen; aber die Welt ging unbekümmert ihren Gang.

Nur noch einmal, nach vielen Jahren, hat ein sehr alter Mann das Grab besucht, er hat sich den kleinen Denkstein angesehen und eine weiße Rose von dem alten Rosenbusch gebrochen. Das ist der emeritierte Organist von St. Magdalenen gewesen.

Aber wir müssen das friedliche Kindergrab verlassen und, wenn der Bericht zu Ende geführt werden soll, drüben in der Stadt noch einen Blick in das alte Erkerhaus der Düsternstraße werfen. – Noch immer stand es schweigend und verschlossen. Während draußen das Leben unablässig daran vorüberflutete, wucherte drinnen in den eingeschlossenen Räumen der Schwamm aus den Dielenritzen, löste sich der Gips an den Decken und stürzte herab, in einsamen Nächten ein unheimliches Echo über Flur und Stiege jagend. Die Kinder, welche an jenem Christabend auf der Straße gesungen hatten, wohnten jetzt als alte Leute in den Häusern, oder sie hatten ihr Leben schon abgetan und waren gestorben; die Menschen, die jetzt auf der Gasse gingen, trugen andere Gewänder, und draußen auf dem Vorstadtskirchhof war der schwarze Nummerpfahl auf Frau Ankens namenlosem Grabe schon längst verfault. Da schien eines Nachts wieder einmal, wie schon so oft, über das Nachbarhaus hinweg der Vollmond in das Erkerfenster des dritten Stockwerks und malte mit seinem bläulichen Lichte die kleinen runden Scheiben auf den Fußboden. Das Zimmer war leer; nur auf dem Kanapee zusammengekauert saß eine kleine Gestalt von der Größe eines jährigen Kindes, aber das Gesicht war alt und bärtig und die magere Nase unverhältnismäßig groß; auch trug sie eine weit über die Ohren fallende Zipfelmütze und einen langen, augenscheinlich für einen ausgewachsenen Mann bestimmten Schlafrock, auf dessen Schoß sie die Füße heraufgezogen hatte.

Diese Gestalt war Herr Bulemann. – Der Hunger hatte ihn nicht getötet, aber durch den Mangel an Nahrung war sein Leib verdorrt und eingeschwunden, und so war er im Lauf der Jahre kleiner und kleiner geworden. Mitunter in Vollmondnächten, wie dieser, war er erwacht und hatte, wenn auch mit immer schwächerer Kraft, seinen Wächtern zu entrinnen gesucht. War er, von den vergeblichen Anstrengungen erschöpft aufs Kanapee gesunken oder zuletzt hinaufgekrochen und hatte dann der bleierne Schlaf ihn wieder befallen, so streckten Graps und Schnores sich draußen vor der Treppe hin, peitschten mit ihrem Schweif den Boden und horchten, ob Frau Ankens Schätze neue Wanderzüge von Mäusen in das Haus gelockt hätten.

Heute war es anders; die Katzen waren weder im Zimmer noch draußen auf dem Flur. Als das durch das Fenster fallende Mondlicht über den Fußboden weg und allmählich an der kleinen Gestalt hinaufrückte, begann sie sich zu regen; die großen runden Augen öffneten sich, und Herr Bulemann starrte in das leere Zimmer hinaus. Nach einer Weile rutschte er, die langen Ärmel mühsam zurückschlagend, von dem Kanapee herab und schritt langsam der Tür zu, während die breite Schleppe des Schlafrocks hinter ihm herfegte. Auf den Fußspitzen nach der Klinke greifend, gelang es ihm, die Stubentür zu öffnen und draußen bis an das Geländer der Treppe vorzuschreiten. Eine Weile blieb er keuchend stehen; dann streckte er den Kopf vor und mühte sich zu rufen: »Frau Anken, Frau Anken!« Aber seine Stimme war nur wie das Wispern eines kranken Kindes. »Frau Anken, mich hungert; so hören Sie doch!«

Alles blieb still; nur die Mäuse quieksten jetzt heftig in den unteren Zimmern.

Da wurde er zornig: »Hexe, verfluchte, was pfeift Sie denn?« und ein Schwall unverständlich geflüsterter Schimpfworte sprudelte aus seinem Munde, bis ein Stickhusten ihn befiel und seine Zunge lähmte.

Draußen, unten an der Haustür, wurde der schwere Messingklopfer angeschlagen, daß der Hall bis in die Spitze des Hauses hinaufdrang. Es mochte jener nächtliche Geselle sein, von dem im Anfang dieser Geschichte die Rede gewesen ist.

Herr Bulemann hatte sich wieder erholt. »So öffne Sie doch!« wisperte er. »Es ist der Knabe, der Christoph; er will den Becher holen.«

Plötzlich wurden von unten herauf zwischen dem Pfeifen der Mäuse die Sprünge und das Knurren der beiden großen Katzen vernehmbar. Er schien sich zu besinnen; zum ersten Mal bei seinem Erwachen hatten sie das oberste Stockwerk verlassen und ließen ihn gewähren. – Hastig, den langen Schlafrock nach sich schleppend, stapfte er in das Zimmer zurück.

Draußen aus der Tiefe der Gasse hörte er den Wächter

rufen. »Ein Mensch, ein Mensch!« murmelte er. »Die Nacht ist so lang, sovielmal bin ich aufgewacht, und noch immer scheint der Mond.«

Er kletterte auf den Polsterstuhl, der in dem Erkerfenster stand. Emsig arbeitete er mit den kleinen dürren Händen an dem Fensterhaken; denn drunten auf der mondhellen Gasse hatte er den Wächter stehen sehen. Aber die Haspen waren festgerostet; er mühte sich vergebens, sie zu öffnen. Da sah er den Mann, der eine Weile hinaufgestarrt hatte, in den Schatten der Häuser zurücktreten.

Ein schwacher Schrei brach aus seinem Munde; zitternd, mit geballten Fäusten schlug er gegen die Fensterscheiben; aber seine Kraft reichte nicht aus, sie zu zertrümmern. Nun begann er Bitten und Versprechungen durcheinanderzuwispern; allmählich, während die Gestalt des unten gehenden Mannes sich immer mehr entfernte, wurde sein Flüstern zu einem erstickten heisern Gekrächze; er wollte seine Schätze mit ihm teilen; wenn er nur hören wollte, er sollte alles haben, er selber wollte nichts, gar nichts für sich behalten; nur den Becher, der sei das Eigentum des kleinen Christoph.

Aber der Mann ging unten unbekümmert seinen Gang, und bald war er in einer Nebengasse verschwunden. – Von allen Worten, die Herr Bulemann in jener Nacht gesprochen, ist keines von einer Menschenseele gehört worden.

Endlich nach aller vergeblichen Anstrengung kauerte sich die kleine Gestalt auf dem Polsterstuhl zusammen, rückte die Zipfelmütze zurecht und schaute, unverständliche Worte murmelnd, in den leeren Nachthimmel hinauf.

So sitzt er noch jetzt und erwartet die Barmherzigkeit Gottes.

Charles Dickens

Das Signal

»Hallo-ah! Sie da unten!«

Die um den kurzen Stock gewickelte Flagge in der Hand, stand er an der Tür seines Häuschens, als er hörte, wie ihm diese Worte zugerufen wurden. In Anbetracht der Beschaffenheit des Geländes hätte man annehmen müssen, daß er sich nicht im Zweifel darüber befand, woher sie kamen. Doch statt nach oben zu blicken, wo ich am Rand des steil abfallenden Einschnitts fast genau über ihm stand, drehte er sich um und schaute die Bahnstrecke hinunter. Die Art, wie er das tat, hatte etwas Auffälliges, wenn ich auch um alles in der Welt nicht hätte sagen können, was es war. Ich weiß jedoch, es war auffällig genug, um mein Augenmerk darauf zu lenken, wiewohl seine Gestalt in dem tiefen Graben drunten nur verkürzt und verdunkelt zu sehen, während meine hoch über ihm so überschüttet war vom Glutschein einer heftigen Abendröte, daß ich die Hand vor die Augen halten mußte, um ihn überhaupt zu gewahren.

»Halloh! Da unten!«

Den Blick von der Strecke abkehrend, drehte er sich wieder um, blickte nach oben und sah mich nun.

»Gibt's da einen Fußpfad, daß ich hinunterkommen und mit Ihnen sprechen kann?«

Er gab keine Antwort, blickte nur weiter zu mir herauf, und ich schaute zu ihm hinunter, unterließ es aber, ihm gleich wieder durch die Wiederholung meiner müßigen Frage zuzusetzen. Eben jetzt gerieten Boden und Luft in ein ungewisses Zittern, das rasch in ein heftiges Schüttern überging; ein Brausen und Dröhnen, dessen Näherkommen mich veranlaßte, zurückzuspringen, als vermöge es mich hinunterzureißen. Als der zu mir hinaufquellende Dampf des Schnellzugs vorbeigezogen war und über die Landschaft hinstreifte, blickte ich wieder hinunter und sah, wie der Bahnwärter die Fahne zusammenrollte, die er während der Vorbeifahrt des Zugs hatte flattern lassen.

Ich wiederholte meine Frage. Nach einer kurzen Pause, während der er mich gespannt zu betrachten schien, winkte er mit der zusammengerollten Fahne nach einer Stelle, die, auf meiner Höhe, etwa zwei-, dreihundert Meter entfernt, lag. Ich rief hinunter: »Gut!« und ging auf die angegebene Stelle zu. Bei genauem Absuchen der Umgebung fand ich denn auch einen im Zickzack nach unten verlaufenden holprigen Fußpfad, dem ich alsbald folgte.

Der Bahneinschnitt war außerordentlich tief und hatte ungewöhnlich steil abfallende Wände. Er war in eine weiche, klebrige Gesteinsart gehauen, die nasser und schlammiger wurde, je tiefer ich kam. Mein Abstieg zog sich daher genügend in die Länge, daß ich Zeit fand, mir das sonderbare Gehaben von Widerstreben oder Überwindung ins Gedächtnis zu rufen, mit dem der Mann mir den Pfad angegeben hatte.

Als ich auf dem Zickzacksteig tief genug hinuntergekommen war, um seiner wieder ansichtig zu werden, sah ich ihn zwischen den Schienen des Geleises stehen, auf dem der Zug vorhin vorübergefahren war, und zwar in einer Haltung, als warte er auf mein Erscheinen. Er stützte das Kinn in die linke Hand; der linke Ellbogen ruhte auf seiner rechten Hand an dem über die Brust gekreuzten Arm. In seiner Haltung lag so viel Gespanntheit und Wachsamkeit, daß ich einen Augenblick stutzend stehenblieb.

Ich setzte jedoch meinen Weg fort, und als ich auf dem Niveau der Bahnstrecke war und näher an ihn herankam, sah ich vor mir einen Mann mit blaßgelber Gesichtsfarbe, dunklem Haar und Bart und ziemlich starken Augenbrauen. Sein Dienstposten befand sich an dem einsamsten, trübseligsten Ort, den ich je gesehen hatte. Zu beiden Seiten eine triefend nasse Wand von zerklüftetem Gestein; bis auf einen Streifen Himmel jegliche Aussicht versperrt; in der einen Richtung war nur die krumme Verlängerung dieses Riesenverlieses zu sehen; in der andern endete der Blick in kurzem Abstand bei einem düsteren roten Licht und dem noch düstereren Eingang in einen schwarzen Tunnel, in dessen massivem Gewölbe eine grauenhafte, beklemmende, ekelerregende Luft herrschte. So wenig Sonnenlicht fand seinen Weg in diese Örtlichkeit, daß sie einen erdigen, tödlichen Geruch aushauchte, und so viel kalter Wind brauste hindurch, daß mich Frösteln befiel, als habe ich die Welt des natürlichen Lebens verlassen.

Der Mann regte sich nicht, bis ich so nah an ihn herangekommen war, daß ich ihn hätte berühren können. Er trat dann zwar einen Schritt zurück und hob die Hand, hielt jedoch noch immer seine Augen auf meine geheftet.

Ein einsamer Posten (sagte ich) sei das; als ich von dort oben heruntergeschaut hätte, sei mir das stark aufgefallen. Ein Besucher sei, nähme ich an, eine Seltenheit; hoffentlich keine unwillkommene. Er solle in mir nur einen Menschen sehen, dessen Leben bisher stets in engen Grenzen verlaufen und der nun, da er endlich seine Freiheit gewonnen, von einem neuerwachten Interesse für diese großartigen Bahnbauten beseelt sei. In diesem Sinn etwa sprach ich zu ihm; ich bin mir jedoch keineswegs mehr sicher hinsichtlich der Worte, die ich gebrauchte; denn, ganz abgesehen davon, daß ich mich nicht allzugut darauf verstehe, eine Unterhaltung anzuknüpfen, schreckte mich etwas an dem Gebaren des Mannes ab.

Er warf nämlich einen höchst sonderbaren Blick nach dem roten Licht an der Tunnelmündung, betrachtete es von allen Seiten, als ob etwas daran nicht stimme, und schließlich blickte er wieder mich an.

Das Licht dort gehöre doch zu seinen Obliegenheiten, nicht?

Mit leiser Stimme antwortete er: »Wissen Sie denn das nicht?«

Während ich darauf die starren Augen und das schwermütige Gesicht genau betrachtete, kam mir der ungeheuerliche Gedanke, ich habe keinen Menschen, sondern einen Geist vor mir. Ich habe seitdem darüber nachgedacht, ob er nicht geisteskrank gewesen sei.

Ich trat meinerseits einen Schritt zurück. Doch während ich das tat, entdeckte ich in seinen Augen eine geheime Furcht vor mir. Dies schlug jenen ungeheuerlichen Gedanken in die Flucht.

»Sie sehen mich an«, sagte ich, mich zu einem Lächeln zwingend, »als hätten Sie Angst vor mir.«

»Ich war mir nicht ganz sicher«, erwiderte er, »ob ich Sie nicht schon einmal gesehen hätte.«

»Wo?«

Er deutete nach dem roten Licht, nach dem er vorher geblickt hatte.

»Dort?« fragte ich.

Mich gespannt im Auge behaltend, antwortete er (jedoch tonlos): »Ja.«

»Mein guter Mann, was sollte ich dort tun? Aber wie dem auch sei, ich war nie dort, darauf können Sie schwören.«

»Ich könnte wohl schon«, erwiderte er. »Ja, ich bin überzeugt davon.«

Er wurde besserer Laune, wie ich auch. Er beantwortete meine Fragen bereitwillig und mit wohlgesetzten Worten. Ob er hier viel zu tun habe? Ja, das heißt: die Verantwortung, die er zu tragen habe, sei schon groß; vor allem aber verlange der Posten Gewissenhaftigkeit und Wachsamkeit, eigentliche Arbeit – körperliche Arbeit – habe er so gut wie gar keine. Das Signal zu stellen, die Lampen dort zu putzen und diesen Eisenhebel ab und zu zu drehen, das war alles, was er in dieser Hinsicht zu tun hatte. Was die vielen langen und einsamen Stunden angehe, von denen ich so viel Wesens zu machen scheine, so könne er nur sagen, daß sich der Ablauf seines Lebens nun einmal danach gestalte und er sich daran gewöhnt habe. Er habe hier durch Selbstunterricht eine Sprache erlernt, wenn man das gelernt nennen könne, daß er sie nur zu lesen verstehe und er sich über ihre Aussprache seine eigenen unzulänglichen Vorstellungen gemacht habe. Er habe sich auch mit Bruch- und Dezimalrechnung befaßt und sich ein wenig in der Algebra versucht; er sei jedoch nicht sehr begabt für Zahlen, wie das bei ihm schon als Knabe der Fall gewesen sei. Ob er, solange er Dienst habe, dauernd in diesem von feuchter Luft erfüllten Graben bleiben müsse und ob er nie aus der Enge dieser hohen Steinmauern in den Sonnenschein hinaufsteigen könne? Nun, das hinge von den Stunden und Umständen ab. Zu gewissen Zeiten sei auf der Strecke weniger Verkehr, das gelte auch für bestimmte Tages- und Nachtstunden. Bei schönem Wetter nehme er manchmal die Gelegenheit wahr, etwas über die unteren Schatten hinaufzusteigen; da er aber jederzeit durch die elektrische Klingel angerufen werden könne und er dann mit verdoppelter Unruhe darauf horche, so biete das nicht so viel Erholung, wie ich mir wohl vorstelle.

Er nahm mich dann mit in sein Häuschen, wo sich ein Kamin, ein Schreibpult mit einem Dienstbuch, in das er bestimmte Eintragungen zu machen hatte, ein Telegraphenapparat mit Einstellscheibe, Zifferblatt und Nadeln sowie das kleine Läutwerk befand, von dem er gesprochen hatte. Als ich äußerte, er werde mir wohl die Bemerkung nicht übelnehmen, daß er eine gute Erziehung genossen habe, ja (wie ich, hoffentlich ohne ihn zu kränken, sagen dürfe) vielleicht eine bessere, als sie seine jetzige Tätigkeit erfordere, sagte er, an derartigen Beispielen eines leichten Mißverhältnisses in diesem Betracht fehle es selten bei großen Menschengruppen; er habe gehört, daß das in den Fabriken wie auch in der Polizei so sei, ja sogar bei der letzten Zuflucht der Verzweifelten, beim Militär, und er wisse auch, daß das mehr oder weniger beim Personal jedes großen Bahnbetriebs der Fall sei. Er habe als junger Mensch (wenn ich das in dieser Hütte hier sitzend glauben könne, er selbst sei dazu kaum imstande) Naturphilosophie studiert und habe Vorlesungen gehört; aber dann sei er auf Abwege geraten, habe von seinen Anlagen schlechten Gebrauch gemacht, sei herunter- und nie wieder hinaufgekommen. In Klagen darüber auszubrechen, habe keinen Sinn. Wie man sich bette, so liege man halt; zu einer Änderung sei es für ihn längst zu spät.

All dies, was ich hier in ein paar kurzen Sätze zusammengezogen habe, brachte er in ruhigem Ton vor, während die ernsten Blicke seiner dunklen Augen zwischen mir und dem Feuer hin- und hergingen. Von Zeit zu Zeit warf er das Wort »Sir« ein, zumal wenn er von seiner Jugend sprach, als wolle er mir zu verstehen geben, daß er nicht den Anspruch mache, etwas anderes zu sein, als das, was er hier vorstellte. Einige Male wurde er von der Klingel unterbrochen, mußte Meldungen ablesen und beantworten. Einmal mußte er auch vor die Tür treten, eine Fahne hochheben, als ein Zug vorbeikam, und dem Lokomotivführer eine mündliche Mitteilung machen. Ich beobachtete, daß er bei der Ausführung dieser Obliegenheiten außerordentlich genau und gewissenhaft war; mitten in einem Wort brach er die Unterhaltung mit mir ab und schwieg, bis das erledigt war, was ihm zu tun oblag.

Mit einem Wort, ich würde diesen Mann als einen der

zuverlässigsten Menschen erachtet haben, die sich für diese Tätigkeit finden ließen, hätte es sich nicht zweimal ergeben, daß er sich plötzlich verfärbte, mitten im Gespräch stockte, den Kopf zu der Klingel hinwandte, ohne daß diese läutete, die (wegen der ungesunden feuchten Luft draußen geschlossen gehaltene) Hüttentür aufmachte und nach dem roten Licht neben der Tunnelmündung hinschaute. Beide Male lag, wenn er dann zum Feuer zurückkam, etwas Unerkläriches um ihn, eben dies, was ich, ohne mir darüber klarwerden zu können, bemerkt hatte, als wir noch in weitem Abstand voneinander waren.

Als ich mich zum Weggehen anschickte, sagte ich: »Ich habe fast den Eindruck, einen zufriedenen Menschen kennengelernt zu haben.«

(Leider muß ich zugeben, daß ich das sagte, um ihn zum Reden zu bringen.)

»Ich glaube, früher war ich das schon«, erwiderte er, so leise, wie er anfänglich gesprochen hatte, »aber ich bin beunruhigt, Sir, ich bin beunruhigt.«

Wenn er gekonnt hätte, hätte er die Worte wohl gern zurückgenommen. Doch er hatte sie ausgesprochen, und ich nahm sie rasch auf.

»Worüber? Was ist der Grund Ihrer Beunruhigung?«

»Das ist schwer mitzuteilen, Sir. Es ist sehr, sehr schwer, darüber zu sprechen. Wenn Sie mich wieder einmal besuchen sollten, will ich versuchen, es Ihnen zu sagen.«

»Aber ich habe unbedingt vor, Sie wieder einmal zu besuchen. Wann könnte das sein?«

»Morgen früh gehe ich hier weg, und ich habe um zehn Uhr abends wieder Dienst, Sir.«

»Ich komme gegen elf.«

Er dankte mir und begleitete mich hinaus. »Ich werde meine weiße Lampe hochhalten, Sir«, sagte er, immer in dem eigenartig leisen Ton, »bis Sie den Pfad nach oben gefunden haben. Wenn sie ihn gefunden haben, rufen Sie nicht! Rufen Sie auch nicht, wenn Sie oben sind!«

Bei seinem Gehaben kam es mir vor, als ob die Luft um mich kälter werde, aber ich sagte nur: »Gut denn.«

»Und wenn Sie morgen abend kommen, rufen Sie nicht! Darf ich zum Abschied eine Frage stellen? Wie kamen Sie vorhin dazu, zu schreien: ›Hallo-ah! Sie da unten!‹?«

»Das mag der Himmel wissen«, sagte ich. »Ich habe wohl etwas in diesem Sinn gerufen ...«

»Nicht in diesem Sinn, Sir. Es waren genau diese Worte. Ich habe sie wohl behalten.«

»Zugegeben, daß es genau diese Worte waren. Ich rief sie zweifellos, weil ich Sie hier unten sah.«

»Aus keinem andern Grund?«

»Welchen andern Grund könnte ich denn gehabt haben?«

»Hatten Sie nicht die Empfindung, sie würden Ihnen auf übernatürlichem Wege eingegeben?«

»Nein.«

Er wünschte mir eine gute Nacht und hob die Lampe hoch. Ich ging neben dem abwärts laufenden Geleise (mit dem unangenehmen Gefühl, es komme ein Zug hinter mir her), bis ich den Fußweg fand. Er war leichter hinauf- als hinabzusteigen, und ich gelangte ohne jeden Zwischenfall heim in mein Gasthaus.

Pünktlich zur verabredeten Stunde setzte ich am nächsten Abend meinen Fuß auf die erste Kehre des Zickzackwegs, als eben die Uhren in der Ferne elf schlugen. Unten auf der Sohle erwartete er mich mit seinem angezündeten weißen Licht. »Ich habe nicht gerufen«, sagte ich, als wir uns einander genähert hatten, »kann ich jetzt sprechen?« – »Selbstverständlich, Sir.« – »Also, guten Abend; hier ist meine Hand.« – »Guten Abend, Sir, und hier ist meine.« Darauf gingen wir Seite an Seite zu seinem Häuschen, betraten es, schlossen die Tür und setzten uns ans Feuer.

»Ich habe den Entschluß gefaßt, Sir«, fing er, sobald wir uns hingesetzt hatten, sich etwas vorbeugend und fast im Flüsterton, an, »Sie sollen mich nicht noch einmal fragen müssen, was mich beunruhigt. Ich habe Sie gestern für einen andern gehalten. Das beunruhigt mich.«

»Dieser Irrtum?«

»Nein. Dieser andere«

»Wer ist das denn?«

»Das weiß ich nicht.«

»Sieht er mir ähnlich?«

»Das weiß ich nicht. Ich habe nie sein Gesicht gesehen. Der linke Arm liegt überm Gesicht, der rechte Arm wird geschwenkt, heftig geschwenkt ... So.«

Ich folgte der von ihm ausgeführten Armbewegung mit dem Blick; die mit äußerster Leidenschaft und Heftigkeit ausgeführte Gebärde besagte: Um Gottes willen, Bahn frei!

»Es war in einer Mondnacht«, sagte der Mann, »ich saß hier, als ich schreien hörte: ›Hallo-ah! Da unten!‹ Ich sprang auf, schaute zur Tür hinaus und sah jenen andern beim roten Licht am Tunnel stehen und so winken, wie ich es Ihnen vorgemacht habe. Die Stimme schien heiser vom lauten Schreien: ›Aufpassen! Aufpassen!‹; dann wieder: ›Hallo-ah! Da unten! Aufpassen!‹ Ich nahm meine Lampe zur Hand, drehte sie auf Rot und lief auf die Gestalt zu, sie anrufend: ›Was ist los? Was ist geschehen? Wo?‹ Dicht neben dem schwarzen Loch des Tunnels stand die Gestalt. Ich ging auf sie zu, so nah, daß ich mit Staunen den über den Augen liegenden Ärmel erkennen konnte. Ich lief dicht heran, streckte meine Hand aus, um den Ärmel wegzuziehen, da war es verschwunden.«

»In den Tunnel hinein?«

»Nein. Ich lief wohl einen halben Kilometer in den Tunnel hinein. Da blieb ich stehen, hob meine Lampe hoch, erkannte die Entfernungsziffern, sah die feuchten Flecken an den Wänden und die tropfenden Rinnsale an der Wölbung. Schneller als ich hineingelaufen war, rannte ich hinaus (denn ein tödliches Grauen hatte mich gepackt), untersuchte mit meinem roten Licht die ganze Umgebung des roten Lichts am Tunnel, stieg die Eisenleiter zu dem Geländer darüber hinauf, stieg wieder herunter und lief dann hierher zurück. Ich ließ den Telegraphen nach beiden Richtungen spielen: ›Habe einen Notruf bekommen. Ist etwas nicht in Ordnung?‹ Von beiden Stationen kam die Antwort: ›Alles in Ordnung‹.«

Ich ließ es mich nicht anfechten, daß ich etwas spürte wie die Berührung eines eisigen Fingers, der meinem Rückgrat entlanglief, und versuchte ihm klarzumachen, diese Gestalt müsse eine optische Täuschung gewesen sein; solche Gestalten, deren Vorstellung auf eine Störung an den empfindlichen Nerven zurückgehe, die den Gesichtssinn in Funktion setzen, hätten schon oft Kranke erschreckt, die sich schließlich von der Natur dieser bedrückenden Erscheinung überzeugt, ja sie durch Experimente an sich selbst bewiesen hätten. »Was die eingebildeten Rufe angeht«, sagte ich, »so horchen Sie doch bloß einmal einen Moment auf den Wind in dieser künstlich geschaffenen Talrinne, während wir so leise sprechen, und auf die wüste Harfenmusik, die er auf den Telegraphendrähten spielt.«

Das sei alles ganz schön, entgegnete er, nachdem wir eine Zeitlang lauschend dagesessen hatten, er wisse ja wohl allerhand zu erzählen von Wind und Drähten, er, der so viele lange Winternächte hier allein auf Wache zugebracht habe. Aber er wolle nur bemerken, daß er noch nicht fertig berichtet habe.

Ich bat ihn um Verzeihung, und, meinen Arm berührend, fügte er langsam die folgenden Worte hinzu:

»Sechs Stunden nach dem Auftreten der Erscheinung ereignete sich das denkwürdige Unglück auf dieser Strecke, und zehn Stunden danach wurden die Toten und Verletzten aus dem Tunnel herausgebracht über die Stelle hinweg, an der die Gestalt gestanden hatte.«

Es überlief mich ein Schauer, gegen den ich ankämpfte, so gut es ging. Es lasse sich nicht leugnen, erwiderte ich, daß dies ein merkwürdiges Zusammentreffen sei, das sich einem gewiß stark aufs Gemüt legen könne. Andererseits sei es keine Frage, daß solche Zufälle sich dauernd ereigneten und daß sie bei der Betrachtung eines Vorkommnisses dieser Art berücksichtigt werden mußten. Obschon ich selbstverständlich einräumen müsse (denn ich merkte, er wolle diesen Einwand vorbringen), daß Leute mit gesundem Menschenverstand bei ihren gewöhnlichen Berechnungen im Leben auf Zufälle nicht viel Rücksicht nähmen.

Abermals bat er, sich die Bemerkung erlauben zu dürfen, daß er noch nicht mit seinem Bericht zu Ende sei.

Und ich meinerseits bat ihn wieder um Verzeihung dafür, daß ich mich zu Unterbrechungen hatte hinreißen lassen.

Wiederum seine Hand auf meinen Arm legend und mit hohlem Blick über seine Schulter zurückblickend, fuhr er fort: »Dies ereignete sich vor genau einem Jahr. Es vergingen sechs, sieben Monate; ich hatte mich von dem ausgestandenen Staunen und Schrecken erholt, als ich eines Morgens bei Tagesanbruch an der Tür stehend und nach dem roten Licht hinblickend, abermals des Gespenstes ansichtig wurde.« Er stockte und heftete seinen Blick auf mich.

»Rief es wieder?«

»Nein. Es schwieg.«

»Winkte es mit dem Arm?«

»Nein. Es stand, beide Hände vors Gesicht geschlagen, an den Signallaternenpfahl gestützt da. So.«

Wieder beobachtete ich seine Gebärde. Es war die Gebärde eines Trauernden. Bei Steinfiguren auf Gräbern habe ich schon Posen dieser Art gesehen.

»Gingen Sie auf es zu?«

»Ich trat ins Haus zurück und setzte mich nieder, teils, um meine Gedanken zu sammeln, teils, weil mir schwach geworden war. Als ich wieder zur Tür ging, war der Tag ganz angebrochen und der Geist verschwunden.«

»Doch es erfolgte nichts darauf? Es ergab sich nichts?«

Zweimal oder dreimal schlug er mir mit dem Zeigefinger auf den Arm, wobei er jedesmal gräßlich nickte: »An eben diesem Tag nahm ich an einem der Wagenfenster in einem aus dem Tunnel herauskommenden Zuge etwas wahr, was aussah wie ein Durcheinander von Händen und Köpfen, und gleichzeitig winkte etwas. Ich sah das gerade noch rechtzeitig, um dem Lokomotivführer das »Halt«-Signal zu geben. Er stellte den Dampf ab und zog die Bremse an, der Zug glitt jedoch noch gut hundertfünfzig Meter weiter. Ich lief ihm nach und hörte dabei furchtbares Schreien und Kreischen. In einem der Abteile war eine schöne junge Dame plötzlich tot vom Sitz gefallen; sie wurde nun hier hereingebracht und auf den Fußboden zwischen uns gelegt.«

Unwillkürlich schob ich meinen Stuhl zurück, als ich von den Brettern, auf die er deutete, nach ihm hinsah.

»Jawohl, Sir. So war es. Ich erzähle es Ihnen genau, wie es sich zugetragen hat.«

Es fiel mir schlechterdings nichts ein, was ich hierzu äußern könne; mein Mund war wie ausgetrocknet. Der Wind und die Drähte antworteten mit einem langgezogenen, wimmernden Laut.

Er fuhr fort: »Und nun, Sir, passen Sie auf und urteilen Sie dann darüber, daß ich beunruhigt bin. Vor einer Woche kam das Gespenst wieder. Und seitdem ist es immer wieder von Zeit zu Zeit aufgetaucht.«

»Bei dem Licht?«

»Ja, bei dem Notsignallicht.«

»Wie verhält es sich dabei?«

Mit wenn möglich noch gesteigerter Leidenschaft und

Heftigkeit wiederholte er die früher gemachte Gebärde, die ausdrückte: Um Gottes willen, Bahn frei!

Dann fuhr er fort. »Es läßt mir nicht Rast noch Ruh. Minutenlang hintereinander ruft es mir in qualvollem Ton zu: ›Heda, da unten! Aufpassen! Aufpassen!‹ Es winkt mir. Es läutet die Klingel hier ...«

Ich hielt mich an dieses Moment. »Hat es gestern abend geläutet, als ich hier war und Sie zur Tür gingen?«

»Zweimal.«

»Nun, sehn Sie einmal«, sagte ich, »wie Ihre Einbildungskraft Sie irreführt. Ich hatte die Augen auf die Klingel gerichtet und die Ohren darauf gespitzt, und, wenn anders ich ein Mensch mit gesunden Sinnen bin, so hat es während jener ganzen Zeit nicht geläutet. Nein, auch zu keiner andern Zeit, außer wenn auf Grund gesetzmäßig physikalischer Vorgänge das Läutwerk anschlug, sobald eine Station sich mit Ihnen in Verbindung setzte.«

Er schüttelte den Kopf. »Darin habe ich mich bisher nie getäuscht, Sir. Ich habe das Geisterläuten nicht mit dem von Menschenhand verwechselt. Wenn das Gespenst läutet, so geht ein sonderbares Zittern durch die Klingel, das sich auf nichts zurückführen läßt; ich habe auch nicht behauptet, daß sich das Läutwerk für das Auge sichtbar bewegt. Es wundert mich nicht, daß Sie es nicht zu hören vermochten. Aber ich habe es gehört.«

»Und schien das Gespenst da zu sein, als Sie hinausschauten?«

»Es war da.«

»Beide Male?«

»Beide Male«, sagte er in bestimmtem Ton. »Würden Sie jetzt mit mir zur Tür kommen und nach ihm ausschauen?«

Er biß sich auf die Lippen, als sei ihm das nicht ganz recht, aber er stand doch auf. Ich öffnete die Türe und stellte mich auf die Treppenstufe, während er im Türrahmen stehenblieb.

Da war das Notlicht. Da war der dumpfe Tunnelausgang. Da waren die hohen nassen Steinmauern des Bahneinschnitts. Und da waren die Sterne darüber.

»Sehen Sie es?« fragte ich ihn, sein Gesicht scharf ins Auge fassend. Seine Augen traten vor Anstrengung vor, aber kaum viel stärker, als das wohl bei mir der Fall gewesen wäre, wenn ich sie mit aller Kraft auf die gleiche Stelle gerichtet hätte.

»Nein«, antwortete er. »Es ist nicht da.«

»Ganz meine Meinung«, sagte ich.

Wir gingen ins Haus zurück und setzten uns wieder hin. Ich überlegte, wie ich mir den gewonnenen Vorteil, wenn man es als einen solchen bezeichnen darf, am besten zunutze machen könne, als er das Gespräch so sachlich wieder aufnahm, so überzeugend, daß kein ernstlicher Meinungszwiespalt zwischen uns bestehe, daß ich mich ihm gegenüber in der allerschwächsten Stellung fühlte.

»Sie werden nun völlig verstehen, Sir«, sagte er, »daß das, was mich so furchtbar beunruhigt, die Frage ist: Was meint das Gespenst?«

Ich wisse nicht, erwiderte ich ihm, ob ich ihn wirklich durchaus verstehe.

»Wovor warnt es?« sagte er grübelnd, die Blicke aufs Feuer gerichtet, von dem er sie nur hin und wieder abwandte, um mich anzublicken. »Was ist die Gefahr? Wo ist die Gefahr? Irgendwo schwebt Gefahr über der Strecke. Irgendein furchtbares Unglück steht bevor. Nach dem, was sich vorher begeben hat, läßt sich dieses dritte Mal nicht daran zweifeln. Jedenfalls verfolgt mich dieser Gedanke aufs entsetzlichste. Was kann ich tun?«

Er zog sein Taschentuch und wischte sich die Schweißtropfen von der erhitzten Stirn.

»Wenn ich nach einer der beiden Richtungen oder auch nach beiden das Morsezeichen ›Gefahr‹ sende, so kann ich keinen Grund dafür angeben«, fuhr er fort, sich die Handflächen trockenreibend. »Ich würde mir nur Scherereien zuziehen und nichts ausrichten. Man würde glauben, ich sei verrückt geworden. Das verliefe so: Meldung: ›Achtung! Gefahr!‹ Rückfrage: ›Was für Gefahr? Wo?‹ Meldung: ›Weiß ich nicht. Aber um Gottes willen, Achtung!‹ Ich würde glatt entlassen. Was kann ich also tun?«

Es war erbarmenswürdig mitanzusehen, wie er sich das Gehirn zermarterte. Es war die Seelenqual eines gewissenhaften Mannes, der sich über das erträgliche Maß hinaus von einer nicht näher definierbaren Verantwortung für Menschenleben bedrückt fühlte.

»Als er zum ersten Mal unter dem Notlicht stand«, sprach er weiter, seine dunklen Haare aus der Stirn streichend und mit seinen nach außen gekehrten Händen in einem Übermaß fiebernder Verzweiflung immer wieder über die Schläfen fahrend, »warum wurde mir nicht mitgeteilt, wo jenes Unglück sich ereignen werde, wenn es sich denn ereignen mußte? Warum wurde mir nicht mitgeteilt, wie es hätte verhütet werden können, wenn es hätte verhütet werden können? Wenn die Erscheinung bei ihrem zweiten Auftreten das Gesicht verhüllte, warum wurde mir nicht statt dessen mitgeteilt: ›Das Mädchen geht in den Tod. Behaltet es zu Hause!‹ Wenn das Gespenst diese beiden Male nur kam, um mir zu beweisen, daß seine Warnungen richtig waren, und mich dadurch auf die dritte vorzubereiten, warum warnt es mich jetzt nicht klar und deutlich? Und ich – Herr, steh mir bei! –, ich bin ja nur ein armseliger Streckenwärter auf diesem einsamen Posten! Warum geht es nicht zu einem, der so viel Ansehen hat, daß ihm Glauben geschenkt wird, und so viel Macht, daß er etwas unternehmen kann?«

Als ich ihn in diesem Zustand sah, wurde es mir klar, daß es mir, sowohl um des armen Menschen selbst wie um der öffentlichen Wohlfahrt willen, oblag, ihn zu beruhigen. Die ganze Auseinandersetzung über Wirklichkeit und Unwirklichkeit beiseiteschiebend, stellte ich ihm vor, daß ein jeder, der seinen Dienst gründlich versehe, nach bestem Wissen handeln müsse, und daß es zumindest ein Trost für ihn sei, daß er seinen Dienst verstehe, wenn er auch diese sinnverwirrenden Erscheinungen nicht begreife. Damit hatte ich mehr Erfolg als mit dem Versuch, ihm seine Überzeugung mit Vernunftgründen ausreden zu wollen. Er wurde ruhig; mit der vorschreitenden Nacht begannen auch die mit seinem Posten verbundenen Obliegenheiten seine Aufmerksamkeit stärker in Anspruch zu nehmen, und so verließ ich ihn gegen zwei Uhr morgens. Ich hatte mich erboten, die Nacht über bei ihm zu bleiben, aber davon wollte er nichts wissen.

Es besteht kein Grund dafür, damit hinter dem Berge zu halten, daß ich beim Aufstieg über den Pfad mehr als einen Blick zurückwarf auf das rote Licht, daß mir dieses rote Licht nicht geheuer war und daß ich wohl recht schlecht geschlafen haben würde, wenn meine Lagerstatt darunter gestanden hätte. Auch die beiden aufeinanderfolgenden Unglücksfälle und der Tod des Mädchens waren mir nicht geheuer. Auch dies zuzugeben, stehe ich nicht an.

Was meine Gedanken aber am meisten beschäftigte, war die Überlegung, wie ich mich verhalten solle, da ich nun einmal der Empfänger dieser Enthüllung geworden war. Ich hatte den Bahnwärter als einen intelligenten, wachsamen Mann befunden, der sich seinen Dienst sauer werden ließ und es damit genau nahm; aber wie lange mochte er das bei seinem jetzigen Geisteszustand bleiben? So untergeordnet die Stelle war, die er einnahm, so stand er doch immerhin an einem höchst wichtigen Vertrauensposten, und würde ich – beispielsweise – mein Leben aufs Spiel setzen wollen auf die bloße Möglichkeit hin, er werde seinen Posten auch weiterhin gewissenhaft ausfüllen?

Da ich mich des Gefühls nicht erwehren konnte, es bedeute etwas wie Verrat, wenn ich das, was er mir erzählt hatte, seinen Vorgesetzten bei der Bahngesellschaft mitteilen würde, ehe ich mit ihm selbst ins Reine gekommen sei und ihm einen Mittelweg vorgeschlagen hätte, entschied ich mich schließlich für das Anerbieten, ihn (ansonsten sein Geheimnis einstweilen für mich behaltend) zu dem besten Arzt, der sich in der Gegend finden ließ, zu begleiten, um dessen Ansicht einzuholen. Von der nächsten Nacht ab werde, hatte er mir mitgeteilt, eine Änderung seiner Dienststunden eintreten, dergestalt, daß er eine oder zwei Stunden nach Sonnenaufgang dienstfrei sein und kurz nach Sonnenuntergang erst wieder Dienst haben werde. Ich hatte mit ihm ausgemacht, dementsprechend wiederzukommen.

Am nächsten Abend war wunderschönes Wetter, so daß ich mich frühzeitig auf den Weg machte, um etwas von dem Abend zu haben. Die Sonne war noch nicht ganz untergegangen, als ich den Feldweg nahe dem oberen Rand des tiefen Bahneinschnitts überquerte. Ich wollte meinen Spaziergang auf eine Stunde ausdehnen; eine halbe Stunde hin und eine halbe Stunde zurück, rechnete ich mir aus, und dann würde es Zeit sein, mich zum Häuschen des Bahnwärters zu begeben.

Bevor ich jedoch weiterspazierte, trat ich zum Rand hin und schaute, von der Stelle, wo ich den Mann zum ersten Mal gesehen hatte, mechanisch nach unten. Wer beschreibt den Schauer, der mich überlief, als ich dicht beim Tunnelausgang die Erscheinung eines Mannes wahrnahm, der, den linken Arm über die Augen gedeckt, mit dem rechten ungestüm winkte!

Das namenlose Grauen, das mich befallen hatte, wich jedoch im nächsten Augenblick, denn gleich darauf erkannte ich, daß diese Erscheinung eines Mannes tatsächlich ein Mann war und daß in kurzem Abstand von ihm ein Grüppchen anderer Männer stand, dem er die vorher gemachte Gebärde zu wiederholen schien. Das Notlicht brannte noch nicht. An seinem Pfahl war ein niedriger, kleiner, mir völlig neuer Verschlag aus Holzstreben und geteerter Leinwand angebaut. Er sah nicht größer aus als ein Bett.

Mit der unabweisbaren Ahnung, daß da etwas nicht stimme, unter dem blitzhaft in mir aufsteigenden und von Selbstvorwürfen begleiteten Angstgefühl, daß verhängnisvolles Unheil entstanden sei, weil ich den Mann dort allein gelassen und niemand hingeschickt hatte, sein Tun zu überwachen oder zu berichtigen, stieg ich den holprigen Pfad so schnell hinunter, wie ich irgend vermochte.

»Was ist los?« fragte ich die Männer.

»Bahnwärter heute früh tödlich verunglückt, Sir.«

»Doch nicht der von dem Streckenhäuschen da?«

»Ja, Sir.«

»Aber nicht der, den ich kannte?«

»Wenn Sie ihn gekannt haben, dann werden Sie ihn ja wiedererkennen, Sir«, sagte der Mann, der für alle das Wort ergriffen hatte, wobei er feierlich seine Kopfbedeckung abnahm und dann einen Zipfel der Plache hochhob, »denn sein Gesicht zeigt ganz ruhige Züge.«

»Ja, wie ist denn das zugegangen, wie ist das nur zugegangen?« fragte ich, vom einen zum andern blickend, während das kleine Gerüst wieder zugedeckt wurde.

»Er wurde von einer Lokomotive erfaßt, Sir. Er verstand sein Handwerk besser als nur einer in England. Aber irgendwie ist er zu nahe an die Außenschiene gekommen. Es geschah am hellichten Tag. Er hatte das Licht angesteckt und die Lampe in der Hand. Als die Lokomotive aus dem Tunnel herauskam, hatte er sie im Rücken, und sie faßte ihn. Der Mann da fuhr sie und hat uns gezeigt, wie es passiert ist. Zeig's dem Herrn, Tom.«

Der Mann in dem groben dunklen Dienstanzug trat wieder zu der Stelle am Tunnelausgang, wo er vorhin gestanden hatte.

»Wie ich um die Kurve im Tunnel herumbog, Sir«, sagte er, »sah ich ihn am Ausgang wie durch ein Fernglas. Es war nicht Zeit genug, die Geschwindigkeit herabzusetzen, und ich kannte ihn ja als höchst vorsichtig. Da er dem Pfeifensignal keine Beachtung zu schenken schien, stellte ich, während wir auf ihn zufuhren, den Dampf ab und schrie ihm aus Leibeskräften zu.«

»Was schrien Sie ihm denn zu?«

»Ich schrie: ›Heda, da unten! Aufpassen! Aufpassen! Um Himmels willen, Bahn frei!‹«

Es gab mir einen Riß.

»Ach, Sir, es war ein furchtbarer Moment. Fortwährend schrie ich ihm zu. Ich legte diesen Arm vor die Augen, um nichts sehen zu müssen, und mit diesem hier winkte ich bis zur letzten Sekunde; aber es war umsonst.«

Ohne meinen Bericht dadurch ausdehnen zu wollen, daß ich bei einem der seltsamen Umstände länger verweile als bei dem andern, möchte ich zum Abschluß nur auf den schicksalhaften Zufall hinweisen, daß der Warnruf des Lokomotivführers nicht nur die Worte enthielt, die den unglückseligen Bahnwärter – wie er mir mehrfach angab – verfolgten, sondern auch die Worte, die ich selbst – nicht er –, und zwar im Stillen für mich, in die von ihm nachgeahmte Warngebärde hineingedeutet hatte.

Rudyard Kipling

Die gespenstische Rikscha

*Mögen böse Träume meine Lagerstätte meiden,
finstre Mächte mich in Ruhe lassen!
(Abendhymne)*

Einige der wenigen Vorzüge, die Indien vor England genießt, bestehen in der Leichtigkeit, mit der man Bekanntschaften schließt. Schon nach fünfjähriger Dienstzeit kennt man zwei- bis dreihundert Zivilpersonen, die Offizierskorps von zehn bis zwölf Regimentern und Batterien und etwa fünfzehnhundert Leute der nichtoffiziellen Kaste. Nach zehn Jahren können sich die Bekanntschaften verdoppelt haben, und nach zwanzig ist einem jeder Engländer im Kaiserreich geläufig – dem Namen nach oder von Angesicht zu Angesicht –, und man kann reisen, wohin man will, und die Hotelrechnung schuldig bleiben.

Weltenbummler, die die Inanspruchnahme der Gastfreundschaft als ein ihnen zustehendes Recht betrachten, haben, wie ich an mir selbst des öfteren erfuhr, häufig auch das herzlichste Entgegenkommen schmählich mißbraucht; dennoch stehen jedem nach wie vor alle Türen offen, er sei denn ein Wildschwein oder ein räudiges Schaf. – Unsere kleine Welt ist nachsichtig und hilfreich!

Vor ungefähr zehn Jahren war ein gewisser Rickett aus Kamartha bei einem Manne namens Polder in Kumaon zu Gast. Er wollte nur zwei Tage bleiben, aber er erkrankte an einem rheumatischen Fieber, und sechs Wochen hindurch brachte er Polders Hauswesen in Unordnung, hielt ihn von seiner Arbeit ab und wäre um ein Haar in Polders Bett gestorben. Polder benahm sich, als wäre er ihm in alle Ewigkeit verpflichtet, und schickt noch heute den kleinen Ricketts Jahr für Jahr eine Schachtel Spielzeug zu Weihnachten. Und ähnliches geschieht überall in Indien. Männer, die sonst nicht mit einer Meinungsäußerung zurückhalten, der oder jener sei ein unfähiger Esel – Frauen, die stets bei der Hand sind, beim Teeklatsch jemandes Charakter anzuschwärzen –, sie alle mühen sich ab bis zur Erschöpfung, wenn es gilt, einem Hilfsbedürftigen beizuspringen, zumal wenn er krank ist.

Zum Beispiel Heatherlegh, der Arzt, hatte neben seiner Privatpraxis auf eigene Kosten ein Hospital errichtet; seine Freunde nannten es »eine Gruppe einzelnstehender Schachteln für Unheilbare«, aber in Wirklichkeit war es eine Schirmstätte und ein Zufluchtsort für Leute, deren Kräfte unter dem Klima allzu schwer gelitten hatten. Das Wetter in Indien ist oft unerträglich schwül, und da das Gewicht der täglich zu schleppenden »Ziegel« kein geringes ist und die einzige Erholung im Tagwerk lediglich darin besteht, Überstunden machen zu dürfen, ohne dafür bezahlt zu werden, so kommt es vor, daß Menschen gelegentlich zusammenbrechen oder im Kopf so wirr werden wie die Metaphern in diesem Satz.

Heatherlegh ist der liebenswürdigste Arzt, der je gelebt hat. Sein immer sich gleichbleibendes Rezept für alle Kranken lautet: »Niedrig liegen, langsam gehen, ruhig bleiben.« – Er behauptet, daß mehr Menschen an Überbürdung stürben, als die Wichtigkeit der Welt rechtfertigen könne. – Tatsache ist, daß ein gewisser Pansay, der vor drei Jahren ihm unter den Händen starb, an Überarbeitung zugrunde ging. Als Autorität ist Heatherlegh natürlich maßgebend, und er lacht über meine Ansicht, daß nicht Überbürdung, sondern vielmehr ein Knacks in Pansays Hirn, entstanden durch Eindringen eines Bißchens aus der »Dunkeln Welt«, die wahre

Todesursache gewesen sei. »Pansay starb« – so sagt er – »lediglich an den Reizerscheinungen, die die Folge eines langen Urlaubs in Indien sind. Ob er sich nun als Schuft gegenüber Mrs. Keith-Wessington benommen hat oder nicht, hat damit nichts zu tun – die Arbeit in der Katabundi-Ansiedlung hat ihn zermürbt und zum Grübler gemacht, so daß er eine ganz gewöhnliche ›Wald-und-Wiesen-Liebelei‹ viel zu schwer nahm. Fest steht nur eins: er war mit Miß Mannering verlobt, und sie hat später die Verbindung gelöst. Dann traten Fiebererscheinungen bei ihm auf und mit ihnen der ganze Gespensterunsinn. Überanstrengung war die Ursache der Krankheit, verhinderte die Genesung und führte schließlich den Tod herbei. Die Schuld trägt ein System, das einem einzigen Menschen die Arbeit von zwei und einem halben aufbürdet.«

Ich kann Heatherleghs Meinung nicht teilen. Ich saß bisweilen bei Pansay, wenn ich nichts zu tun hatte und Heatherlegh bei anderen Patienten weilte. Der Kranke machte mich geradezu toll, wenn er bei solchen Gelegenheiten mit leiser, eintöniger Stimme die Prozession beschrieb, die er an seinem Bett vorüberziehen zu sehen behauptete; er hatte die Beredsamkeit eines Fieberkranken. Als es ihm später wieder ein wenig besser ging, riet ich ihm, die Geschichte von Anfang bis zu Ende niederzuschreiben; ich hoffte, es würde sein Gemüt beruhigen, wenn er sie sich vom Halse schriebe.

Er fieberte stark, als er sie zu Papier brachte, aber der Kolportagestil, dessen er sich dabei bediente, regte ihn womöglich noch mehr auf. Zwei Monate später war er nach Ansicht der Regierung wieder dienstfähig, aber er zog es im letzten Augenblick vor zu sterben, obwohl man seiner Arbeitskraft dringend bedurfte, um einer in Verlegenheit geratenen Unterkommission über ein nicht unbedenkliches Defizit hinwegzuhelfen. Bis zum letzten Atemzug schwor er, er würde von einer Hexe geritten. Ich erhielt sein Manuskript, noch ehe er verschied. Es war mit dem Jahresdatum 1885 versehen. Ich gebe es hier wörtlich wieder:

Mein Arzt sagt, ich hätte Ruhe und Luftwechsel nötig. Es ist nicht unwahrscheinlich, daß ich mir beides bald verschaffen werde – eine Ruhe, die weder der rotberockte Postbote noch der Mittagsgong jemals wieder werden stören können, und einen Luftwechsel, so gründlich, wie mir ihn nicht einmal ein Ozeandampfer ermöglichen könnte, der schnurstracks in die Heimat fährt. Es ist also das Gescheiteste, ich bleibe, wo ich bin, und schlage das Anraten des Arztes, doch nicht immer die ganze Welt ins Vertrauen zu ziehen, in den Wind. Jedermann soll die Ursache meiner Krankheit erfahren und selber beurteilen, ob es jemals auf dieser Erde einen vom Weibe geborenen Menschen gegeben hat, der so gequält wurde wie ich.

Wenn ich hier vielleicht Worte gebrauche, wie sie sonst wohl nur ein zum Tode verurteilter Verbrecher vor seiner Hinrichtung spricht, und meine Geschichte in gräßlichen Farben schildere – und so unglaublich sie auch klingen mag, Beachtung verdient sie jedenfalls –, so möge man mir verzeihen. Daß man mir nicht glauben wird, davon bin ich überzeugt. Hätte doch ich selbst noch vor zwei Monaten einen Menschen für verrückt oder betrunken gehalten, der kühn genug gewesen wäre, mir etwas Ähnliches zu erzählen.

Vor zwei Monaten war ich noch der glücklichste Mann in ganz Indien; heute gibt es keinen unglücklicheren, von Peschawar angefangen bis hinunter zum Meeresstrand. Mein Arzt und ich allein wissen das. Seine Erklärung, mein Gehirn, meine Augen und meine Verdauung seien angegriffen, und daher meine sich beständig wiederholenden »Sinnestäuschungen«. Ja, ja – Sinnestäuschungen! Ich schelte ihn einen Narren; trotzdem wartet er mir immer mit dem gleichen geduldigen Lächeln auf, mit denselben milden berufsmäßigen Manieren und seinem sorgfältig gekämmten roten Bart, bis er mich schließlich so weit hat, daß ich wirklich glaube, ich sei ein undankbarer, bösartiger Patient. Aber man urteile selbst!

Vor drei Jahren, auf der Rückkehr von einem langen Urlaub, hatte ich das Glück – das Unglück –, von Gravesend bis Bombay mit Agnes Keith-Wessington, der Gattin eines Offiziers aus der Umgebung von Bombay, auf demselben Dampfer zu fahren. Es geht niemand etwas an, zu welcher Kategorie von Frauen man sie hätte zählen können, es genügt, festzustellen: bevor noch unsere Reise zu Ende ging, waren wir beide bis zum Wahnsinn ineinander verliebt. Gott ist mein Zeuge, daß ich das nicht aus Eitelkeit sage! – In Liebesangelegenheiten ist immer ein Teil der Gebende und der andere der Empfangende. Vom ersten Tage unseres unglückseligen Verhältnisses an wußte ich, daß Agnes' Leidenschaft stärker und – wenn ich mich so ausdrücken darf – reinerer Empfindung war als die meinige und daß sie völlig unter diesem Bann stand. Ob sich Agnes derselben Erkenntnis bewußt war, weiß ich nicht. Später wurde sie uns beiden bitter klar.

Im Frühjahr in Bombay angekommen, ging jedes von uns seiner Wege; wir sahen einander drei oder vier Monate nicht wieder, bis mich mein Urlaub und sie ihre Liebe nach Simla führte. Dort verbrachten wir die Saison zusammen – dort brannte auch das Strohfeuer meiner Leidenschaft, noch ehe das Jahr zu Ende ging, nieder bis zum letzten Aschenrest. Ich verhehlte es ihr nicht. Ich will mich nicht besser machen, als ich bin! Mrs. Wessington hatte um meinetwillen bereits vieles geopfert und war bereit, alles aufzugeben.

Im August 1882 sagte ich ihr offen und brüsk, daß mich ihre Nähe krank mache, daß ich ihrer Gesellschaft müde sei, nicht einmal mehr den Klang ihrer Stimme vertrüge. Neunundneunzig unter hundert Frauen wären meiner längst überdrüssig geworden, mehr noch als ich ihrer; fünfundsiebzig hätten sich sofort an mir durch offensichtliches Kokettieren mit anderen Männern gerächt. Mrs. Wessington war die hundertste. Weder meine nicht mißzuverstehende Abneigung noch auch die verletzenden Roheiten, mit denen ich unsere Begegnungen ausschmückte, machten auf sie irgendwelchen Eindruck.

»Jack, mein Liebling«, war ihr ewiger Kuckucksruf, »es ist bestimmt nur ein Mißverständnis – ein häßliches Mißverständnis; wir werden eines Tages wieder die besten Freunde sein. Bitte, vergib mir, lieber Jack!«

Die ganze Schuld lag auf meiner Seite, und ich wußte es. Dies Bewußtsein verwandelte aber nur mein anfängliches Mitleid mit ihr in stumpfes Erdulden; dann wurde blinder Haß daraus, und gelegentlich regte sich in mir jener gewisse dunkle Trieb, der uns zwingt, in wilder Erregung eine Spinne zu zertreten, die tödlich verletzt zu unsern Füßen kriecht. Und mit solchem Haß in meinem Herzen verlebte ich die Saison 1882 bis zum Schluß.

Das nächste Jahr trafen wir uns abermals in Simla – sie mit ihrem monotonen Gesicht und den schüchternen Versöhnungsversuchen – ich jede Fiber meines Körpers erfüllt mit Widerwillen. Ich konnte nicht vermeiden, zuweilen mit ihr allein zusammenzutreffen, und bei solchen Gelegenheiten waren ihre Worte genau die gleichen. Immer derselbe unvernünftige Jammer, es läge lediglich ein »Mißverständnis« vor – stets die Hoffnung, wir würden dereinst noch die besten Freunde werden. Wäre ich nicht mit Absicht blind gewesen, ich hätte bemerken müssen, daß nur noch diese Hoffnung allein sie am Leben erhielt; sie wurde von Tag zu Tag durchsichtiger und abgezehrter.

Man wird mir zugestehen müssen, daß ihr Verhalten auch so manchen andern zur Verzweiflung getrieben hätte; es war, da ihre Liebe nicht erwidert wurde, kindisch und unweiblich.

Dann wieder – in dunkeln, fieberhaft durchwachten

Nächten – machte ich mir Vorwürfe, nicht gütiger zu ihr gewesen zu sein; aber wie hätte ich das sein können! Liebe heucheln, ohne sie zu empfinden – es wäre unser beider unwürdig gewesen.

Im letzten Jahr trafen wir uns noch einmal; wieder dasselbe Bild: die gleichen flehentlichen Bitten, dieselben rücksichtslosen Antworten von meinen Lippen! Ich wollte ihr endlich begreiflich machen, wie gänzlich verkehrt und hoffnungslos alle ihre Versuche wären, die früheren Beziehungen wiederherzustellen.

Je mehr die Saison vorrückte, desto seltener sahen wir uns – das heißt, ich vereitelte nach Möglichkeit die Zusammenkünfte, indem ich Beschäftigung aller Art vorschützte. Wenn ich mir heute in meinem Krankenzimmer die Begebnisse von damals wieder in Ruhe vergegenwärtige, erscheint mir die Saison 1884 wie ein wüster Traum, in dem Licht und Schatten sich phantastisch miteinander vermengen: mein Werben um die kleine Kitty Mannering, mein Hoffen, mein Zagen, meine Befürchtungen um sie, unsere gemeinsamen, weiten Spazierritte, mein schüchternes Liebesgeständnis, ihre Antwort – und zwischenhinein, als dunkler Schatten, das gelegentliche Vorübergleiten eines bleichen Gesichtes in jener Rikscha, gezogen von schwarz und weißlivrierten Dienern, nach der ich einst in früheren Tagen so eifrig ausgespäht – das Winken von Mrs. Wessingtons behandschuhter Hand –, und, wenn sie mich allein traf, was selten mehr geschah, die ermüdende Monotonie ihrer Bitten.

Ich liebte Kitty Mannering – habe sie ehrlich und von Herzen geliebt –, aber mit meiner Liebe zu ihr wuchs auch mein Haß gegen Agnes.

Im August verlobte ich mich mit Kitty. Tags darauf begegnete ich den verwünschten »Jhampanies« jenseits des Jakko, und von plötzlichem Mitleid ergriffen, blieb ich stehen – sagte Mrs. Wessington alles. Sie wußte es bereits.

»Ich habe von deiner Verlobung gehört, lieber Jack« – im selben Atemzug setzte sie hinzu –, »es ist bestimmt nur ein Mißverständnis – ein häßliches Mißverständnis. Wir werden sicher wieder die besten Freunde werden, wie wir es damals waren.«

Die Antwort, die ich gab, hätte auch einen Mann ins Herz getroffen – das sterbende Weib vor mir traf es wie ein Peitschenhieb. – »Bitte, vergib mir, Jack, ich wollte dich nicht erzürnen. Aber es ist wahr, es ist wahr!«

Und Mrs. Wessington brach vollständig zusammen. Ich wandte mich ab. Ließ sie ihres Weges ziehen. Einen Augenblick lang kam mir zu Bewußtsein, wie unsagbar niederträchtig ich mich benommen hatte, ich blickte mich nach ihr um und bemerkte, daß sie ihre Rikscha hatte wenden lassen. In der Absicht, mich wieder einzuholen, nahm ich an.

Die Szene lebt in allen Nebenumständen wie photographiert in meinem Gedächtnis fort: der regendunkle Himmel, die nassen, schwarzbraunen Kiefern, die schmutzige, durchweichte Straße und die düstern, zerklüfteten Klippen bildeten einen trüben Hintergrund, gegen den sich die schwarzweißen Livreen der Jhampanies, die gelblackierte Rikscha und Mrs. Wessingtons vornübergeneigter goldblonder Kopf scharf abhoben. Sie hielt ihr Taschentuch in der linken Hand und lehnte erschöpft in den Kissen der Kutsche. Ich lenkte mein Pferd in einen Seitenweg und raste buchstäblich davon, dem Sanjowlie-Staubecken zu. Einmal glaubte ich den schwachen Ruf »Jack« zu hören, aber es mag Einbildung gewesen sein. Ich hielt nicht an, um es festzustellen. Zehn Minuten später begegnete mir Kitty, ebenfalls zu Pferd; und in meiner Freude, mit ihr einen weiten Spazierritt machen zu dürfen, vergaß ich bald, was sich begeben hatte.

Eine Woche darauf starb Mrs. Wessington, und damit war die schreckliche Bürde ihres irdischen Daseins von mir genommen. Offen gestanden: ich fühlte mich überglücklich, und ehe drei Monate um waren, hatte ich alles, was sie betraf, so gut wie vergessen; nur hie und da, wenn mir gelegentlich einer ihrer alten Briefe in die Hände kam, erinnerte ich mich an unsere früheren Beziehungen. Im Januar suchte ich unter meinen Habseligkeiten zusammen, was noch von unserer Korrespondenz übrig war, und verbrannte es.

Anfang April des Jahres 1885 besuchte ich Simla zum letztenmal – das noch halb verödete Simla –, und wir vertieften uns in Liebesgespräche und köstliche Wanderungen – Kitty und ich; und wir beschlossen, gegen Ende Juni zu heiraten.

Ich liebte sie so heiß, daß ich nicht zuviel sage: ich hielt mich für den glücklichsten Mann in ganz Indien.

Vierzehn wonnevolle Tage waren nur so dahingeflogen, ehe ich mir sagte, ich müßte auch die äußere Form wahren. Ich eröffnete Kitty, sie müsse zum Zeichen ihrer Würde als Braut unbedingt einen Verlobungsring tragen, und bat sie, mit mir zu Hamilton, dem Juwelier, zu gehen, um sich ihn anmessen zu lassen. Bis dahin hatten wir tatsächlich keinen Augenblick Zeit gehabt, an derlei triviale Dinge auch nur zu denken.

Wir gingen zu Hamilton am 15. April 1885. Wenn auch mein Arzt es bestreitet, ich weiß genau: ich war damals vollkommen gesund, leiblich und geistig, und fühlte mich ruhig und harmonisch in jeder Hinsicht.

Kitty trat mit mir in den Juwelierladen, und dort nahm ich ihr selbst, entgegen allen üblichen Gepflogenheiten und Sitten, Maß zu dem Ring, wobei der Kommis verschmitzt lächelte.

Es war ein Ring mit einem Saphir und zwei Diamanten. Dann ritten wir den Abhang hinunter nach der Combermere-Brücke und Politis Restaurant.

Noch während mein Waliser Pferd sich vorsichtig seinen Weg über die lockeren Schieferplatten ertastete – noch während Kitty lachend und plaudernd mir zur Seite ritt –, noch während ganz Simla, das heißt, die wenigen Gäste, die aus der Ebene bereits zur Kur angekommen waren, sich im Lesezimmer und auf der Veranda Politis versammelten –, hörte ich, anscheinend aus weiter Ferne, jemand meinen Vornamen rufen. Die Stimme kam mir wohl bekannt vor, aber ich konnte mich nicht entsinnen, wann und wo ich sie früher schon einmal gehört hatte. Auf der kurzen Strecke zwischen Hamiltons Laden und dem ersten Pfeiler der Combermere-Brücke riet ich gewiß auf ein halbes Dutzend Personen, denen ich einen so albernen Witz zutrauen durfte, bis ich mir schließlich sagte, es müsse eine Gehörstäuschung gewesen sein.

Da, unmittelbar Politi gegenüber, blieb mein Auge wie gebannt an einer gelblackierten billigen Basar-Rikscha haften, die von vier Jhampanies in elsterfarbenen Livreen gezogen wurde, und sofort stand die verflossene Saison und mit ihr Mrs. Wessington lebendig vor meinem Geist.

Erregung und Widerwillen bemächtigten sich meiner: War es nicht genug, daß die Frau tot war und ich mit ihr fertig für immer? Mußten gerade jetzt, mitten in meinem Glück, ihre schwarzweißen Diener vor mir auftauchen und mir den Tag vergällen? Bei wem die vier Kulis jetzt auch angestellt sein mochten, ich nahm mir vor, den Mann aufzusuchen und mir von ihm die Gunst zu erbitten, er möge ihnen eine andere Livree geben; nötigenfalls wollte ich sie selbst in meinen Dienst nehmen und ihnen die Röcke vom Buckel wegkaufen. Ich kann gar nicht beschreiben, welche Flut von unleidlichen Erinnerungen mir ihr Anblick erweckte.

»Kitty«, rief ich, »schau, dort: die Jhampanies der unglücklichen Mrs. Wessington! Möchte gern wissen, bei wem sie jetzt in Diensten stehen!«

Kitty hatte Mrs. Wessington flüchtig gekannt und sie immer wegen ihres verhärmten Aussehens bemitleidet.

»Was? Wo?« fragte sie. »Ich sehe nichts.« Dabei spornte sie

ihr Pferd an, um einem beladenen Maulesel Platz zu machen, und ritt geradewegs auf die vorbeiziehende Rikscha los. Ich fand kaum Zeit, einen Warnungsruf auszustoßen, da waren auch schon Roß und Reiterin zu meinem namenlosen Entsetzen durch den Wagen und die ihn ziehenden Diener wie durch ein Luftgebilde hindurchgegangen.

»Was ist denn los?« rief Kitty. »Warum hast du eigentlich so ängstlich aufgeschrien? Wenn ich auch verlobt bin, so braucht es doch nicht gleich jeder Mensch zu merken. Es war doch wahrhaftig genug Platz zwischen dem Maultier und der Veranda, um durchzukommen. Oder glaubst du vielleicht, ich kann nicht reiten?« Und sofort setzte der kleine Eigensinn, das zierliche Köpfchen hoch erhoben, in einen kurzen Handgalopp der Musikkapelle zu, erwartend, wie sie mir später sagte, ich würde ihr ohne zu zögern folgen. Was war denn auch geschehen? Nichts, freilich. Gar nichts. Entweder ich war betrunken oder verrückt. Oder in Simla gingen die Teufel um. Ich zog die Zügel an, drehte um. Auch die Rikscha machte kehrt und stand nunmehr unmittelbar zwischen mir und dem Brückengeländer.

»Jack! Jack, mein Liebling!!«

Nein, diesmal konnte es kein Irrtum sein: die Worte dröhnten durch mein Gehirn, als schreie sie mir jemand ins Ohr.

»Jack, es ist ein Mißverständnis, ein häßliches Mißverständnis, ich weiß es gewiß. Bitte, Jack, vergib mir. Laß uns wieder die alten Freunde sein.«

Das Rikschaverdeck fiel zurück, und drin im Wagen – so wahr ich bei Tag heute den Tod ersehne und erflehe, den ich in der Nacht so fürchte –, drin im Wagen saß Mrs. Keith-Wessington, das Taschentuch in der Hand, den goldblonden Kopf auf die Brust gesenkt.

Wie lange ich – regungslos – hingestarrt haben mag, ich weiß es nicht. Die Frage eines Reitknechtes, der die Zügel meines Waliser Pferdes ergriffen haben mochte, ob ich krank sei, erweckte mich aus meiner Betäubung.

Vom Entsetzlichen zum Banalen ist nur ein Schritt: ich taumelte aus dem Sattel, stürzte zu Politi hinein und trank ein Glas Kirschschnaps. Ein paar Leute saßen um die Kaffeehaustische herum und erzählten sich Tagesklatsch; ihr Geschwätz beruhigte mich damals mehr, als die Tröstungen der Religion vermocht hätten. Ich mischte mich in die Unterhaltung, plauderte, lachte, riß Witze mit einem Gesicht, das bleich und entstellt gewesen sein muß wie das einer Leiche.

Einigen von ihnen fiel mein seltsames Benehmen offenbar auf, denn sie versuchten, mich von den übrigen Müßiggängern zu trennen; sie nahmen wahrscheinlich an, ich hätte zuviel über den Durst getrunken. Aber ich weigerte mich: ich klammerte mich an eine leere Unterhaltung, so wie ein Kind sich aus Furcht vor dem Dunkel der Nacht in die Gesellschaft von Erwachsenen flüchtet.

Ich hatte etwa zehn Minuten – mir erschien es wie eine Ewigkeit – ins Blaue hineingeschwätzt, da hörte ich draußen Kittys helle Stimme nach mir fragen; gleich darauf trat sie ins Zimmer und gedachte mich vermutlich wegen meines Ausbleibens zur Rede zu stellen. Irgend etwas in meinem Gesicht machte sie stutzen.

»Jack«, rief sie, »wo steckst du denn? Ist etwas geschehen? Bist du krank?« – So, direkt zu einer Lüge gezwungen, sagte ich, die Sonne hätte mich betäubt. Es war fast fünf Uhr nachmittags, und den ganzen Tag über war trübes Wetter gewesen; sofort sah ich meine Dummheit ein, verstrickte mich aber immer tiefer in alberne Ausreden, bis mir schließlich nichts anderes übrigblieb, als mit Kitty fortzugehen, voll Zorn über mich selbst und begleitet von dem spöttischen Gelächter der Kaffeehausgesellschaft. Draußen entschuldigte ich mich bei Kitty irgendwie – ich glaube, ich habe mich auf einen Ohnmachtsanfall ausgeredet – und verfügte mich schleunigst in mein Hotel.

Dort, in meinem Zimmer, setzte ich mich nieder, um vernünftig über den Fall nachzudenken. Hier bin ich, sagte ich mir vor, ich, Theobald Jack Pansay, ein wohlerzogener bengalischer Zivilbeamter im Jahre des Heils 1885, und wie mir scheinen will: bei klarem Verstand, vollkommen gesund, aber in einem Anfall von Entsetzen vertrieben von der Seite der Heißgeliebten durch das Phantom einer Frau, die vor acht Monaten gestorben ist und begraben wurde. Das waren Tatsachen, die sich nicht wegleugnen ließen. Als ich mit Kitty den Laden Hamiltons verließ, lag mir nichts ferner, als an Mrs. Wessington zu denken, und nichts kann weniger phantastisch sein als die Wegstrecke vor dem Restaurant Politi. Außerdem war heller Tag gewesen und die Straße voller Menschen; ich empfand es wie Hohn gegenüber jedem Gesetz der Glaubhaftigkeit und der Natur selbst, daß gerade da ein Gesicht aus dem Grabe erscheinen mußte. Und dann: Kittys Araberstute war mitten durch die Rikscha hindurchgegangen! Also auch die Hoffnung, es hätte möglicherweise eine andere, der Mrs. Wessington wunderbar ähnliche Frau drin gesessen und dieselbe Kutsche mit den elsterlivrierten Dienern gemietet gehabt, war dadurch zunichte gemacht. Und ebenso unerklärlich wie die Erscheinung blieb mir auch die Stimme, die ich gehört hatte.

Die tolle Idee überfiel mich, Kitty alles anzuvertrauen und sie zu bitten, mich auf der Stelle zu heiraten, damit ich in ihren Armen das Phantom in der Rikscha vergessen könne. Ich versuchte, mir einzureden, Beweis genug für die Unwirklichkeit des Begebnisses sei allein schon der Umstand, daß ich außer Mrs. Wessington auch die ganze Rikscha gesehen hätte, denn seit wann spuken nicht nur Menschen, sondern auch leblose Gegenstände? Nein: die Sache war und blieb absurd!

Am nächsten Morgen schrieb ich einen ellenlangen Reuebrief an Kitty und flehte sie an, mein sonderbares Benehmen vom verflossenen Nachmittag zu vergessen. Die Göttin meines Herzens war jedoch noch ziemlich unwirsch, als wir uns später trafen, bis es mir gelang, sie mit einer Beredsamkeit, auf die ich mich die ganze Nacht hindurch präpariert hatte, zu überzeugen, ich sei das Opfer eines Anfalls heftigen Herzklopfens gewesen – die Folge von Magenbeschwerden. Diese einleuchtende Entschuldigung verfehlte ihre Wirkung nicht: Kitty ritt mit mir aus. Aber der Schatten der ersten Lüge stand zwischen uns.

Nichts liebte sie so sehr wie einen Galopp um den Jakko herum. Nervenerregt noch von der Nacht her, suchte ich es ihr auszureden – schlug den Observatoriumshügel, Jutogh, die Boileaugungestraße vor –, kurz: alles mögliche, nur der Jakko sollte es nicht sein. Aber Kitty schmollte, schien gekränkt, und schließlich, um nicht abermals einen Mißton aufkommen zu lassen, gab ich nach, und wir schlugen den Weg nach Chota-Simla ein.

Nach alter Gewohnheit ritten wir die erste Strecke im Schritt, dann setzten wir uns, ungefähr eine Meile vor dem Kloster, in Galopp, da die Straße zum Sanjowlie-Staubecken glatt und eben ist. Die armen Pferde jagten nur so dahin; mir schlug das Herz schneller und schneller, je mehr wir uns der Steigung des Weges näherten. Schon vor Beginn des Rittes hatte ich beständig an Mrs. Wessington denken müssen, jetzt erinnerte mich jeder Zoll der Jakkostraße an sie, an die alten Zeiten, an unsere Spaziergänge, an unsere Gespräche! Die Meilensteine am Weg waren voll davon, die Pinien mir zu Häupten schrien mir es zu, die regengeschwollenen Rinnsale gurgelten und gluckten von der schmählichen Geschichte; der Wind sang mir meine Missetat ins Gesicht.

Der Höhepunkt des Grauens aber erwartete mich an der Straßenbiegung, die im Volksmund »Die Meile Unserer Lieben Frau« heißt.

Da! Wieder die vier Jhampanies in schwarz und weißer Livree! Wieder die gelbgestrichene Rikscha und – das goldblonde Haupt der Frau darin – alles genau so – aufs Haar genau –, wie es einst da gestanden vor acht Monaten und vierzehn Tagen! »Diesmal muß es Kitty sehen«, sagte ich mir schreckerfüllt, »sind wir doch so aufeinander abgestimmt und seelenverwandt!« Aber ihre ersten Worte schon belehrten mich eines Besseren.

»Keine Seele weit und breit!« rief sie. »Komm, Jack, rennen wir um die Wette bis zum Stauwerk!«

Und fort wie ein Pfeil schoß ihr sehniger, kleiner Araber; mein Waliser hinterdrein. Ein Galopp von einer halben Minute hatte eine Strecke von fünfzig Metern zwischen uns und die Rikscha gelegt! Bei den Klippen holte ich Kitty ein, parierte mein Pferd und – fuhr zusammen: mitten auf der Straße stand die Rikscha. Und abermals ging der Araber – durch sie hindurch; mein Waliser hinterdrein.

»Jack, mein Liebling! Jack, bitte vergib mir!« klang es mir nach in klagendem Ton. Und nach einer Weile: »Es ist ein Mißverständnis, wirklich nur ein häßliches Mißverständnis!«

Ich spornte meinen Gaul wie ein Besessener an. Als ich mich umwandte und, beim Staubecken angelangt, zurückblickte, sah ich, daß die Rikscha immer noch dastand: die schwarzweißen Livreen warteten davor, unbeweglich, geduldig, im grauen Bergschatten, und der Wind trug mir das höhnische Echo der Worte zu, die ich so oft schon gehört hatte.

Kitty neckte mich gehörig wegen meiner Schweigsamkeit während des Weiterreitens, zumal ich vorher lebhaft mit ihr geplaudert hatte. Wäre es um mein Leben gegangen, ich hätte kein Wort herausgebracht; von Sanjowlie bis zur Kirche schwieg ich wie ein Toter.

Abends sollte ich bei Mannerings speisen; es blieb mir

nur knappe Zeit, nach Haus zu reiten, um mich umzukleiden.

Unterwegs auf der Straße nach Elysium Hill wurde ich Zeuge eines Gesprächs, das zwei Männer miteinander in der Dämmerung führten: »Sonderbar«, sagte der eine, »wie von der Erde weggeblasen ist auch die letzte Spur von ihnen! – Du weißt ja, meine Frau war geradezu verliebt in die blonde Dame und hat mich beschworen, ich solle die alte gelbe Rikscha ihr zum Andenken kaufen und nachforschen, wo die vier Kulis geblieben seien, um sie mit Geld und guten Worten wieder zur Stelle zu schaffen. – Eine verrückte Idee, was? – Aber, was tut man nicht alles um des häuslichen Friedens willen! Jetzt denk dir mal, was der Wagenverleiher, den ich endlich ausfindig machte, mir berichtet hat! Alle vier Diener – es waren Brüder gewesen, die armen Teufel – sind an der Cholera gestorben, unterwegs nach Harvar! Und die Rikscha hat der Mann zertrümmert. Unglück brächten die Rikschas toter ›Memsahibs‹, hat er gesagt. Verrückt, was? Als ob die kleine arme Mrs. Wessington fähig gewesen wäre, irgend jemandes Glück zu zerstören, außer ihr eigenes!«

Ein krampfhaftes Lachen befiel mich bei diesen Worten – ein Lachen, das mich selbst erbeben machte. Es gab also wirklich und wahrhaftig Gespenster von Rikschas und – Dienerschaften im Jenseits! Wieviel Lohn wohl Mrs. Wessington ihren Leuten drüben zahlen mochte? Und wieviel Stunden hatten sie täglich zu tun? Und wohin sind sie jetzt gefahren?

Wie als sichtbare Antwort auf meine letzte Frage tauchte das infernalische Ding in diesem Augenblick in der Dämmerung vor mir auf. Ja, die Toten reiten schnell und kennen Wegabkürzungen, von denen gewöhnliche Kulis keine Ahnung haben. – Und wieder mußte ich laut auflachen, biß die Zähne zusammen, um es zu ersticken; ich fürchtete, wahnsinnig zu werden. – Bis zu einem gewissen Grade muß ich wohl auch wahnsinnig gewesen sein, denn ich erinnere mich, daß ich an die Rikscha heranritt und Mrs. Wessington einen guten Abend wünschte. Die Antwort, die sie mir gab, war mir geläufig! Ich hörte sie mir bis zu Ende an und erwiderte, alles das hätte ich schon oft aus ihrem Munde vernommen, und ich würde mich glücklich schätzen, einmal etwas anderes zu hören. – Ein boshafter Teufel muß damals Macht über mich gehabt und mich geritten haben, denn ich entsinne mich dunkel, ich schwätzte dem gespenstischen »Ding« da vor mir vielleicht fünf Minuten lang von allerlei Tagesklatsch.

»Ein gänzlich übergeschnappter armer Teufel – oder ist er betrunken? – Max, geh, bring ihn nach Haus!« hörte ich sagen. – Das war bestimmt nicht Mrs. Wessingtons Stimme!

Die zwei Männer hatten mich offenbar in die leere Luft hineinreden hören und waren umgekehrt, um nach mir zu sehen. Sie benahmen sich sehr freundlich und rücksichtsvoll, aber aus ihren Worten ging deutlich hervor, daß sie mich für schwer bezecht hielten.

Ich dankte ihnen verwirrt, galoppierte nach meinem Hotel, zog mich um und kam zehn Minuten zu spät zu Mannerings. Ich entschuldigte mich mit der Dunkelheit auf den Straßen, wurde von Kitty wegen meiner eines Verlobten und Verliebten höchst unwürdigen Unpünktlichkeit ein wenig ausgescholten und setzte mich zu Tisch.

Eine lebhafte Unterhaltung war bereits im Gange; unter dem Deckmantel der infolgedessen von uns abgelenkten Aufmerksamkeit plauderte ich zärtlich mit Kitty, da wurde ich plötzlich gewahr, daß ein am unteren Ende des Tisches sitzender Herr – er war von gedrungener Gestalt und trug einen roten Backenbart – mit allerlei Ausschmückungen die Schilderung eines Erlebnisses zum besten gab, das er an diesem Abend mit einem Wahnsinnigen auf der Straße gehabt hatte.

Einige Sätze gaben mir die Gewißheit, daß er von meinem Falle sprach, der sich vor einer halben Stunde abgespielt hatte. Mitten in seiner Erzählung ließ er in der Runde der Gesellschaft seine Blicke schweifen, gewissermaßen Beifall erwartend, wie das Leute, die fesselnd zu plaudern verstehen, zu tun gewohnt sind. Dabei begegneten sich unsere Augen, und mitten im Satz brach er ab. – Ein verlegenes Schweigen trat ein, dann murmelte der rotbärtige Herr etwas wie »der Schluß sei ihm entfallen« und opferte seinen Ruf als glänzender Anekdotenerzähler, den er sich im Lauf von sechs Saisons erworben. Ich segnete ihn aus tiefstem Herzen und machte mich über die Fischmayonnaise her.

Das Diner war zu Ende, und nur schwer konnte ich mich von Kitty trennen, innerlich fest überzeugt, daß mich draußen vor der Tür – mein Schicksal erwarte.

Der rotbärtige Herr, der mir als Dr. Heatherlegh aus Simla vorgestellt worden war, erbot sich, mich ein Stück Weges zu begleiten, zumal wir dieselbe Strecke zurückzulegen hätten. Ich nahm sein freundliches Anerbieten dankbar an.

Meine Ahnung hatte mich nicht getäuscht: mitten auf dem Korso wartete es auf mich – das Rikscha-Phantom, teuflisch und höhnisch –, wie ein Tiefseefisch mit glühendem Laternenauge; der rotbärtige Herr aber ging sofort auf sein Ziel los in einer Weise, die mich erkennen ließ, daß er schon an der Tafel darüber nachgedacht haben mußte.

»Hören Sie, Pansay, was zum Kuckuck war eigentlich heute mit Ihnen los auf der Elysiumstraße?«

Die Frage kam so plötzlich und unerwartet, daß sie mir die Antwort entriß, ehe ich noch Zeit zur Überlegung fand.

»Das da!« sagte ich und deutete auf die Erscheinung. – »Das da«, sagte Dr. Heatherlegh gelassen, »kann entweder D.T. – Delirium tremens – sein oder mit den Augen zusammenhängen. Daß Sie kein Trinker sind, habe ich schon bei Tisch gesehen, D.T. kann es also nicht sein. Dort, wohin Sie deuten, ist überhaupt nichts zu sehen; dennoch sind Sie in Schweiß gebadet und zittern wie ein erschrecktes Pony.

Ich schließe daraus, daß es an den Augen liegt. Und was das anbelangt, kenne ich mich aus. Kommen Sie doch mit zu mir! Ich wohne in der Untern Blessingtongasse.«

Zu meiner größten Freude war die Rikscha, statt auf uns zu warten, etwa zwanzig Meter vorausgefahren, und diese Distanz blieb immer die gleiche, ob wir nun im Schritt ritten, trabten oder galoppierten.

Im Laufe dieses langen nächtlichen Rittes habe ich Dr. Heatherlegh so ziemlich alles erzählt, was ich erlebt hatte.

»Eigentlich haben Sie mir bei Tisch eine meiner besten Geschichten verpatzt, aber ich verzeihe Ihnen«, sagte er, »denn Sie haben viel durchgemacht. Bleiben Sie bei mir und tun Sie, was ich Ihnen raten werde. Wenn Sie dann wieder gesund sind, lassen Sie sich's eine Lehre sein und meiden Sie in Zukunft Weiber und andere unverdauliche Speisen bis zum Tod!«

Die Rikscha hielt sich beständig vor uns, und meinem rotbärtigen Freund schien es jedesmal einen Riesenspaß zu bereiten, wenn ich ihm genau die Stelle bezeichnete, wo sie sich befand.

»Die Augen sind's, Pansay, – ich hab's mir gleich gedacht! Die Augen, das Gehirn und der Magen. Vor allem: der Magen. Sie haben das Gehirn zu viel, den Magen zu wenig belastet und außerdem die Augen überanstrengt. Ist erst einmal der Magen wieder in Ordnung, dann folgt das übrige von selbst, und das ganze dumme Zeug hat ein Ende. Ich werde die Kur selbst in die Hand nehmen. Sie sind ein viel zu interessantes Phänomen, als daß ich Sie einem anderen überließe.«

Mittlerweile waren unsere Pferde in den tiefen Schatten eingetreten, in dem der abfallende Teil des Blessington-weges liegt. Die Rikscha machte plötzlich halt unter einer von Schwarzkiefern gekrönten, überhängenden Schieferklippe. Unwillkürlich riß ich mein Pferd zurück und erklärte Heatherlegh, weshalb. Er stieß einen Fluch aus:

»Wenn Sie vielleicht glauben, ich hätte Lust, eine kalte Nacht hier in den Bergen zu verbringen, bloß einer Augen-, Magen- und Gehirnreizung zuliebe, dann – um Gottes willen! Was ist das?« – Ein dumpfes Dröhnen, eine Staubwolke dicht vor uns, ein Krachen von brechenden Ästen, und kaum zehn Meter von der Klippe entfernt stürzten Kiefern, Unterholz, Steine und Erde herab, im Nu fast die ganze Straße versperrend. Wie trunkene Riesen schwankten die entwurzelten Bäume einen Augenblick in der tiefen Dunkelheit hin und her, dann fielen sie mit Donnergetöse zu Boden. Unsere beiden Pferde standen wie gebannt, schaumbedeckt vor Schreck. Als endlich wieder Stille eintrat, murmelte Dr. Heatherlegh: »Mann, wenn wir weitergeritten wären, lägen wir jetzt zehn Fuß tief im Grabe! Es gibt Dinge zwischen Himmel und Erde – aber kommen Sie nach Haus, Pansay, und danken Sie Gott! Ich muß einen Kognak trinken.«

Wir ritten ein Stück zurück, wählten den Weg über die Kirchbrücke und kamen kurz nach Mitternacht in Dr. Heatherleghs Wohnung an.

Er nahm mich sofort in Behandlung, und eine Woche lang ließ er mich nicht aus den Augen. Wie oft im Laufe dieser Woche habe ich meinem Schicksal gedankt, daß es so gnädig gewesen war, mich dem besten und gütigsten Arzt Simlas in die Arme zu führen; von Tag zu Tag wurde mir leichter und wohler zumute. Von Tag zu Tag bekehrte ich mich mehr zu Dr. Heatherleghs Theorie, daß alles nur Sinnestäuschung, entstanden durch Augen-, Magen- und Gehirnreizung, gewesen sei. Kitty schrieb ich, ich hätte mir bei einem Sturz vom Pferd den Fuß verstaucht, daß ich aber hergestellt sein würde, noch ehe sie Zeit hätte, meine Abwesenheit schmerzlich zu empfinden.

Heatherleghs Kur war höchst einfach; sie bestand aus Leberpillen, kalten Bädern und körperlicher Anstrengung in der Abenddämmerung oder frühmorgens, denn, wie er bemerkte: »Ein Mann mit verrenktem Fuß läuft tagsüber nicht zehn Meilen weit, ohne zu riskieren, seiner Braut zu begegnen, die große Augen machen würde, wenn sie ihn so flott laufen sähe.«

Am Schluß der Woche, nach langen sorgfältigen Untersuchungen meiner Pupillen und meines Pulses und strengen Verhaltungsmaßregeln hinsichtlich meiner weiteren Lebensführung, soweit es Diät und körperliche Bewegung betraf, entließ er mich ebenso kurz angebunden, wie er mich aufgenommen hatte. Hier der Segensspruch, den er mir zum Abschied gab: »Mensch! Ich erkläre Sie für gesund, was soviel heißen will wie: Ich habe die meisten Ihrer Leibesbeschwerden beseitigt. Packen Sie jetzt Ihre sieben Sachen und enteilen Sie zu Ihrer heißgeliebten Kitty!«

Ich wollte ihm meinen Dank für seine Güte aussprechen; er schnitt mir das Wort ab: »Glauben Sie doch nicht, ich hätte es aus Liebe zu Ihnen getan! Im Gegenteil, ich neige sogar zu der Ansicht, daß Sie sich damals wie ein Hinterwäldler in der gewissen Angelegenheit benommen haben. Aber sei dem, wie ihm wolle, ein seltsames Phänomen sind Sie, ein ebenso seltsames Phänomen, wie Sie es als Hinterwäldler waren. – Nein, bitte, kein Geld! Gehen Sie jetzt und sehen Sie zu, ob Sie das Augen-Magen-Gehirn-Gespenst wiederfinden können! Ich zahle Ihnen fünftausend Pfund, wenn es Ihnen gelingt!«

Eine Stunde später saß ich mit Kitty in dem Besuchszimmer der Mannerings – trunken vor Glück und berauscht von dem Gefühl der Gewißheit, daß »es« mich hinfort nie wieder durch seine Erscheinung stören würde. Im frohen Bewußtsein der wiedergefundenen Selbstsicherheit schlug ich Kitty vor, auf der Stelle einen Galopp – und zwar rund um den Jakko – zu unternehmen.

Noch nie in meinem Leben hatte ich mich so wohl gefühlt, so geladen mit Lebenskraft und Frohsinn wie damals nachmittags am 30. April. Kitty war entzückt über mein gutes Aussehen und beglückwünschte mich in ihrer reizenden offenherzigen Art. Wir verließen Mannerings Haus zusammen, lachend und miteinander plaudernd, und schlugen, wie gewöhnlich, den Weg nach Chota-Simla ein.

Ich konnte es gar nicht erwarten, das Sanjowlie-Staubecken zu erreichen, um dort das Gefühl meiner wiedergewonnenen inneren Sicherheit noch zu verstärken; die Pferde griffen aus, was sie konnten, aber in meiner Ungeduld schien es mir noch viel zu langsam. Kitty konnte sich gar nicht genug darüber wundern. »Jack, du bist ja wie ein Kind!« rief sie. »Was ist denn mit dir?«

Wir befanden uns bereits unterhalb des Klosters, und aus reinem Übermut ließ ich meinen Waliser kurbettieren, ihn mit der Schleife meines Reitstockes kitzelnd. »Was mit mir los ist, Liebste?« antwortete ich. »Nichts! Das ist es ja eben, daß ich so fröhlich bin! Wenn du eine Woche nichts getan hättest, als ruhig dazuliegen, wärest du auch so ausgelassen wie ich!«

»*Von Singen und Jauchzen den Busen geschwellt,*
zu fühlen: Wir leben! Nur wir allein!
Oh, Herr der Natur, Herr der sichtbaren Welt,
Herr unsrer fünf Sinne zu sein!«

Ich hatte das Zitat kaum zu Ende gesprochen – wir waren um die Ecke beim Kloster gebogen, und wenige Meter vor uns öffnete sich der Ausblick auf Sanjowlie –, da standen mitten auf der ebenen Straße: die schwarz und weißen Livreen, die gelbgestrichene Rikscha, und drin Mrs. Keith-Wessington! Ich riß mein Pferd zurück, starrte hin und rieb mir die Augen und muß wohl irgend etwas gestammelt haben – das nächste, woran ich mich erinnern konnte, war, daß ich mit dem Gesicht nach unten auf der Erde lag und daß Kitty weinend neben mir kniete.

»Ist – es – fort – Kind?« keuchte ich. Kitty weinte nur noch heftiger.

»Was – was soll denn fort sein, Jack?« schluchzte sie. »Was bedeutet denn das alles? Wovon sprichst du? – Es muß da irgendein Mißverständnis vorliegen – ein häßliches Mißverständnis, Jack!« – Ihre letzten Worte ließen mich emporschnellen.

Ich war wie rasend; der Wahnsinn griff nach mir.

»Ja«, schrie ich – »ja, es – es besteht ein – Mißverständnis, ein – häßliches Mißverständnis! Da, schau ›es‹ dir an!«

Ich entsinne mich dunkel: ich zog Kitty am Handgelenk über die Straße an die Stelle, wo – »es« – stand, ich beschwor sie, »es« anzureden und zu sagen, daß wir verlobt seien und weder Tod noch Hölle unsern Bund zerreißen könne, und – Kitty allein weiß, was ich sonst noch alles daherredete. Wieder und immer wieder beschwor ich das Schreckgespenst in der Rikscha leidenschaftlich, doch Einsicht zu haben und mich von der Qual zu befreien, die mich noch töten würde. – Vermutlich habe ich in meiner besinnungslosen Aufregung dabei Kitty alle meine früheren Beziehungen zu Mrs. Wessington enthüllt, denn ich sah sie mit bleichem Gesicht und blitzenden Augen mir zuhören.

»Ich danke Ihnen, Mr. Pansay«, sagte sie, als ich zu Ende war, »das genügt mir. – Reitknecht, ghora lao.«

Gleichmütig, wie Orientalen meistens sind, kamen die Reitknechte langsam mit den wieder eingefangenen Pferden angeritten; Kitty sprang in den Sattel, ich faßte ihre Zügel, beschwor sie, mich anzuhören – mir zu verzeihen. Ihre Antwort war ein Hieb mit der Reitpeitsche, der mir eine blaue Strieme über das Gesicht zog vom Mund bis zum Auge. – Und ein Wort des Lebewohls, das ich noch jetzt mich scheue niederzuschreiben. – Da schwand mir jeder Zweifel; Kitty wußte alles, auch das Letzte. Ich taumelte zu der Rikscha hin, mein Gesicht blutete. Ich verachtete mich selbst.

Da kam Heatherlegh, der Kitty und mir in einiger Entfernung gefolgt sein mußte, angaloppiert. »Doktor«, sagte ich und wies auf mein Gesicht, »hier die Unterschrift Miss Mannerings; sie hat unsere Verlobung gelöst – aber Ihre fünftausend Pfund gedenke ich nächstens einzukassieren.«

Das Gesicht, das Heatherlegh zu meinen Worten schnitt, reizte mich trotz meinem grenzenlosen Jammer zum Lachen.

»Ich setze meinen Ruf als Arzt zum Pfand«, begann er.

»Seien Sie kein Narr«, murmelte ich. »Ich habe mein Lebensglück verloren – Sie täten besser, mich heimzubringen.«

Noch während ich sprach, verschwand die Rikscha. Ich fühlte, daß mich das Bewußtsein verließ: der Gipfel über dem Jakko schien sich zu heben, begann zu schweben wie eine Wolke und senkte sich im Fallen auf mich nieder.

Sieben Tage später – es war der 7. Mai – erwachte ich in Heatherleghs Zimmer, schwach wie ein kleines Kind. Heatherlegh, an seinem Schreibtisch hinter einem Stoß von Papieren sitzend, beobachtete mich scharf. Die ersten Worte, die er an mich richtete, klangen nicht besonders ermutigend, aber ich war zu erschöpft, als daß sie einen tiefen Eindruck auf mich hätten machen können.

»Miss Kitty hat Ihnen Ihre Briefe zurückgeschickt«, begann er. »Eine hübsche Menge habt ihr junges Volk da zusammengeschrieben! – Und hier ist ein Päckchen, das sieht so aus, als läge ein Ring drin. Auch eine gewisse Art Liebesbillett von Papa Mannering ist angekommen, das zu lesen und sofort zu verbrennen ich mir die Freiheit genommen habe. Der alte Herr scheint Ihnen nicht mehr sehr gewogen zu sein.«

»Und Kitty?« fragte ich, halb betäubt.

»Ist fast noch mehr aufgebracht als ihr Vater – nach dem zu schließen, was sie schreibt. Ich entnehme daraus, daß Ihnen eine Menge von seltsamen Erinnerungen entschlüpft sein muß, just, bevor ich Sie traf. – Sie sagt, ihrer Ansicht nach solle sich ein Mann, der einer Frau gegenüber gehandelt hat wie Sie gegenüber Mrs. Wessington, schon aus Rücksicht auf seine Blutsverwandten selber niederknallen. Sie ist halt eine kleine hitzköpfige Amazone, Ihr Schatz. Behauptet auch steif und fest, Sie hätten einen Anfall von Delirium tremens gehabt – damals, als Sie sich auf der Jakkostraße überschlugen. – Beteuert: sie wolle lieber sterben, als jemals wieder ein Wort mit Ihnen sprechen.«

Ich stöhnte auf und wälzte mich in meinem Bett auf die andere Seite.

»Sie müssen jetzt Ihrerseits eine Entscheidung treffen«, fuhr Heatherlegh fort, »lieber Freund! Die Verlobung muß offiziell gelöst werden. Und die Mannerings wollen ja auch gern ein Auge zudrücken. – Soll also Delirium tremens oder Epilepsie der Vorwand sein? Es tut mir leid, aber ich kann Sie vor keine mildere Wahl stellen. Höchstens vielleicht: erbliche Belastung. Sprechen Sie das Wort aus, und ich werde den Leuten die Mitteilung in gewählter Form zukommen lassen. Ganz Simla weiß doch von der Szene auf der ›Meile Unserer Lieben Frau‹. Raffen Sie sich auf! Ich lasse Ihnen fünf Minuten Zeit.«

Ich glaube, ich habe in jenen fünf Minuten die fürchterlichsten Tiefen der Hölle durchwandert, die ein Mensch, solange er auf Erden weilt, betreten kann. Zunächst sah ich mich selbst in den dunklen Labyrinthen des Zweifels, des Jammers und der äußersten Hoffnungslosigkeit umhertaumeln. Ich hatte bis zum letzten Augenblick sowenig wie Heatherlegh eine Ahnung, welche der drei schrecklichen Alternativen ich ergreifen würde. Dann hörte ich plötzlich eine Stimme, die meine eigene gewesen sein muß, antworten:

»Sie sind schauderhaft einseitig, was die Moralität hier anbelangt, Heatherlegh! – Schreiben Sie den Mannerings, ich wähle Epilepsie, wenn's Ihnen in den Kram paßt; ich stelle es Ihnen anheim, Sie mögen darüber verfügen, wie – auch über meine Liebe. – Lassen Sie mich jetzt noch ein bißchen schlafen, Doktor!«

Dann vereinigten sich meine beiden Ichs, und nur eines blieb zurück – das eine, halb wahnsinnige, vom Teufel gehetzte, das sich im Bette herumwälzte und Schritt um Schritt zurückwanderte in die Begebnisse des verflossenen Monats.

»Ich – bin – in – Simla«, sagte ich mir unablässig vor, »ich, Jack Pansay, bin in Simla, und Geister gibt es hier nicht. Es ist unvernünftig von der Frau, mir das Gegenteil beweisen zu wollen. Warum läßt sie mich nicht in Ruhe? Ich habe ihr doch nie etwas zuleide getan. Gerade so gut wie sie, hätte auch ich sterben können! Nur wiedergekommen wäre ich nie, um sie zu ermorden. Sie aber kommt zurück. – Warum läßt sie mich nicht ruhig und glücklich sein?«

Es war später Nachmittag, als ich erwachte; früher Morgen war's gewesen, bevor ich in Schlaf verfiel – in den Schlaf, der das Opfer auf dem Streckbett befällt, wenn der Schmerz so furchtbar geworden ist, daß es ihn nicht mehr empfindet.

Am nächsten Tag war ich außerstande, das Bett zu verlassen. Heatherlegh erzählte mir, eine Antwort der Mannerings sei eingetroffen (dank seiner freundlichen Bemühung), daß die Nachricht von meiner Erkrankung bereits in ganz Simla die Runde gemacht habe und man mich allgemein bedaure. »Das ist eigentlich mehr, als Sie verdienen«, fügte er scherzhaft hinzu, »obwohl Sie durch eine scharfe Mühle gegangen sind, das weiß Gott. – Macht nichts: kurieren werde ich Sie doch, Sie verdrehtes Phänomen.«

Ich bat ihn allen Ernstes, sich und mir das zu ersparen. »Sie haben mir sowieso schon viel zuviel Güte angedeihen lassen, altes Haus!« sagte ich. »Ich möchte Sie wahrhaftig nicht noch weiter bemühen.« – Ich wußte in meinem Herzen nur zu gut, daß er mir die Bürde, die auf mir lag, nimmermehr würde erleichtern können.

Mit dieser Erkenntnis überkam mich gleichzeitig eine hoffnungslose, aber um so leidenschaftlichere Empörung gegen all das Widersinnige, das mir zugestoßen war. Wie viele Männer gab es, nicht besser als ich, und doch blieb ihnen – hienieden wenigstens – die Strafe erspart; warum mußte gerade ich von einem so grausigen Schicksal heimgesucht werden?

Diese Gemütsstimmung machte später einer anderen Platz: es wollte mir nämlich so scheinen, als seien die Rikscha und ich die einzigen wirklichen Wesen in der Welt der Schemen – Kitty hingegen ein Gespenst, und die Mannerings, Heatherlegh und die zahllosen Männer und Frauen meiner Bekanntschaft desgleichen; wie große, graue Berge, aber dabei leere Schatten, empfand ich sie – nur dazu da, peinigend auf mir zu lasten.

Sieben lange, qualvolle Tage taumelte ich so im Geiste hin und her, vorwärts und rückwärts, jedoch mein Körper genas mehr und mehr von Stunde zu Stunde, bis mir eines Morgens der Spiegel in meinem Schlafzimmer sagte, daß ich wieder fähig sei, zum alltäglichen Leben zurückzukehren und ein Mensch zu sein wie die andern. Sonderbar genug: in meinem Gesicht war keine Spur zu sehen, die verraten hätte, welche Kämpfe ich durchgemacht. Es war bleich, aber, wie sonst, ohne irgendwelchen besonderen Ausdruck. Ich hatte mir vorgestellt, ich müßte gänzlich verändert sein – gewissermaßen ein wandelndes Krankheitsbild. Nichts von alledem.

Am 15. Mai verließ ich Heatherleghs Sanatorium; der Junggesellinstinkt trieb mich in den Klub. Bald bemerkte ich, daß jedermann dort meine Leidensgeschichte kannte – der Variante nach, die Heatherlegh zu verbreiten für gut befunden hatte –, merkte es an der plumpen Art, mir auffallend höflich entgegenzukommen. Trotzdem wußte ich nur zu genau, ich würde den Rest meines Lebens wohl zwischen, aber niemals »mit« meinen Gefährten verbringen. Aus tiefster Seele beneidete ich die Kulis auf der Gasse um ihr fröhliches Lachen.

Ich frühstückte im Klub und wanderte gegen vier Uhr planlos die Straße entlang in der heimlichen Hoffnung, Kitty zu begegnen. In der Nähe der Musikkapelle traf ich die schwarz und weißen Livreen und hörte Mrs. Wessingtons mir so wohlbekannten Zuruf dicht neben mir. Ich hatte es kommen gefühlt vom ersten Augenblick an, seit ich ausgegangen war; ich wunderte mich nur, daß das Phantom so lange gezögert hatte, mir zu erscheinen. So zogen wir Seite an Seite dahin über die Chota-Simla-Straße: die Rikscha und ich. Beim Basar überholten uns Kitty und ein Herr zu Pferd und ritten an uns vorüber; sie hatte nicht einmal so viel Rücksicht für mich, ihr Tempo zu beschleunigen, obwohl sie es im Hinblick auf das Regenwetter leicht hätte erklärlich machen können. Sie wollte mir damit zeigen, daß ich ihr so gleichgültig war wie ein Hund am Wege.

So zogen wir – jedes ein Pärchen – um den Jakko herum, sie mit ihrem Kavalier – ich mit meiner gespenstischen Geliebten.

Die Straße war überflutet, die Pinien troffen wie Dachrinnen, daß das Wasser nur so auf die Felsen niederklatschte, und die Luft war erfüllt von feinem Sprühregen. Zwei- oder dreimal ertappte ich mich dabei, wie ich laut mit mir selbst sprach und mir vorsagte: »Ich bin Jack Pansay und auf Urlaub in Simla; ich darf das nicht vergessen – unter keinen Umständen vergessen!« – Und dann zwang ich mich, mich irgendeines blöden Geschwätzes im Klub zu entsinnen, was dieses oder jenes Pferd gekostet hätte – oder an ein belangloses Ereignis in der angloindischen Welt, die mir bekannt war wie meine Tasche, zu denken. Dann wieder rechnete ich im Kopf das Einmaleins durch, um mich zu vergewissern, daß ich noch Herr meiner fünf Sinne war. Und das beruhigte mich – hatte wahrscheinlich zur Folge, daß ich Mrs. Wessingtons Stimme nicht ununterbrochen hörte.

Noch einmal erklomm ich, müde, den Klosterhügel und erreichte die ebene Straße. Kitty und ihr Begleiter setzten sich soeben in Galopp, und so war ich allein mit Mrs. Wessington.

»Agnes«, sagte ich, »möchtest du nicht das Wagenverdeck zurückschlagen lassen und mir sagen, was das alles zu bedeuten hat?«

Und sofort klappte die Plane geräuschlos zurück, und ich stand Auge in Auge mit meiner toten und begrabenen Geliebten. Sie trug dasselbe Kleid wie damals, als ich sie zum letztenmal gesehen, dasselbe kleine Taschentuch in der rechten, dieselbe Visitenkarte in der linken Hand. (Man denke: eine Frau, vor acht Monaten gestorben, hat eine Visitenkartentasche bei sich!!) Ich mußte das Einmaleins wieder hersagen – meine beiden Arme auf die steinerne Brustwehr der Brücke stützen, um mir zu versichern, daß diese wenigstens wirklich war. »Agnes«, sagte ich, »um Gottes Barmherzigkeit willen, erklär mir, was hat das alles zu bedeuten?«

Mrs. Wessington beugte sich vor – mit der eigentümlich schnellen Kopfbewegung, die mir von früher her so vertraut war – und begann zu sprechen.

Wenn meine Geschichte nicht an und für sich schon alles Maß des Wahrscheinlichen überschritten hätte – ich würde jetzt versuchen, sie plausibel zu machen, aber da ich nur zu gut weiß, daß niemand mir glauben wird, auch Kitty nicht, vor der mich zu rechtfertigen mein Wunsch war, als ich sie niederschrieb, unterlasse ich es lieber und fahre fort:

Mrs. Wessington sprach und sprach, und ich ging neben ihr her, wie neben der Rikscha einer lebenden Frau, in eine Unterhaltung vertieft, von der Sanjowliestraße angefangen bis zur Biegung des Kommandeurhauses. Die zweite, wohl die quälendste Form meiner Krankheit hatte die Oberhand über mich gewonnen: gleich dem Prinzen in Tennysons Gedicht vermeinte ich, mich in einer Welt von Scheinen zu bewegen. Ein Gartenfest hatte im Hause des Kommandeurs stattgefunden, und ich geriet in das Gedränge der in Scharen heimkehrenden Gäste; ich empfand ihre Nähe wie die von Schatten – ich hatte den Eindruck, als wichen sie zur Seite, um mir und der Rikscha Platz zu machen.

Was Mrs. Wessington und ich miteinander sprachen im Laufe dieses unheimlichen Beisammenseins, ich kann nicht – ich wage es nicht zu sagen. Heatherlegh würde es als einen Mischmasch von Augen-Magen-Gehirn-Reizung erklärt haben. Es war eine grausige, aber doch für mich irgendwie wunderbar liebe und teure Erfahrung. War es denn wirklich möglich, daß ich, ein lebender Mensch, ein zweites Mal um eine Frau warb? Um eine Frau, die ich durch Lieblosigkeit und Grausamkeit selbst getötet hatte?!

Auf dem Heimweg begegnete ich Kitty; sie war für mich ein Schatten unter Schatten geworden.

Wollte ich alles der Reihe nach niederschreiben, was ich in den nächsten Tagen noch erlebte – meine Geschichte käme nie zu Ende.

Morgen für Morgen, Abend für Abend wanderte ich neben der gespenstischen Rikscha durch Simla. Wo ich ging und stand, da waren auch die vier schwarz und weißen Livreen – begleiteten mich nach meinem Hotel, warteten auf mich, bis ich ausging. Vor dem Theater standen sie mitten unter den andern laut schreienden Jhampanies, vor der Klubveranda nach langen Whistabenden, harrten meiner nach dem Ball, der zu Ehren des Geburtstages der Königin stattgefunden, und am hellichten Tage vor den Türen der Häuser, in denen ich Besuche machte.

Abgesehen davon, daß die Rikscha keinen Schatten warf, erschien sie mir so wirklich wie jede andere aus Eisen und Holz, und mehr als einmal mußte ich mich zurückhalten, um nicht einen Warnungsruf auszustoßen, wenn ein Bekannter, wie es mir schien, im Begriffe stand, in sie hineinzureiten. Und mehr als einmal wanderte ich die Hauptstraße hinunter in tiefstem Gespräch mit Mrs. Wessington zum maßlosen Erstaunen der Passanten.

Ich hatte es noch nicht eine Woche lang so getrieben, als ich bemerkte, daß die Ansicht, ich sei epileptisch, der Theorie von vererbtem Irresein Platz gemacht hatte; trotzdem änderte ich meine Lebensweise nicht im geringsten, machte Besuche, ritt spazieren, dinierte auswärts und bewegte mich so frei, wie es mir gut dünkte. – Innerlich aber sehnte ich mich so leidenschaftlich wie wohl nie zuvor nach der Wirklichkeit des Lebens, aber gleichzeitig fühlte ich mich tief unglücklich, wenn ich – für meine Begriffe – zu lang von meiner gespenstischen Rikscha getrennt gewesen war; es ist mir unmöglich, den beständigen Wechsel meiner Gemütsstimmung zu beschreiben, die mich befallen hatte, vom 15. Mai bis zum Tage dieser Niederschrift.

Die Gegenwart der Rikscha erfüllte mich bald mit Schrekken, blinder Angst und Furcht, bald mit Freude, bald mit äußerster Verzweiflung. Simla zu verlassen, wagte ich nicht; und doch wußte ich, daß ein längeres Verweilen mir den Tod bringen würde. Meine einzige Sehnsucht war, meine Bußezeit möchte zu einem ruhevollen Ende führen. Mich dürstete nach dem Anblick Kittys, und gleichzeitig erheiterte mich ihr krampfhaftes Kokettieren mit meinem Nachfolger – besser gesagt: mit meinen Nachfolgern. Sie stand – außerhalb meines Lebens, so wie ich außerhalb des ihrigen.

Tagsüber wanderte ich, fast zufrieden mit meinem Schicksal, an Mrs. Wessingtons Seite dahin, aber des Nachts flehte ich zu Gott, er möchte mich der Welt, wie ich sie früher gekannt, wiedergeben. Und über all diesen wechselnden Stimmungen lag das dumpfe, betäubende Verwundern, daß Sichtbares und Unsichtbares sich so seltsam zusammenfügte nur zu dem Zweck, eine arme Seele ins Grab zu hetzen.

17. August. – Heatherlegh ist unermüdlich in seinen Sorgen um mich. Gestern hat er mir geraten, ich solle um einen Urlaub ansuchen. – Ein Urlaub, um der Gesellschaft eines Gespenstes zu entgehen!! – Ein Gesuch, das Gouvernement möge mir gnädigst gestatten, nach England reisen zu dürfen, um die Anwesenheit von fünf Gespenstern und einer aus Luft bestehenden Rikscha abzuschütteln! Ich beantwortete seine Zumutung mit einem fast hysterischen Gelächter und erklärte ihm, da wolle ich doch lieber das Ende in Simla abwarten. – Und ich weiß: das Ende ist nicht mehr fern. – Ich erwarte es mit einer Furcht, die tiefer ist, als daß ich sie mit Worten schildern könnte. – Nacht für Nacht martere ich mich mit Vermutungen ab, auf welche Art ich wohl sterben werde. – Werde ich in meinem Bett sterben, anständig, wie es einem englischen Gentleman geziemt? Oder während eines Spaziergangs auf der Hauptstraße? Wird meine Seele mir entrissen werden, um für immer und ewig an das grauenhafte Phantom gefesselt zu sein? Werde ich in die alte Heimat im Jenseits zurückkehren, oder werde ich Agnes drüben wieder hassen und dennoch für immer an sie gebunden sein? Oder sollen wir beide bis zum Ende aller Zeiten über dem Schauplatz unseres Lebens schweben? – Je näher der Tag meines Todes heranrückte, desto wilder packte mich das Grauen, das das lebendige Fleisch vor einem dem Grabe entstiegenen Schatten empfindet. Es ist traurig über alle Maßen, zu den Toten gehen zu müssen, wenn kaum noch die Hälfte des Lebens gelebt ist! Tausendmal trauriger noch, so wie ich mitten unter den Menschen unausdenkbare Schrecken kommen sehen zu müssen! Ihr, die ihr jetzt lest, was ich niedergeschrieben habe, bedauert mich wenigstens meiner – wie ihr es nennen werdet – Geistesverwirrung wegen! Glauben werdet ihr ja doch nie, was ich erlebt habe! Aber dennoch: so sicher, wie jemals ein Mensch durch das Eingreifen dunkler Mächte in den Tod getrieben wurde, so sicher bin ich ein solcher Mensch.

Um der Gerechtigkeit willen: gedenket in Mitleid auch – ihrer! – Denn wenn jemals ein Mann eine Frau gemordet hat, so habe ich Mrs. Keith-Wessington gemordet.

Ich gehe jetzt meinem letzten Strafgericht entgegen. Es schwebt über mir.

E. T. A. Hoffmann

Eine Spukgeschichte

»Ihr wißt, daß ich mich vor einiger Zeit, und zwar kurz vor dem letzten Feldzuge auf dem Gute des Obristen von P. befand. Der Obriste war ein muntrer jovialer Mann, so wie seine Gemahlin die Ruhe, die Unbefangenheit selbst.

Der Sohn befand sich, als ich dorten war, bei der Armee, so daß die Familie außer dem Ehepaar nur noch aus zwei Töchtern und einer alten Französin bestand, die eine Art von Gouvernante vorzustellen sich mühte, unerachtet die Mädchen schon über die Zeit des Gouvernierens hinaus schienen. Die älteste war ein munteres Ding bis zur Ausgelassenheit lebendig, nicht ohne Geist, aber so wie sie nicht fünf Schritte gehen konnte, ohne wenigstens drei Entrechats zu machen, so sprang sie auch im Gespräch, in all ihrem Tun rastlos von einem Dinge zum andern. Ich hab es erlebt, daß sie in weniger als zehn Minuten stickte – las – zeichnete – sang – tanzte –, daß sie in einem Moment weinte um den armen Cousin, der in der Schlacht geblieben, und die bittern Tränen noch in den Augen in ein hell aufquiekendes Gelächter ausbrach, als die Französin unversehens ihre Tabaksdose über den kleinen Mops ausschüttete, der sofort entsetzlich zu niesen begann, worauf die Alte lamentierte: ›Ah che fatalità! – ah carino – poverino!‹ – Sie pflegte nämlich mit besagtem Mops nur in italienischer Zunge zu reden, da er aus Padua gebürtig – und dabei war das Fräulein die lieblichste Blondine, die es geben mag, und in allen ihren seltsamen Capriccios voll Anmut und Liebenswürdigkeit, so daß sie überall einen unwiderstehlichen Zauber übte, ohne es zu wollen.

Das seltsamste Widerspiel bildete die jüngere Schwester, Adelgunde geheißen. Vergebens ringe ich nach Worten, euch den ganz eignen wunderbaren Eindruck zu beschreiben, den das Mädchen auf mich machte, als ich sie zum ersten Male sah. Denkt euch die schönste Gestalt, das wunderherrlichste Antlitz. Aber eine Totenblässe liegt auf Lipp und Wangen, und die Gestalt bewegt sich leise, langsam, gemessenen Schrittes, und wenn dann ein halblautes Wort von den kaum geöffneten Lippen ertönt und im weiten Saal verklingt, fühlt man sich von gespenstischen Schauern durchbebt. – Ich überwand wohl bald diese Schauer und mußte, als ich das tief in sich gekehrte Mädchen zum Sprechen vermocht, mir selbst gestehen, daß das Seltsame, ja Spukhafte dieser Erscheinung nur im Äußern liege, keineswegs sich aber aus dem Innern heraus offenbare. In dem wenigen, was das Mädchen sprach, zeigte sich ein zarter weiblicher Sinn, ein heller Verstand, ein freundliches Gemüt. Keine Spur irgendeiner Überspannung war zu finden, wiewohl das schmerzliche Lächeln, der tränenschwere Blick wenigstens irgendeinen physischen Krankheitszustand, der auch auf das Gemüt des zarten Kindes feindlich einwirken mußte, vermuten ließ. Sehr sonderbar fiel es mir auf, daß die Familie, keinen, selbst die alte Französin nicht, ausgeschlossen, beängstet schien, sowie man mit dem Mädchen sprach und versuchte das Gespräch zu unterbrechen, sich darin manchmal auf gar erzwungene Weise einmischend. Das Seltsamste war aber, daß sowie es abends acht Uhr geworden, das Fräulein erst von der Französin, dann von Mutter, Schwester, Vater gemahnt wurde, sich in ihr Zimmer zu begeben, wie man kleine Kinder zu Bette treibt, damit sie nicht übermüden, sondern fein ausschlafen. Die Französin begleitete sie, und so kam es, daß beide niemals das Abendessen, welches um neun Uhr angerichtet wurde, abwarten durften. – Die Obristin, meine Verwunderung wohl bemerkend, warf einmal um jeder Frage vorzubeugen, leicht hin, daß Adelgunde viel kränkle, daß sie vorzüglich abends um neun Uhr von Fieberanfällen heimgesucht werde und daß daher der Arzt geraten, sie zu dieser Zeit der unbedingtesten Ruhe zu überlassen. – Ich fühlte, daß es noch eine ganz andere Bewandtnis damit haben müsse, ohne irgend Deutliches ahnen zu können. Erst heute erfuhr ich den wahren entsetzlichen Zusammenhang der Sache und das Ereignis, das den kleinen glücklichen Familienkreis auf furchtbare Weise verstört hat.

Adelgunde war sonst das blühendste munterste Kind, das man nur sehen konnte. Ihr vierzehnter Geburtstag wurde gefeiert, eine Menge Gespielinnen waren dazu eingeladen. – Die sitzen in dem schönen Boskett des Schloßgartens im Kreise umher und scherzen und lachen und kümmern sich nicht darum, daß immer finstrer und finstrer der Abend heraufzieht, da die lauen Juliuslüfte erquickend wehen und erst jetzt ihre Lust recht aufgeht. In der magischen Dämmerung beginnen sie allerlei seltsame Tänze, indem sie Elfen und andere flinke Spukgeister vorstellen wollen. ›Hört‹, ruft Adelgunde, als es im Boskett ganz finster geworden, ›hört Kinder, nun will ich euch einmal als die weiße Frau erscheinen, von der unser alter verstorbener Gärtner so oft erzählt hat. Aber da müßt ihr mit mir kommen bis ans Ende des Gartens, dorthin, wo das alte Gemäuer steht.‹ – Und damit wickelt sie sich in ihren weißen Shawl und schwebt leichtfüßig fort durch den Laubgang, und die Mädchen laufen ihr nach in vollem Schäkern und Lachen. Aber kaum ist Adelgunde an das alte halb eingefallene Gewölbe gekommen, als sie erstarrt – gelähmt an allen Gliedern stehenbleibt. Die Schloßuhr schlägt neun. ›Seht ihr nichts‹, ruft Adelgunde mit dem dumpfen hohlen Ton des tiefsten Entsetzens, ›seht ihr nichts – die Gestalt – die dicht vor mir steht – Jesus! – sie streckt die Hand nach mir aus – seht ihr denn nichts?‹ – Die Kinder sehen nicht das mindeste, aber alle erfaßt Angst und Grauen. Sie rennen fort, bis auf eine, die die Beherzteste sich ermutigt, auf Adelgunden zuspringt, sie in die Arme fassen will. Aber in dem Augenblick sinkt Adelgunde todähnlich zu Boden. Auf des Mädchens gellendes Angstgeschrei eilt alles aus dem Schlosse herzu. Man bringt Adelgunde hinein. Sie erwacht endlich aus der Ohnmacht und erzählt an allen Gliedern zitternd, daß, kaum sei sie vor das Gewölbe getreten, dicht vor ihr eine luftige Gestalt, wie in Nebel gehüllt, gestanden und die Hand nach ihr ausgestreckt habe. – Was war natürlicher, als daß man die ganze Erscheinung den wunderbaren Täuschungen des dämmernden Abendlichts zuschrieb. Adelgunde erholte sich in derselben Nacht so ganz und gar von ihrem Schreck, daß man durchaus keine bösen Folgen befürchtete, sondern die ganze Sache für völlig abgetan hielt. – Wie ganz anders begab sich alles! – Kaum schlägt es den Abend darauf neun Uhr, als Adelgunde mitten in der Gesellschaft, die sie umgibt, entsetzt aufspringt und ruft: ›Da ist es – da ist es – seht ihr denn nichts! – dicht vor mir steht es!‹ – Genug, seit jenem unglückseligen Abende behauptete Adelgunde, sowie es abends neune schlug, daß die Gestalt dicht vor ihr stehe und einige Sekunden weile, ohne daß irgendein Mensch außer ihr auch nur das mindeste wahrnehmen konnte oder in irgendeiner psychischen Empfindung die Nähe eines unbekannten geistigen Prinzips gespürt haben sollte. Nun wurde die arme Adelgunde für wahnsinnig gehalten und die Familie schämte sich in seltsamer Verkehrtheit dieses Zustandes der Tochter, der Schwester. Daher jene sonderbare Art sie zu behandeln, deren ich erst erwähnte. Es fehlte nicht an Ärzten und an Mitteln, die das arme Kind von der fixen Idee, wie man die von ihr behauptete Erscheinung zu nennen beliebte, befreien sollten, aber alles blieb vergebens, und sie bat unter vielen Tränen, man möge sie doch nur in Ruhe lassen, da die Gestalt, die in ihren ungewissen unkenntlichen Zügen an und vor sich selbst gar nichts Schreckliches habe, ihr kein Entsetzen mehr errege, wiewohl es jedesmal nach der Erscheinung ihr zumute sei, als wäre ihr Innerstes mit allen Gedanken hinausgewendet und schwebe körperlos außer ihr selbst umher, wovon sie krank und matt werde. – Endlich machte der Obrist die Bekanntschaft eines berühmten Arztes, der in dem Ruf stand, Wahnsinnige auf eine überaus pfiffige Weise zu heilen. Als der Obrist diesem entdeckt hatte, wie es sich mit der armen Adelgunde begebe, lachte er laut auf und meinte, nichts sei leichter als diesen Wahnsinn zu heilen, der bloß in der überreizten Einbildungskraft seinen Grund finde. Die Idee der Erscheinung des Gespenstes sei mit dem Ausschlagen der neunten Abendstunde so fest verknüpft, daß die innere Kraft des Geistes sie nicht mehr trennen könne, und es käme daher nur darauf an, diese Trennung von außen her zu bewirken. Dies könne aber nun wieder sehr leicht dadurch geschehen, daß man das Fräulein in der Zeit täusche und die neunte Stunde vorübergehen lasse, ohne daß sie es wisse. Wäre dann das Gespenst nicht erschienen, so würde sie selbst ihren Wahn einsehen und physische Erkräftigungsmittel würden dann die Kur glücklich vollenden. Der unselige Rat wurde ausgeführt! – In einer Nacht stellte man sämtliche Uhren im Schlosse, ja selbst die Dorfuhr, deren dumpfe Schläge herabsummten, um eine Stunde zurück, so daß Adelgunde, sowie sie am frühen Morgen erwachte, in der Zeit um eine Stunde irren mußte. Der Abend kam heran. Die kleine Familie war wie gewöhnlich in einem heiter verzierten Eckzimmer versammelt, kein Fremder zugegen. Die Obristin mühte sich allerlei Lustiges zu erzählen, der Obrist fing an, wie es seine Art war, wenn er vorzüglich bei Laune, die alte Französin ein wenig aufzuziehen, worin ihm Auguste (das ältere Fräulein) beistand. Man lachte, man war fröhlicher als je. – Da schlägt die Wanduhr achte (es war also die neunte Stunde) und leichenblaß sinkt Adelgunde in den Lehnsessel zurück – das Nähzeug entfällt ihren Händen! Dann erhebt sie sich, alle Schauer des Entsetzens im Antlitz, starrt hin in des Zimmers öden Raum, murmelt dumpf und hohl: ›Was! – eine Stunde früher? – ha seht ihr's? – seht ihr's? – da steht es dicht vor mir – dicht vor mir!‹ – Alle fahren auf vom Schrekken erfaßt, aber als niemand auch nur das mindeste gewahrt, ruft der Obrist: ›Adelgunde! – fasse dich! – es ist nichts, es ist ein Hirngespinst, ein Spiel deiner Einbildungskraft, was dich täuscht, wir sehen nichts, gar nichts und müßten wir, ließe sich wirklich dicht vor dir eine Gestalt erschauen, müßten wir sie nicht ebensogut wahrnehmen als du? – Fasse dich – fasse dich Adelgunde!‹ – ›O Gott – o Gott‹, seufzt Adelgunde, ›will man mich denn wahnsinnig machen! – Seht da streckt es den weißen Arm lang aus nach mir – es winkt.‹ – Und wie willenlos, unverwandten starren Blickes, greift nun Adelgunde hinter sich, faßt einen kleinen Teller, der zufällig auf dem Tische steht, reicht ihn vor sich hin in die Luft, läßt ihn los – und der Teller, wie von unsichtbarer Hand getragen, schwebt langsam im Kreise der Anwesenden umher und läßt sich dann leise auf den Tisch nieder! – Die Obristin, Auguste lagen in tiefer Ohnmacht, der ein hitziges Nervenfieber folgte. Der Obrist nahm sich mit aller Kraft zusammen, aber man merkte wohl an seinem verstörten Wesen die tiefe feindliche Wirkung jenes unerklärlichen Phänomens.

Die alte Französin hatte, auf die Knie gesunken, das Gesicht zur Erde gebeugt, still gebetet, sie blieb so wie Adelgunde frei von allen bösen Folgen. In kurzer Zeit war die Obristin hingerafft. Auguste überstand die Krankheit, aber wünschenswerter war gewiß ihr Tod, als ihr jetziger Zustand. – Sie, die volle herrliche Jugendlust selbst, wie ich sie erst beschrieben, ist von einem Wahnsinn befallen, der mir wenigstens grauenvoller, entsetzlicher vorkommt als irgendeiner, den jemals eine fixe Idee erzeugte. Sie bildet sich nämlich ein, sie sei jenes unsichtbare körperlose Gespenst Adelgundens, flieht daher alle Menschen oder hütet sich wenigstens, sobald ein anderer zugegen, zu reden, sich zu bewegen. Kaum wagt sie es zu atmen, denn fest glaubt sie, daß, verrate sie ihre Gegenwart auf diese, jene Weise, jeder vor Entsetzen des Todes sein müsse. Man öffnet ihr die Türe, man setzt ihr Speisen hin, dann schlüpft sie verstohlen hinein und heraus – ißt ebenso heimlich usw. Kann ein Zustand qualvoller sein? –

Der Obrist ganz Gram und Verzweiflung folgte den Fahnen zum neuen Feldzuge. Er blieb in der siegreichen Schlacht bei W. – Merkwürdig, höchst merkwürdig ist es, daß Adelgunde seit jenem verhängnisvollen Abende von dem Phantom befreit ist. Sie pflegt getreulich die kranke Schwester und ihr steht die alte Französin bei. So wie Sylvester mir heute sagte, ist der Oheim der armen Kinder hier, um mit unserm wackern R- über die Kurmethode, die man allenfalls bei Augusten versuchen könne, zu Rate zu gehen. – Gebe der Himmel, daß die unwahrscheinliche Rettung möglich.«

Sheridan Le Fanu

Die Gespensterhand

I

Stets war die alte Sally ihrer jungen Herrin beim Zubettgehn behülflich: nicht, daß Lilias irgendwelchen Beistands bedurft hätte – sie war ja von Haus aus ein zur Nettigkeit neigendes, munter-willfähriges Kind, welches der guten Sally gerade so viel aufzulösen gab, daß diese sich nicht für ein nutzloses altes Weib halten mußte.

Besagte Sally war auf eine stille Art geschwätzig und verfügte über einen veritablen Schatz alter Wunder- und Gruselgeschichten, welche der kleinen Lilias oftmals das Einschlafen zum Vergnügen machten: keinerlei Gefahr drohte ja, wenn die alte Sally mit ihrem Strickzeug am Feuer saß, indes von unten aus dem Arbeitszimmer die Schritte des nach Gewohnheit auf die Stühle kletternden und in seinen Buchregalen kramenden Pfarrers gedämpft heraufdrangen und anzeigten, daß Güte und fürsorgliche Liebe stets wach waren unter solchem Obdach.

Die alte Sally war gerade dabei, ihrer jungen Herrin, welche solch gemächlichem Schwatzen lächelnd zuhörte – was mitunter gut und gern fünf Minuten vertrödelter Zeit bedeutete –, die alte Sally war eben dabei, von dem jungen Herrn zu erzählen, von jenem Mr. Mervyn, der das gräßliche alte Spukhaus zu seinem Wohnsitz erwählt hatte, das »Tiled House, drüben bei Ballyfermot«, und wie er sich dort häuslich einrichten gewollt und hinterher ganz erstaunt war, daß kein Mensch ihn gewarnt hatte vor den rätselhaften Gefahren jenes verfallenden Herrschaftsgebäudes.

Das Haus stand an einer einsamen Biegung der schmalen Landstraße. Schon oft hatte Lilias unter heimlichem Schaudern und voll Neugierde über die kurze, gerade, grasüberwucherte Zufahrt auf das alte Gemäuer geblickt, von dem man ihr, als sie noch sehr klein gewesen, erzählt hatte, es beherberge schattenhafte Bewohner, und überhaupt, es sei nicht recht geheuer, ja sogar gefährlich dort drinnen.

»Aber heutzutage gibt's Leute, Sally, die nennen sich Freidenker und glauben an gar nichts mehr – nicht einmal an Geister«, sagte Lilias.

»Na, da wird ihm sein jetziger Wohnort die Freidenkerei nur zu bald austreiben – 's braucht nur die Hälfte von dem wahr zu sein, was man sich so erzählt«, gab Sally zur Antwort.

»Hör mal, ich habe *nicht* gesagt, daß er ein Freidenker *ist* – ich weiß ja gar nichts über Mr. Mervyn. Ist er aber keiner, so muß er wahrhaftig ein sehr tapferer oder ein sehr guter Mensch sein. Denn so viel ist ausgemacht, Sally – ich würd' mich ganz entsetzlich fürchten, wenn ich dort schlafen müßte«, versetzte Lilias und gab sich einem behaglichen Schauder hin, während einen Atemzug lang das luftige Bild jenes alten Gemäuers ihr vor Augen stand in aller unverkennbaren Bösartigkeit, halb lauernd, halb erschrocken, als hätt' es sich schuldbewußt und schamvoll verschanzt hinter den alten, trübseligen Ulmen, den hohen Schierlingstannen und dem wuchernden Nesseldickicht.

»So, Sally – ich bin schon zugedeckt! Jetzt schür das Feuer auf, du altes Goldstück!« Denn wiewohl man schon in der ersten Maiwoche war, gab's gelegentlich doch noch Nachtfrost. »Und dann erzähl mir wieder alles, was du über ›Tiled House‹ weißt, aber recht gruselig, damit ich eine schöne Gänsehaut krieg'!«

So machte denn die alte Sally, deren Glaube in diesen Dingen fast schon so was wie Religion war, sich daran, in gemächlichem Erzähl-Trott zum andernmal das ihr wohlvertraute Gelände zu durchstreifen – langsamer werdend, sobald man zu einer besonders grausigen Stelle kam, ja gänzlich zum Stillstand kommend, will sagen ihr Strickzeug sinken lassend und unter geheimnisvollem Nicken auf die junge Herrin in deren Himmelbett blickend, oder aber die Stimme zu einem gehauchten Raunen senkend, sobald der Höhepunkt solcher Geschichte herannahte.

Auf diese Weise erzählte sie ihrer Schutzbefohlenen, wie damals, als die Nachbarn den Obstgarten pachteten, der sich bis an die rückseitigen Hausfenster erstreckte – wie damals die Hunde jener Leute Nacht für Nacht so schaurig, ja geradezu wolfsmäßig unter den Bäumen geheult hätten, ja wie sie dermaßen trübselig um die Mauern gestrichen wären, daß man drauf und dran gewesen sei, ihnen die Tür aufzutun und sie am Ende gar noch ins Haus zu lassen! Und dabei hätte man damals überhaupt keine Hunde gebraucht, bewahre! Denn keine Menschenseele, weder jung noch alt, habe sich zur Nachtzeit auch nur in die Nähe jenes Obstgartens gewagt. Nein – die goldgelben Äpfel, welche bei Sonnenuntergang so prächtig aus dem Laubwerk hervorleuchteten und nach denen allen Schulbuben aus Ballyfermot das Maul wässerte, glänzten unversehrt auch noch im Strahl der Morgensonne und spotteten lächelnd all der räuberischen Anwandlungen. Und derlei Zurückhaltung und Scheu sei durchaus nicht der bloßen Einbildung entsprungen gewesen: als noch Mick Daly den Obstgarten besessen, hab' er nach Gewohnheit in der Dachkammer oberhalb der Küche geschlafen. Und er habe geschworen, es sei ihm innerhalb der fünf oder sechs Wochen, die er dort zugebracht, zu zweien Malen das nämliche Ding vor Augen gekommen: eine Dame, die, verhüllten und gesenkten Hauptes, in wallenden Gewändern zwischen den krüppeligen Stämmen lautlos hingewandelt sei, den Finger der einen Hand an den Lippen, und mit der andern ein kleines Mädchen führend, das lächelnd neben ihr einherhüpfte. Und die Witwe Cresswell habe die nämliche Begegnung gehabt, als sie einmal kurz vor Hereinbruch der Nacht durch den Obstgarten auf die Hintertür des Hauses zugekommen sei, und habe nicht gewußt, wen sie da getroffen hatte, bis sie merkte, wie bedeutungsvoll die Männer einander ansahen, denen sie's erzählte.

»Sie hat mir das oft und oft erzählt«, sagte die alte Sally. »Und auch, wie unerwartet das zugegangen ist: an der dichten Erlengruppe war's, dort, wo der Weg die Biegung macht. Die Cresswell ist stehengeblieben in der Meinung, jene Dame habe ein Recht, im Obstgarten spazierenzugehen. Und wie die beiden dann vorübergehuscht sind, so flink wie ein Wolkenschatten, und trotzdem hat's ausgesehen, als würde die fremde Dame ganz gemächlich dahinschlendern mit dem kleinen Kind an der Hand, das einmal hierhin, einmal dorthin gewollt hat! Und die beiden haben gar nicht Notiz genommen von der Cresswell, ja nicht einmal herübergeblickt haben sie, wo doch die Cresswell extra stehengeblieben ist und freundlich gegrüßt hat! Und da war ja auch der alte Clinton, erinnert Ihr Euch noch an den alten Clinton, Miss Lilly?«

»Ich glaube, ja. Das war doch der Alte, der gehumpelt hat – der mit der komischen schwarzen Perücke?«

»Ganz recht, gehumpelt hat er, das ist er gewesen! Schau nur, wie gut sie sich noch erinnert! Das war, weil ihn eines der gräflichen Pferde getreten hat – er ist ehemals Stallbursche beim gnädigen Herrn Grafen gewesen«, fuhr Sally fort. »Und er hat später immer wieder den Lärm gehört, den sein einstiger Herr geschlagen hat, um ihn und Oliver ans Tor zu rufen, wenn er spätabends heimgekommen ist. Aber dieser Lärm war nur in besonders finsteren Nächten zu hören, wenn draußen kein Mondlicht war. Für gewöhnlich war es so, daß da plötzlich an der Tür zum Vorhaus das Winseln und Kratzen der Hunde vernehmbar wurde, und dann hörten die beiden, wie der Graf nach ihnen pfiff, und gleich darauf knallte die Peitschenschnur ans Fenster, ganz als ob der gnädige Herr – Gott hab' ihn selig – leibhaftig vors Haus geritten käme. Aber zuallererst legte sich immer der Wind, so als möchtet Ihr den Atem anhalten. Und erst dann sind die wohlbekannten Laute durchs Fenster gekommen. Und wenn die beiden sich nicht gerührt haben und nicht zur Tür gegangen sind, so hat der Wind sich wieder gehoben und solch ein Getöse gemacht, daß man hätt' glauben mögen, draußen sei die Hölle los, mit Geheul und Gelächter und allem, was sonst noch dazugehört.«

Bei diesen Worten nahm die alte Sally ihr Strickzeug wieder auf und schwieg für ein Weilchen still, als lauschte sie auf den Wind, der dort draußen um das verwunschene Haus strich. Doch alsbald fuhr sie wieder fort in ihrer Erzählung.

»Noch in der Nacht, als der Graf zu London seinen Tod gefunden, hat der alte Oliver – das war der Butler – sich von Clinton, der lesen und schreiben gekonnt hat, den Brief vorlesen lassen, den ihm die Post am nämlichen Tag gebracht hatte und worin gestanden ist, er mög' alles vorbereiten, denn die Abhaltung des gnädigen Herrn sei nahezu vorüber, und er hoffe, innerhalb weniger Tage wieder bei ihnen zu sein, vielleicht sogar schon mit Eintreffen dieses Schreibens. Und tatsächlich, Clinton war noch nicht mit dem Vorlesen fertig, da hat's einen Höllenlärm am Fenster gegeben, als rüttelte jemand in höchster Not an den Läden, und schon auch bildeten die beiden sich ein, des Grafen Stimme zu hören; ›Laßt mich ein!‹, so hat er geschrien. ›Er ist es‹, sagt der Butler und ›Wahrhaftig‹, sagt Clinton, und beide blicken sie auf das Fenster und dann wieder aufeinander – und wieder zum Fenster – voll Freude und dennoch erschrocken, alles in einem. Aber den alten Oliver hat das Rheuma im Knie geplagt, so daß er gelahmt hat, also war's an Clinton, zur vorderen Tür zu gehen, und so geht er und ruft: ›Wer ist draußen?‹, aber hört keine Antwort. ›Vielleicht‹, sagt sich Clinton, ›ist er ums Haus geritten, zur Hintertür.‹ Also geht er zur hinteren Tür und ruft abermals – und kriegt auch dort keine Antwort! Kein Laut ist draußen zu hören! Und so wird's ihm entrisch zumut – unheimlich –, und er geht wieder zur Vordertür zurück. ›Wer ist draußen? Hallo, wer ist's denn?‹ ruft er. Aber er kriegt und kriegt keine Antwort! ›Na, auf alle Fälle mach' ich auf‹, sagt er sich. ›Vielleicht ist ihm die Flucht gelungen‹ – die beiden wußten ja gut genug Bescheid über die Abhaltung des Grafen – ›und er will ohne Aufsehn ins Haus!‹ Und unter beständigem Beten, denn es schwante ihm Unheil, schiebt er die Riegel zurück und schließt die Tür auf. Aber draußen war niemand – nicht Mann noch Frau, noch Kind – weder ein Pferd noch sonst ein lebendes Wesen! Nur irgendein Ding ist ganz knapp an seinen Beinen vorbei ins Haus geschlüpft! Es hätt' ein Hund sein können oder sonst was in der Art, er wußt' es nicht zu sagen, denn er hatte dies Vorüberhuschen nur eben aus dem Augenwinkel wahrgenommen, aber es war ganz so gewesen, als gehörte es zum Haus. Und er hat nicht sehen können, welchen Weg es genommen hat, ob hinauf oder hinunter, aber in dem Haus war von da an keine Ruhe mehr – es ist kein Segen mehr darauf gelegen. Und Clinton schlägt die Haustür wieder zu, der eiskalte Schrecken sitzt ihm noch in den Knochen, und er hastet zurück zu Oliver – das war der Butler – und schaut so weiß aus wie das Schreiben seines Herrn, das ihm noch immer zwischen Daumen und Zeigefinger zittert. ›Was war es – was ist es?‹ fragt der Butler, greift nach der Krücke wie nach einer Waffe, heftet die Augen auf Clintons schreckensbleiches Gesicht und wird selber totenblaß. ›Der gnädige

Herr Graf ist tot‹, sagt Clinton – und so war es ja auch, alle Anzeichen haben dafür gesprochen.

Aber Jenny Cresswell, nachdem sie den Schrecken überwunden hatte, den ihr jene Begegnung im Obstgarten eingejagt, und als sie erfuhr, wer das in Wahrheit gewesen war, blieb nicht länger mehr im Haus als sie unbedingt mußte. Und sie begann Dinge zu merken, die ihr früher nicht aufgefallen waren: zum Beispiel, wenn sie in das große Schlafgemach über dem Vorhaus gekommen ist, wo früher der gnädige Herr für gewöhnlich geschlafen hat – wann immer sie zu der einen Tür hineingekommen ist, hat sie die andere blitzschnell zugehen sehen, ganz als wollte jemand sich nicht blicken lassen und wär' im letzten Moment aus dem Zimmer entwischt. Aber was sie am meisten entsetzt hat, war, daß sie manches Mal ihr Bett benutzt fand – eine lange, vom Kopf- bis zum Fußende reichende Vertiefung hat ihr das angezeigt –, und das Bett war noch warm, als hätt' man es soeben erst verlassen, wer immer das auch gewesen sein mochte.

Aber am ärgsten ist's der armen Kitty Halpin ergangen, das war das junge Ding, das gestorben ist über dem, was sie mit ansehn hat müssen! Sie hat – ich weiß es von ihrer Mutter – die ganze Nacht nicht einschlafen können, weil im Nachbarzimmer jemand beständig herumgegangen ist und in allen Fächern und Laden gekramt hat. Das Unterste hat er zuoberst gekehrt, und ein Seufzen und Stöhnen ist's gewesen, daß Gott erbarm'! Und sie, das arme Ding, das endlich zu seiner Ruhe kommen wollte, hat sich gewundert, wer das denn wohl sein könnte, aber da ist er auch schon ins Zimmer gekommen, ein feiner Herr in einer Art seidener Morgenrobe, ohne Perücke, aber mit einem samtenen Käppchen! Und er geht zum Fenster, ganz leise und leicht, und sie wirft sich im Bett herum, um ihn wissen zu lassen, daß schon jemand im Zimmer ist – nämlich, sie hat geglaubt, daraufhin werde er sich aus dem Staub machen, doch weit gefehlt: schon ist er an ihrem Bett und schaut sie ganz böse an und sagt was zu ihr – aber es klingt so undeutlich und so dick, als wär's eine Puppe, die da zu reden versucht. Und die arme Kitty kriegt's mit der Angst und sagt ›Vergebung‹, sagt sie, ›Vergebung, Euer Gnaden, aber ich kann Euch nicht recht verstehen!‹ Doch kaum ist es heraus, da reckt er seinen Hals aus der Binde und dreht den Kopf zur Zimmerdecke, und – Gnad' uns der Himmel! – da ist ihm die Gurgel durch- und durchgeschnitten und sieht aus, als wär' da ein anderes Maul und lacht auf die Ärmste herunter! Das sehen und wie vom Schlag getroffen in Ohnmacht fallen, war eins, gleich im Bett, wo sie gewesen ist! Und am Morgen ist sie Hals über Kopf hinüber zu ihrer Mutter und hat von da an alle Nahrung verweigert, nicht einmal einen Löffel Suppe hat sie übers Herz gebracht, sondern ist bloß am Feuer gesessen und hat die Hand der Mutter gar nimmer loslassen wollen. Geweint hat sie in einem fort, und gezittert, und immer wieder hat sie über die Schulter gesehen – beim geringsten Laut ist sie zusammengefahren, bis dann das Fieber gekommen ist und ihr den Rest gegeben hat: nur ein paar Wochen noch, und das arme Ding hat das Zeitliche gesegnet!«

Und so ging es weiter: unverdrossen ließ die alte Sally ihre Zunge laufen, während Lilias langsam einnickte und in traumlosen Schlummer sank. Erst dann stahl die Erzählerin sich aus dem Zimmer und suchte ihre eigene, adrette Schlafkammer auf, um sich in aller Unschuld zur Ruhe zu legen.

II

Ich bin sicher, die alte Sally hat jedes ihrer Worte buchstäblich für wahr genommen, denn sie liebte die Wahrheit über alles. Dennoch ist an dem ganzen Zeug nicht mehr gewesen, als bei solchem Geschwätz der Fall zu sein pflegt – Wundergeschichten und Fabeln, alles kunterbunt durcheinander, wie schon unsre Altvordern sich's zur Winterszeit am Kaminfeuer erzählt haben, das Ganze noch vermischt mit da und dort aufgeschnappten Einzelheiten, und schließlich auch noch ausgeschmückt bei jedem Wiedererzählen. Trotzdem: das Haus war nicht zu Unrecht als ein Spukhaus verrufen, denn unter all dem Rauch schwelte ja doch ein Fünkchen Wahrheit – ein echtes Geheimnis, für dessen Lösung meine günstigen Leser vielleicht eine Theorie werden beibringen können, denn ich selber, dies muß ich bekennen, vermag solches Rätsel nicht zu lösen.

Miss Rebecca Chattesworth überliefert uns in einem mit Herbst 1753 datierten Brief eine bis ins kleinste gehende, kuriose Erzählung von Begebenheiten, die sich in »Tiled House« zugetragen haben sollen. Aus dem Bericht geht deutlich hervor, daß die Schreiberin, wiewohl sie gleich am Anfang recht wacker herzieht über so törichtes Zeug, diesem Bericht mit ganz besonderem Interesse gelauscht haben muß. So ist denn auch ihr Brief durch eine nachgerade schon unheimliche Ausführlichkeit gekennzeichnet.

Ursprünglich hatte ich vor, das Schreiben um seiner charakteristischen Einzigartigkeit willen im vollen Wortlaut zu veröffentlichen, doch mein Verleger war dagegen, und dies, wie mir scheint, nicht zu Unrecht: der Brief jener würdigen alten Dame mag wirklich zu lang sein, und so muß ich mich denn mit einer vergleichsweise dürren und dürftigen Inhaltsangabe zufriedengeben.

In jenem Jahr 1753, es muß um den 24. Oktober gewesen sein, kam es zu einem sonderbaren Rechtsstreit zwischen dem Ratsherrn Mr. Harper aus der Highstreet zu Dublin und meinem Lord Castlemallard, der als Vetter von des jungen Erben Mutter für ihn jene kleine Liegenschaft verwaltet hatte, auf deren Grund und Boden »Tiled« oder »Tyled

House« – beide Schreibungen kommen in dem Briefe vor – errichtet war.

Besagter Ratsherr Harper hatte der Verpachtung des Hauses an seine Tochter zugestimmt, die mit einem Manne namens Prosser vermählt war. Harper ließ das Haus mit Möbeln, Tapeten und Vorhängen ausstatten, kurz, er wendete insgesamt eine beträchtliche Summe an die Wohnlichmachung des Gebäudes. Mr. und Mrs. Prosser hielten im Laufe des Juni Einzug, und die junge Frau, nachdem sie daselbst eine Menge Dienstboten losgeworden war, kam schließlich zu der Überzeugung, nicht länger unter solchem Obdach leben zu können. Demzufolge machte ihr Vater dem Lord Castlemallard seine Aufwartung und eröffnete ihm ohne viel Umschweife, er werde den Pachtvertrag nicht abschließen, weil es mit dem Haus etwas Rätselhaftes auf sich habe. Rundheraus gesagt, es spuke darin, kein Dienstbote wolle länger denn ein paar Wochen unter solchem Dache bleiben, und was vollends die Familie seines Eidams dort mitgemacht habe, bringe ihn zu der Ansicht, das Haus sollte als ein Ärgernis und als Schlupfwinkel bösartiger, über alles Menschenmaß hinausgehender Einflüsse niedergerissen werden.

Lord Castlemallard brachte einen Schriftsatz beim Schlichtungsausschuß des Schatzamtes ein, um den Ratsherrn Harper zur Einhaltung des Kontraktes zu zwingen und auf diese Weise den Abschluß des Pachtvertrages doch noch zu erwirken. Indes, der Ratsherr setzte sich zur Wehr und verfaßte eine Eingabe, die von nicht weniger denn sieben eidlichen Erklärungen gestützt war, welche Seiner Lordschaft sämtlich in Abschrift vorgelegt wurden. Dies verfehlte nicht den gewünschten Effekt, denn der Lord zog es vor, dem Gerichtsverfahren auszuweichen, und gab nach.

Es ist bedauerlich, daß jener Streitfall nicht so weit gediehen ist, daß man den recht authentisch klingenden, wenngleich unerklärlichen Bericht der Miss Rebecca Chattesworth durch die Gerichtsprotokolle erhärten könnte.

Die von ihr beschriebenen Unzuträglichkeiten machten sich erst gegen Ende August bemerkbar, und zwar eines Abends, als Mrs. Prosser ganz allein am hinteren, offenen Wohnzimmerfenster saß und in den Obstgarten hinausblickte. Doch mit einem Mal sah sie ganz deutlich, wie von draußen eine Hand sich heimlich über das steinerne Sims schob, als lauerte jemand zur Rechten unterhalb des Fensters und stehe schon im Begriffe, ins Zimmer zu klettern. Zu sehen war freilich nur die Hand auf dem Fenstersims – ein wenig kurzfingrig war sie und plump, doch im übrigen weiß und wohlgeformt. Auch schien sie keinem sehr jungen Manne anzugehören, sondern ließ vielmehr auf ein Alter von gut und gern vierzig Jahren schließen. Und da erst vor wenigen Wochen zu Clondalkin jener entsetzliche Raubüberfall passiert war, vermeinte die Lady, die Hand eines der Schurken vor sich zu sehen, und der Betreffende habe nunmehr auch »Tiled House« für seine Raubzüge auserkoren. Demzufolge stieß sie einen gellenden Entsetzensschrei aus – und im nämlichen Moment wurde die Hand lautlos zurückgezogen.

Man durchsuchte den Obstgarten, fand aber keinerlei Spuren, welche auf die Anwesenheit eines fremden Menschen hätten schließen lassen. Vielmehr standen längs der Hausmauer eine große Zahl Blumentöpfe aufgereiht, die jede Annäherung an das Fenster unmöglich machten.

In der Nacht des nämlichen Tages ließ sich von Zeit zu Zeit ein hastiges Tappen am Küchenfenster vernehmen. Die Frauen gerieten außer sich vor Angst, doch der Hausknecht versah sich mit Feuerwaffen und trat durch die hintere Tür in den Garten hinaus. Er konnte jedoch nichts entdecken, berichtete aber, etwas habe von außen dumpf gegen die Tür geschlagen, als er dieselbe wieder geschlossen hatte, und auch ein Druck sei zu verspüren gewesen, als wollte sich jemand

Einlaß erzwingen. Damit hatte auch den Hausknecht die Angst überkommen, und so forschte er nicht weiter nach, wiewohl das Tappen gegen die Scheiben des Küchenfensters nicht aufhören wollte.

Am darauffolgenden Samstag, gegen sechs Uhr abends, gewahrte die Köchin, »eine ehrbare, nüchterne Frau gegen Sechzig«, als sie sich allein in der Küche befand, beim zufälligen Blick durch das Fenster die nämliche fette, doch wohlgeformte Hand. Mit der Innenseite gegen das Glas gepreßt, glitt sie am seitlichen Fensterrand langsam auf und nieder, als befühle sie die Scheibe nach einer Unebenheit. Die Köchin tat einen Aufschrei und ein Stoßgebet – doch erst Sekunden später wurde die Hand zurückgezogen.

Nach diesem Vorfall begab sich's viele Nächte hindurch, daß gegen die hintere Tür zunächst nur leise, doch dann mit zunehmender Erbitterung gepocht ward, offenbar mit den Knöcheln einer Faust. Aber der Hausknecht öffnete nicht, sondern rief nur, wer denn draußen sei. Indes, es kam keine Antwort, sondern nur ein schleifender Laut, als glitte eine flache Hand langsam und tastend über das Holz der Tür.

Inzwischen fanden Mr. und Mrs. Prosser, sobald sie gemeinsam im hinteren Wohnzimmer saßen, das ihnen als Aufenthaltsraum diente, sich tagtäglich belästigt durch ein Klopfen gegen die Scheiben, das bisweilen leise und verstohlen klang wie ein geheimes Erkennungszeichen, manches Mal jedoch so laut und plötzlich erfolgte, als müßte das Fenster schon im nächsten Moment auf tausend Scherben zerklirren. All das ereignete sich an der Rückseite des Hauses, die, wie wir ja wissen, an jenen Obstgarten grenzte. Aber in einer Dienstagnacht, gegen halb zehn, ertönte das nämliche Pochen an der *vorderen* Tür und wollte zum großen Ärger des Hausherrn und zum nicht minder großen Entsetzen seiner Gemahlin nahezu zwei Stunden lang nicht verstummen.

In der Folge war dann durch mehrere Tage und Nächte Ruhe, so daß die beiden schon dafürhielten, das Ärgernis habe sich nunmehr erschöpft. Allein, in der Nacht des dreizehnten September geschah es, das Jane Easterbrook, das englische Dienstmädchen, beim Betreten der Geschirrkammer, aus der sie die kleine Silberschüssel holen wollte, darin sie ihrer Herrin die heiße Molke zu kredenzen pflegte, zufällig hinaufsah zu dem kleinen, bloß aus vier Scheiben bestehenden Fenster und wahrnehmen mußte, wie durch ein Bohrloch in dessen Rahmen, das zur Aufnahme eines Sicherungsbolzens für die Fensterläden bestimmt war, ein weißer, dicklicher Finger sich hereinschob: zunächst war da nur die Spitze, aber dann drang er durchs Holz bis zum zweiten Gelenk und krümmte sich tastend nach allen Richtungen, ja hakte sich am Innenrahmen fest, als suchte er nach einem Riegel, in der Absicht, denselben zur Seite zu schieben. Das Mädchen, sobald es wieder in der Küche war, fiel, so wird uns berichtet, »in eine Ohnmächt« und war den ganzen folgenden Tag zu nichts Rechtem zu brauchen.

Mr. Prosser, dem Vernehmen nach ein überaus nüchterner und wohl auch eitler Kerl, blieb dem Geist auf den Fersen und hatte für die Angst seiner Familie bloß Hohn und Spott übrig. Für sein Teil war er ja überzeugt, das Ganze sei bloß ein Scherz oder sonst ein übler Trick, und so paßte er auf die Gelegenheit, den Schuldigen auf frischer Tat zu ertappen. Er behielt solche Meinung nicht lange für sich, sondern ließ sie nach und nach unter mancherlei Flüchen und Drohungen verlauten, denn er war so gut wie überzeugt, irgendein Lumpenkerl aus der Dienerschaft müsse hinter solcher Verschwörung stecken.

Wahrhaftig, es schien ja auch an der Zeit, etwas zu unternehmen: nicht nur die Dienstboten fürchteten sich, nein, auch die gute Mrs. Prosser wirkte nachgerade schon unglücklich und verängstigt, ja wagte sich von Sonnenuntergang bis zum Anbruch des Morgens höchstens in Begleitung des Gemahls aus ihren vier Wänden.

Seit einer Woche hatte also jenes Pochen sich nicht mehr wiederholt. Eines Abends jedoch – Mrs. Prosser befand sich gerade im Kinderzimmer – vernahm ihr Gemahl, welcher im Wohnzimmer verblieben war, es von neuem, doch diesmal ganz leise an der vorderen Tür des Hauses. Da kein Windhauch die Stille störte, war das Pochen besonders deutlich zu unterscheiden. Zwar war's nicht zum ersten Mal, daß an der Vorderfront des Hauses die Störung sich bemerkbar machte, doch hatte die Art und Weise solchen Klopfens eine Veränderung erfahren.

Mr. Prosser, so scheint es, ließ die Wohnzimmertür offen, als er lautlos das Vorhaus betrat. Das Pochen klang, als schlüge jemand mit der flachen Hand leise und regelmäßig gegen die solide Außentür. Schon drauf und dran, dieselbe plötzlich zu öffnen, ward Mr. Prosser im letzten Moment anderen Sinnes und schlich zurück bis zur Küchentreppe, woselbst sich über der Speisekammer ein »gesicherter Verschlag« befand, darin er seine »Feuerwaffen, Degen & Stökke« verwahrte.

Dort angelangt, rief er nach seinem Diener, den er für rechtschaffen hielt, versah sich und ihn mit je einem Paar scharfgeladener Pistolen, langte sich einen derben Knotenstock aus dem Behältnis und schlich, gefolgt von seinem Begleiter, zurück zu der Tür.

Bis jetzt ging alles nach Mr. Prossers Wunsch: draußen der lästige Störenfried, weit davon entfernt, sich durch der beiden Annäherung ins Bockshorn jagen zu lassen, ward immer dringlicher, und jenes leise Tappen, welches den Hausherrn hatte aufhorchen lassen, war nunmehr zu rhythmischen Doppelschlägen geworden, die lauter und lauter gegen die Tür hämmerten.

Wutentbrannt riß Mr. Prosser sie auf, wobei er die Rechte

mit dem Stock zum Schlag erhoben hielt. Dann blickte er ins Freie, konnte aber nichts Verdächtiges wahrnehmen. Nur der Arm ward ihm in die Höhe geschlagen wie von einer hohlen Hand, und ein Etwas drängte sich mit sanftem Druck an ihm vorüber. Der Diener jedoch hatte weder etwas gesehen noch gespürt und wußte nicht, weshalb sein Herr so hastig herumfuhr und die Tür so plötzlich ins Schloß warf.

Von da an stellte Mr. Prosser sein Fluchen und Drohen ein, ja schien die unguten Gefühle seiner Familie zu teilen. Tatsächlich war's ihm ja gar nicht wohl in seiner Haut, denn mehr und mehr wuchs in ihm die Überzeugung, er habe, als er in Beantwortung jenes Klopfens die vordere Tür so unbedacht geöffnet, den mysteriösen Belagerer ins Haus gelassen.

Vor Mrs. Prosser ließ er freilich kein Wort darüber verlauten, begab sich jedoch früher als sonst in das Schlafzimmer, wo er »noch ein Weilchen in seiner Bibel las und zur Nacht betete«. Und ich kann nur hoffen, daß die ausdrückliche Erwähnung solchen Umstandes sich nicht auf dessen Einmaligkeit bezieht. Hinterher scheint Mr. Prosser ziemlich lange wach gelegen zu haben, bis er, nach seiner Schätzung um Viertel eins, die weiche Innenseite einer Hand von außen an die Tür der Schlafkammer tappen und langsam an deren Holz entlangstreichen hörte.

Zutiefst erschrocken, fuhr er vom Lager auf und schob den Riegel vor, wobei er »wer ist draußen?« rief, doch ohne Antwort zu erhalten. Nur der nämliche, übers Holz der Tür streichende Laut einer sanften Hand ward vernehmbar – ein Geräusch, das er nur zu gut kannte!

Am folgenden Morgen wurde das Dienstmädchen in Schrecken versetzt durch den Abdruck einer Hand im Staub auf dem Tisch im »kleinen Wohnzimmer«, wo man tags zuvor Steingutware und andere Dinge ausgepackt hatte. Der Abdruck des nackten Fußes am Meeresstrand kann Robinson Crusoe nicht halb so tief erschreckt haben. Jetzt war schon jedermann im Hause nervös, ja manch einer schon halb von Sinnen ob der Umtriebe dieser Hand.

Mr. Prosser examinierte den Abdruck genau, tat aber im übrigen, als machte er sich nicht viel aus dem Vorfall. Doch schwor er hinterher, dies sei bloß geschehen, um die Dienstboten nicht über Gebühr aufzuregen. Er selber habe sich gar nicht wohl dabei gefühlt. Und er rief sie einen um den andern in das Wohnzimmer und ließ jeden einzelnen von ihnen die Hand auf den nämlichen Tisch legen, um die Abdrücke vergleichen zu können. Er selber und seine Gemahlin unterzogen sich ebenfalls dieser Prozedur. Indes, solches »Beweismittel« zeigte bloß, daß der erste Abdruck sich in allem und jedem von denjenigen der Hausbewohner unterschied, aber aufs genaueste mit jener Hand übereinstimmte, die von Mrs. Prosser und auch von der Köchin gesehen worden war.

Doch wo immer der Besitzer solcher Hand sich aufhalten und wer er auch sein mochte – jedermann im Hause nahm solch subtilen Hinweis für das, was er ganz offenkundig bedeuten wollte: nämlich für die Anzeige, daß der Betreffende sich nunmehr innerhalb des Hauses eingerichtet hatte.

Von diesem Tage an wurde Mrs. Prosser von sonderbaren und erschreckenden Träumen heimgesucht, deren einige, wenn wir der ausführlichen Beschreibung in Tante Rebeccas langem Brief glauben dürfen, wahrhaft entsetzliche Alpträume gewesen sein müssen. Als aber eines Abends Mr. Prosser die Tür zum Schlafzimmer hinter sich schloß, erschrak er zutiefst ob der absoluten Stille, die im Raume herrschte: nicht der leiseste Atemzug war zu vernehmen, ein Umstand, der ihn um so unerklärlicher dünkte, als er ja wußte, daß Mrs. Prosser schon seit längerem zu Bett lag! Und überdies verfügte er über ein äußerst scharfes Gehör!

Auf dem Tischchen am Fußende des Bettes brannte eine Kerze, und eine zweite trug Mr. Prosser in der Hand. Mit dem Arm hielt er eine ziemlich schwere Scharteke an sich gepreßt, die mit den Geschäften seines Schwiegervaters zu tun hatte. Mit der freien Rechten zog er den Bettvorhang zur Seite und erblickte nun die Schlafende: ein tödlicher Schreck durchzuckte ihn, denn er hielt sie für tot, dermaßen reglos und bleich war ihr mit kaltem Angstschweiß bedecktes Gesicht! Und auf dem Kissen, ganz nahe neben dem Kopf, kroch aus den Bettvorhängen jene fette, weißliche Hand, den Rücken nach oben und die Finger in langsam wabernder Bewegung nach Mrs. Prossers Schläfe gestreckt!

Im ersten Entsetzen schleuderte Mr. Prosser das schwere Buch mitten in die Vorhänge, genau nach der Stelle, wo der Eigentümer solcher Hand sich nach allen Gesetzen der Logik befinden mußte! Doch die Hand ward im Augenblick weggezogen, die Vorhänge bauschten sich enorm, und schon war Mr. Prosser ums Bett herum, gerade noch rechtzeitig, um zu sehen, daß die Tür zur Ankleidekammer, welche durch das Bett verdeckt gewesen, von innen zugezogen wurde – offensichtlich von der nämlichen weißen, gedunsenen Hand!

Mit einem Ruck riß er die Tür zu jener Kammer auf und starrte hinein: der Raum war leer, bis auf die an den Haken hängenden Kleider, den Ankleidetisch und den Spiegel, welcher der Fensterwand gegenüberhing. Mr. Prosser warf die Tür ins Schloß, drehte den Schlüssel herum und vermeinte minutenlang, »über alldem den Verstand zu verlieren«, wie er es nannte. Danach betätigte er den Klingelzug und brachte mit Hülfe der herbeigeeilten Dienstboten unter viel Lärm und Getue die arme Mrs. Prosser wieder zu sich – riß sie buchstäblich aus einer Art »Trance«, darin sie, ihrem Aussehen zufolge »alle Todesqualen« durchlitten haben mußte, und, wie die Tante Rebecca hinzufügt, »nach ihren eigenen Worten auch die sämtlichen Martern der Hölle«.

Was jedoch allem Anschein nach die Krisis herbeigeführt hat, war die unerklärliche Erkrankung des ältesten Kindes der beiden, eines Mädchens von noch nicht einmal drei Jahren.

Die Kleine lag wach und schien tödliche Ängste auszustehen. Die herbeigerufenen Ärzte schlossen aus den Symptomen auf Wasser im Gehirn. Mrs. Prosser und das Kindermädchen wichen nicht mehr vom Lager des kranken Töchterchens und wußten ob solch beängstigenden Zustandes vor Kummer und Sorge nicht aus noch ein.

Das Bett der Kleinen stand der Länge nach an die Wand gerückt, mit dem Kopfteil gegen einen in die Mauer eingelassenen Schrank, dessen Tür aber nicht genau paßte. Rund um das Oberteil des Bettes lief ein Vorhang von etwa einem Fuß Höhe, so daß bis zum Kopfkissen etwa zwölf Zoll frei blieben.

Die Frauen machten nun die Beobachtung, daß die Kleine, sobald man sie auf den Schoß nahm, alsbald ruhiger wurde. Doch nachdem sie eingeschlafen und wieder in ihrem Bettchen war, verstrichen keine fünf Minuten, und das Angstgeheul ging von neuem los. Doch im nämlichen Moment entdeckte das Kindermädchen zum ersten Mal – und auch Mrs. Prosser, dem Entsetzensblick folgend, sah es nicht minder deutlich –, was der eigentliche Grund für die Leiden des Kindes war.

Aus dem Türspalt des Wandschranks, halb verdeckt vom Schatten des Bettvorhangs, ragte jene fette, weißliche Hand und präsentierte sich mit nach unten gekehrtem Handteller dem Kinde ganz nahe über dessen Kopf! Die Mutter stieß einen gellenden Schrei aus und riß die Kleine aus dem Bettchen, wonach beide Frauen Hals über Kopf hinunter ins Schlafgemach stürzten. Dortselbst hatte Mr. Prosser sich schon zur Ruhe gelegt. Die Tür hinter sich zuschlagend, hörten die beiden Frauen von draußen auch schon einen leichten, tappenden Schlag!

Noch vieles mehr ist in jenem Brief berichtet, doch wir wollen es lieber bei dem allbereits Gesagten bewenden lassen. Das Besondere des geschilderten Falles scheint mir darin zu liegen, daß es dabei um eine Gespensterhand geht – nur um eine Hand und sonst nichts. Die Person, zu welcher diese Hand gehörte, trat nie in Erscheinung, doch handelt sich's nicht etwa um eine abgetrennte Hand, sondern vielmehr um eine, deren Besitzer jeweils durch einen besonders günstigen Umstand den Blicken der anderen verborgen bleiben konnte.

Im Jahre 1819, anläßlich eines College-Frühstücks, machte ich die Bekanntschaft eines Mr. Prosser – eines hageren, auf gravitätische Art mitteilsamen alten Herrn mit schneeweißem Haar, das im Nacken zu einem Zopf gebunden war. Besagter alte Herr hat uns in aller Umständlichkeit eine Geschichte über seinen Vetter James Prosser erzählt, der, als er noch ein Kleinkind gewesen, den Worten seiner Mutter zufolge eine Zeitlang in einem »verwunschenen« Kinderzimmer hatte schlafen müssen. Das sei in einem alten Haus unweit von Chapelizot gewesen. Jener Vetter habe nun, wann immer er sich krank oder übermüdet oder sonstwie anfällig gefühlt, unter einer Vision zu leiden gehabt, und das sein Lebtag von einem Zeitpunkt an, dessen er sich gar nicht mehr entsinnen konnte: es sei ihm dann stets ein bleicher, fettsüchtiger Herr erschienen, dessen Äußeres sich besagtem Vetter in allen Details eingeprägt habe – von der kleinsten Perückenlocke bis zu jedwedem Knopf der betreßten Kleidung – und dessen wollüstige, bösartig-abstoßende Züge ihm allzeit so gegenwärtig waren wie Gewandung und Antlitz auf dem Porträt des eigenen Vaters, das ihm tagtäglich zum Frühstück, zum Mittagmahl und zum Abendessen vor Augen gehangen.

Der alte Mr. Prosser gab dies zum besten als ein Beispiel für einen sonderbar monotonen, jedoch bis ins einzelnste gehenden, beharrlichen Alptraum, und wies auch auf das übergroße, ja nahezu panische Entsetzen hin, unter welchem sein Vetter, »der arme Jemmie«, von dem er übrigens nur in der Vergangenheitsform sprach, bei jedem nur möglichen Anlaß davon erzählt habe.

Ich hoffe, der günstige Leser wird mir's nachsehen, daß ich mich so ungebührlich lange über dieser Geschichte von »Tiled House« verweilt habe – allein, dergleichen übt nun einmal einen ganz eigenen Zauber auf mich. Und die Leute – sonderlich die alten – plaudern eben gar zu gern von dem, was sie gefangennimmt. Und nur zu oft merken sie gar nicht, daß es den Zuhörern schon längst zum Halse heraushängt.

Autoren und Werke

Bram Stoker
Draculas Gast

»Draculas Gast« war zunächst als Eingangskapitel des berühmten Romans ›Dracula‹ geplant, wurde dann aber nicht verwendet. Die Geschichte erschien erst 1914, zwei Jahre nach dem Tod des Schriftstellers, in der von der Witwe Florence Stoker herausgegebenen Sammlung ›*Dracula's Guest and Other Weird Stories*‹. Diese Ausgabe war von Bram Stoker kurz vor seinem Tod geplant worden, doch Florence Stoker ergänzte das Werk um die unveröffentlichte Dracula-Episode: »Es war nur der Länge des Buches geschuldet, dass diese Stelle gestrichen wurde. Sie könnte für viele Leser, die sich mit jenem Werk meines Mannes beschäftigen, das als sein bestes erachtet wird, von Interesse sein.«

Abraham (»Bram«) Stoker, geboren am 8. November 1847 in Clontarf bei Dublin, studierte von 1864 bis 1870 am Trinity College Geschichte, Literatur, Mathematik und Physik und wurde später Beamter. Nebenher arbeitete er als Journalist und Theaterkritiker und zog 1878 nach seiner Heirat mit Florence Balcombe nach London, um dort das *Lyceum Theatre* zu leiten. In den folgenden Jahren reiste er viel und veröffentlichte zahlreiche Romane und Erzählungen. Den großen Erfolg seines ›Dracula‹, der 1897 erschien, erlebte er nicht mehr. Er starb am 20. April 1912 in finanziell bescheidenen Verhältnissen in London.

Übersetzt von Michael Krüger
In: Bram Stoker. Im Haus des Grafen Dracula. © 1974 Carl Hanser Verlag München

Nathaniel Hawthorne
Rappacinis Tochter

Die Kurzgeschichte »Rappacinis Tochter«, die Nathaniel Hawthorne 1844 verfasste, erschien 1846 in der Sammlung ›*Mosses from an Old Manse*‹. Der Schriftsteller wählte Padua als Schauplatz der Handlung und arrangierte seine Figuren in einer üppig blühenden, sonnigen Landschaft. Dieser Umstand lässt den Kontrast zum düsteren Geheimnis, das die Familie Rappacini hütet, umso deutlicher aufscheinen. Nathaniel Hawthornes geheimnisvolle Geschichte über Schönheit, Liebe, Gift und Verderben wurde bereits mehrfach verfilmt und für die Bühne adaptiert. Der Stoff diente zahlreichen Künstlern als Inspiration.

Nathaniel Hawthorne, geboren am 4. Juli 1804 in Salem, Massachusetts, zeigte schon als Kind erzählerische Begabung und wurde auf eine Privatschule geschickt. Später studierte er am Bowdoin College in Maine und war nach dem Abschluss als Journalist tätig. Nach anfänglichem Misserfolg gelang es ihm, seinen Unterhalt ausschließlich als Schriftsteller zu verdienen. 1850 lernte er Herman Melville kennen, der ihm seinen weltberühmten Roman ›Moby Dick‹ widmete. Nathaniel Hawthorne publizierte zahlreiche Kurzgeschichten und einige Romane, darunter ›Der scharlachrote Buchstabe‹ (1850) und ›Das Haus mit den sieben Giebeln‹ (1851). Der Schriftsteller starb am 19. Mai 1864 in Plymouth, New Hampshire, und wurde auf dem Sleepy Hollow Cemetery in Concord beigesetzt.

Übersetzt von Franz Blei

Georg Heym
Das Schiff

Erst posthum – im Jahr 1913 – erschien »Das Schiff« in der Novellensammlung ›Der Dieb‹, die Georg Heym bereits 1911 geplant hatte. Der belesene Literat und Lyriker beschäftigte sich mit Psychologie und Traumdeutung und interessierte sich für die Science-Fiction-Literatur. In seiner düster-bedrückenden Geschichte entwickelt er – ähnlich wie zuvor sein berühmter Schriftstellerkollege Edgar Allan Poe in »Die Maske des roten Todes« – aus einer unsichtbaren, tödlichen Gefahr ein reales Schreckensbild.

Georg Heym, geboren am 30. Oktober 1887 in Hirschberg, Schlesien, unternahm bereits in jungen Jahren erste dichterische Versuche. Nach dem Abitur studierte er nach dem Wunsch des Vaters Rechtswissenschaften, haderte jedoch zunehmend mit diesem Fachgebiet und scheiterte letztlich an der Dissertation. In dieser Zeit schrieb er bereits zahlreiche Gedichte und Prosawerke. Der Eintritt in den »Neuen Club«, eine 1909/1910 gegründete Künstlervereinigung, gab ihm die Möglichkeit, seine kreative Seite auszuleben und sich mit Gleichgesinnten auszutauschen. Er starb am 16. Januar 1912 in Berlin, als er versuchte, einen ertrinkenden Freund zu retten. Georg Heym gilt als wichtigster Vertreter des frühen literarischen Expressionismus.

Nikolaj Gogol
Der Wij

»Der Wij« erschien erstmals 1835 in der Sammlung ›*Mirgorod*‹ und gilt als Klassiker der phantastischen Literatur. Die Geschichte dreier Studenten, die auf einer Reise einer Hexe begegnen, enthält zahlreiche Märchenmotive – eine dreitägige Nachtwache, um einen Fluch zu lösen, eine schöne, aber böse Frau etc. Der Schriftsteller verknüpft diese Elemente geschickt und verzichtet auf ein Happy End. Der Wij, König der Erdgeister, besiegt letztlich den Studenten, dessen Rettung im Morgengrauen des dritten Tages schon zum Greifen nah scheint.

Nikolaj Wassiljewitsch Gogol wurde am 1. April 1809 in Soročiny, Ukraine, geboren. Bereits in jungen Jahren unternahm er erste literarische Versuche. Er war kurze Zeit im Staatsdienst tätig und arbeitete danach als Lehrer an einer privaten Mädchenschule. 1831 lernte er Alexander Puschkin kennen, der ihn in seinen künstlerischen Bestrebungen unterstützte. Es erschienen erste erfolgreiche Werke. 1834 erhielt er eine Anstellung als Universitätsprofessor in St. Petersburg und unternahm in den folgenden Jahren zahlreiche Reisen, unter anderem nach Italien, Deutschland und Frankreich. Gogol starb am 4. März 1852 in Moskau an den Folgen strengen religiösen Fastens. Der Schriftsteller zählt zu den bedeutendsten russischen Dichtern des 19. Jahrhunderts.

Übersetzt von Alexander Eliasberg

Edgar Allan Poe
Die schwarze Katze

Edgar Allan Poes berühmte Kurzgeschichte erschien erstmals in der ›*United States Saturday Post*‹ vom 19. August 1843. Wie »Das verräterische Herz« wird hier die Psychologie der Schuld thematisiert. Der Ich-Erzähler versucht zwar verzweifelt sein Verbrechen zu verbergen, doch das eigene Gewissen verstummt nicht. Die Katze, ein symbolisches Tier, wird zum Mahnmal unauslöschlicher Schuld. Vom Wahn gepackt und von der geisterhaften Katze verfolgt, muss er seiner Tat letztlich ins Auge blicken.

Edgar Allan Poe, geboren am 19. Januar 1809 in Boston als Sohn von Schauspielern, gilt als eigenwilligste und faszinierendste Dichterpersönlichkeit im Amerika des 19. Jahrhunderts. Sein kurzes, aber sehr bewegtes und von Alkoholsucht gezeichnetes Leben, das am 7. Oktober 1849 in Baltimore unter geheimnisvollen Umständen ein Ende fand, wurde schon bald zur Legende. Poes Erzählungen, in denen das Phantastische und Realistische, das Groteske und Grauenvolle, das Makabre und Kriminalistische eine unvergleichliche Verbindung eingehen, begründeten den Weltruhm des Dichters.

Übersetzt von Theodor Etzel

Theodor Storm
Bulemanns Haus

Theodor Storm verfasste die Novelle »Bulemanns Haus« 1864 in Heiligenstadt, Thüringen. Inspirieren ließ er sich dabei von einem gleichnamigen Kindergedicht, das von einer Katze handelt, die in Bulemanns Haus Mäuse jagen will. Storm erwähnte das Gedicht in einem Brief von 1872. Ähnlich wie in Charles Dickens' ›Weihnachtslied in Prosa‹ werden die Macht des Geldes und die Bedeutung zwischenmenschlicher Beziehungen thematisiert.

Theodor Storm, geboren am 14. September 1817 in Husum, schrieb bereits mit sechzehn Jahren seine ersten Gedichte. Nach der Schulzeit studierte er in Kiel Rechtswissenschaften und eröffnete in Husum eine Kanzlei. Parallel dazu veröffentlichte er Gedichte und verfasste Prosaschriften. Ab 1853 arbeitete er zunächst als Gerichtsassessor, später als Richter. Als Theodor Storm sich 1880 zur Ruhe setzte, widmete er sich ganz dem Schreiben. In dieser Zeit entstand unter anderem sein berühmtes Werk ›Der Schimmelreiter‹. Der Schriftsteller starb am 4. Juli 1888 in Hanerau-Hademarschen an Magenkrebs.

Charles Dickens
Das Signal

1866 erschien »Das Signal« erstmals als Teil der ›*Mugby Junction*‹-Sammlung in der Weihnachtsausgabe von ›*All the Year Round*‹. Fünf Jahre vor der Veröffentlichung ereignete sich in der Nähe von Brighton ein großes Zugunglück, bei dem über 20 Menschen starben und fast 200 verletzt wurden. Vom *Clayton Tunnel Crash* hatte Dickens sicherlich gehört, und dieser könnte ihm als Inspiration für seine unheimliche Geschichte gedient haben, denn bei diesem Großunglück war eine missdeutete Signalfahne Auslöser der Katastrophe. Am 9. Juni 1865 wurde Dickens auch selbst Opfer eines Zugunfalls. Beim *Staplehurst Rail Crash* entgleiste der Waggon, in dem der Schriftsteller saß, aufgrund eines Schienenschadens.

Charles Dickens kam am 7. Februar 1812 in Portsmouth, England, zur Welt. 1822 zog die Familie nach Camden Town, einem ärmlichen Londoner Vorort. Um seine Eltern finanziell zu unterstützen, musste Charles in einem Schuhwichselager arbeiten. 1833 begann er mit ersten Veröffentlichungen unter dem Pseudonym *Boz* in Magazinen und Zeitungen. Bald darauf folgten seine ersten großen Romane, die er alle in fieberhaftem Tempo niederschrieb. Der Schriftsteller starb am 9. Juni 1870 und wurde in London in der Westminster Abbey beigesetzt.

Übersetzt von Harry Kahn
In: Unheimliche Geschichten. Herausgegeben von Walther Meier. © 1956, Manesse Verlag, Zürich, in der Verlagsgruppe Random House GmbH, München

Rudyard Kipling
Die gespenstische Rikscha

»Die gespenstische Rikscha« wurde erstmals 1888 in der Sammlung ›The Phantom Rickshaw and other Eerie Tales‹ veröffentlicht. Indien, der Schauplatz der Gespenstergeschichte, hatte für Rudyard Kipling, der dort geboren wurde und auch später viele Jahre dort verbrachte, eine besondere Bedeutung. In »Die gespenstische Rikscha« nutzt der Schriftsteller diese exotische Umgebung als Handlungsschauplatz und lässt seinen Ich-Erzähler zwischen Geisterglaube und der Annahme, überreizte Nerven zu haben, schwanken. Doch nach und nach verstummen die Stimmen der Vernunft.

Rudyard Kipling, geboren am 30. Dezember 1865 in Bombay, verbrachte den Großteil seiner Kindheit bei Pflegeeltern in England. 1882 kehrte er nach Indien zurück, reiste viel und arbeitete dort als Reporter und Korrespondent. In dieser Zeit veröffentlichte er bereits zahlreiche Kurzgeschichten, die seinen literarischen Erfolg begründeten. 1889 kehrte er nach London zurück, wo er unter anderem Henry James kennenlernte. Nach seiner Heirat verbrachte er mehrere Jahre in Amerika, wo 1894 sein berühmtes ›Dschungelbuch‹ entstand. 1901 wurde der Roman ›Kim‹ veröffentlicht, der als sein literarisch bedeutendstes Werk gilt. Der Schriftsteller erhielt 1907 den Literaturnobelpreis. Rudyard Kipling starb am 18. Januar 1936 in London an einer Gehirnblutung.

Übersetzt von Gustav Meyrink

E. T. A. Hoffmann
Eine Spukgeschichte

»Eine Spukgeschichte« erschien in Band II der Sammlung ›Die Serapionsbrüder‹, die in den Jahren 1819–1821 veröffentlicht wurde. Hoffmann, der darin zum Teil veröffentlichtes Material, zum Teil neue Erzählungen und Aufsätze publizierte, bettete diese Werke in eine Rahmenhandlung ein: Literarisch gebildete Freunde diskutieren über Kunst und erzählen einander Geschichten. Vorbild für diese Struktur waren die Treffen der »Serapionsbrüder«, eines literarischen Kreises um Hoffmann, dem neben Adelbert von Chamisso auch Friedrich de la Motte Fouqué angehörte.

E. T. A. (Ernst Theodor Amadeus) Hoffmann kam am 24. Januar 1776 in Königsberg zur Welt. Nach der Schulzeit begann er dort das Studium der Rechtswissenschaften. In seiner Freizeit musizierte, malte und schrieb er und gab Musikunterricht. In den folgenden Jahren widmete er sich den schönen Künsten und kehrte, um mehr Zeit dafür zu haben, auch der Amtsstube den Rücken. Als er 1814 wieder eine Stelle am Berliner Kammergericht antrat, hatte er sich als Schriftsteller bereits einen Namen gemacht. Es entstanden berühmte Werke wie ›Die Serapionsbrüder‹ und ›Lebensansichten des Katers Murr‹. Hoffmann starb am 25. Juni 1822 an den Folgen einer Lungenerkrankung in Berlin.

SHERIDAN LE FANU
Die Gespensterhand

1861 wurde »Die Gespensterhand« in der Sammlung ›*Ghost Stories of the Tiled House*‹ veröffentlicht. Sheridan Le Fanu, der dem Geisterhaften, Unerklärlichen und Paranormalen in seinem Werk viel Raum gibt, macht auch in dieser Geschichte die Halbwelt zwischen Leben und Tod zum Thema. Eine vom Körper abgetrennte bzw. sich an einem unsichtbaren Körper befindliche Hand versetzt die Lebenden in Angst und Schrecken. Mit seinen düsteren, spannenden und geisterhaften Geschichten zählt er zu den wichtigsten Autoren klassischer Schauerliteratur.

Sheridan Le Fanu, geboren am 28. August 1814 in Dublin, studierte am Trinity College Rechtswissenschaften. Nach dem Abschluss interessierte er sich für den Journalismus und veröffentlichte 1838 seine erste Erzählung »*The Ghost and the Bonesetter*«. 1861 erwarb er das ›*Dublin University Magazine*‹ und wurde dessen Herausgeber. Seine wohl berühmteste Novelle ›*Carmilla*‹, die nachfolgenden Schriftstellerkollegen als Maßstab galt und als Inspiration diente, erschien 1872. Sheridan Le Fanu starb am 10. Februar 1873 in seiner Heimatstadt Dublin.

Übersetzt von Friedrich Polakovics
In: Sheridan Le Fanu. Geistergeschichten. © Insel Verlag Frankfurt am Main 1973. Alle Rechte vorbehalten durch Insel Verlag Berlin